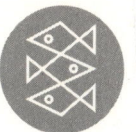

ISABELL BENNETT

Love will find you

MOUNTAIN DREAMS

Roman

Erschienen bei FISCHER Taschenbuch

© 2024 Isabell Bennett
Für diese Ausgabe:
© 2024 S. Fischer Verlag GmbH,
Hedderichstr. 114, 60596 Frankfurt am Main
Die Nutzung unserer Werke für Text- und Data-Mining
im Sinne von § 44b UrhG behalten wir uns explizit vor.
Dieses Werk wurde vermittelt durch die
Langenbuch & Weiß Literaturagentur.
Redaktion: Silke Reutler
Satz: Fotosatz Amann, Memmingen
Druck und Bindung: CPI books GmbH, Leck
ISBN 978-3-596-71096-6

KAPITEL 1

Emma

Der See glitzert zwischen den Bäumen hindurch, immer wieder kann ich an den dunklen Stämmen vorbei einen Blick darauf erhaschen. Mein Herz schlägt bei diesem Anblick höher.

Das ist es. Das ist mein neues Zuhause.

Was für ein verrückter, abgedrehter Gedanke. Er zaubert ein seltsames Gefühl in meinen Bauch, eine Mischung aus vorfreudigem Kribbeln und – schlicht und ergreifend – Übelkeit. Hastig kämpfe ich die Zweifel nieder, die in mir aufsteigen wollen. Zweifel sind das Allerletzte, was ich gerade brauche. Und angesichts der wunderschönen Umgebung fällt es mir zum Glück leicht, sie zu besiegen und alle negativen Gefühle zu vergessen.

Ich kurble das Fenster des altersschwachen Jeeps herunter, den ich extra für meinen Neustart gekauft habe. Ja, kurble. Neumodischen Luxus wie elektronische Fensterheber besitzt diese alte Karre nicht. Genau genommen besteht der neumodischste Luxus, über den das Auto verfügt, in vier Reifen und einem Lenkrad.

Und das ist so auch völlig in Ordnung. Für ein edles Statussymbol hätte ich ohnehin keine Verwendung, denke ich schulterzuckend. Nicht hier und jetzt in diesem neuen Leben.

Was ich brauche, ist ein praktisches Gefährt, das mich von A nach B bringt und dabei nicht auseinanderfällt.

Was Letzteres betrifft, kann ich mir allerdings nicht hundertprozentig sicher sein. Als hätte er meine Gedanken gelesen, gibt der Jeep in dem Moment eine Art asthmatisches Husten von sich.

Ich verdrehe die Augen und tätschele das Lenkrad. »Ist gut, Ralph. Nur noch ein paar Kilometer, dann haben wir es geschafft. Dann kannst du dir deine wohlverdiente Pause gönnen.«

Ralph, das steht auf dem verblichenen Sticker, der vorne auf der Stoßstange klebt und den ich auch nicht mit Seifenlauge, einem rauen Schwamm und viel Geduld abbekommen habe. Er scheint mit diesem Auto verwachsen zu sein, und so war dann auch klar, wie die Karre heißen soll. Ein Auto zu fahren, dass keinen Namen hat, bringt Unglück, davon bin ich überzeugt.

Ralph ruckelt gehorsam weiter. Er ächzt von Zeit zu Zeit lautstark, als ich ihn über die kurvigen, teils steilen Straßen zwinge. aber tapfer kämpft er sich vorwärts. Darüber, ob er mich irgendwann im Stich lassen wird, kann ich mir Gedanken machen, wenn es tatsächlich soweit ist. Über ungelegte Eier will ich mir jetzt nicht den Kopf zerbrechen.

Warme Sommerluft strömt zum Fenster herein und trägt den Duft von Wald und Wiesen mit sich. Ein Grinsen macht sich auf meinem Gesicht breit, tief und genussvoll atme ich ein. Auf meinem linken Arm spüre ich die Sonnenstrahlen wie ein Streicheln auf meiner Haut. Ich strecke die Hand zum Seitenfenster hinaus, drehe sie im Fahrtwind hin und her und fühle mich, als könnte ich fliegen.

Als ich das Radio einschalte, dröhnt ein trommelfellzerfetzendes Gegröle aus den Boxen. Vielleicht werde ich noch herausfinden, wie man den Radiosender wechselt. Aber vielleicht zählt ein Radio, dass man einstellen kann, auch zu den neumodisch-luxuriösen Annehmlichkeiten, über die Ralph nicht verfügt. Aktuell ist alles, was ich auswählen kann, ein Heavy-Metal-Sender.

Keine Ahnung, was der Sänger da brüllt und kreischt, aber ich summe einfach gutgelaunt mit.

Die Navi-App meines Handys weist mir den Weg durch die atemberaubende Landschaft. Schier endlos sanft geschwungene, grüne Wiesen wechseln sich ab mit dunklen Wäldern, die so tief und dicht sind, dass sie wie verwunschene Orte aus einem Märchen wirken. Und über allem ragen die Berggipfel auf, schroff und karg zeichnen sie sich vor dem wolkenlosen Himmel ab; scharfe Konturen, wie mit einer Schere aus dem Blau geschnitten.

Noch einmal funkelt der See durch die Bäume, dann muss ich abbiegen und ihn hinter mir zurücklassen. Mein Ziel liegt nicht direkt am See, ich bin ja keine Millionärin. Berryfield ist eine Kleinstadt ein paar Kilometer von Lake Placid entfernt, in den Bergen versteckt.

So gut versteckt, dass die App Probleme hat, es zu finden. Immer wieder setzt sie aus. Ich klopfe mit dem Zeigefinger gegen das Display, als könnte ich sie so aus ihrem Dornröschenschlaf erwecken, aber Pustekuchen. Vor lauter Überforderung ist sie einfach eingefroren, förmlich angsterstarrt.

»Anfänger«, brumme ich. Dann orientiere ich mich halt an den Schildern.

Hilfreich wäre es allerdings, wenn es davon ein paar mehr gäbe. Nicht nur welche, auf denen so was steht wie

Achtung, hier kreuzen Elche, Füchse, Schwarzbären und Frösche die Fahrbahn, sondern gute, alte Wegweiser.

In der Hoffnung noch auf dem richtigen Weg zu sein, winde ich mich weiter durch die engen Kurven, wild entschlossen, mir die Laune nicht verhageln zu lassen. Wäre ja gelacht, wenn ich mein eigenes Zuhause nicht finden würde. Dass ich noch nie dort gewesen bin, nicht einmal für eine Besichtigung, sondern nur auf Grundlage einiger Fotos zugesagt und den Vertrag unterschrieben habe, verkompliziert die Sache nur unwesentlich. Wie kompliziert kann es schon sein, so eine Kleinstadt zu finden? So eine Ansammlung von Häusern übersieht man ja schließlich nur schwer, wenn man daran vorbeifährt.

Also juckele ich weiter, halte nach Ortsschildern Ausschau, staune über die Landschaft, summe leise und unmelodisch zum Metal-Krach aus dem Radio – und trete das Bremspedal im nächsten Moment bis zum Anschlag durch. Mein Körper reagiert von selbst, bevor ich überhaupt einen klaren Gedanken fassen kann.

Ein heftiger Ruck geht durch den Jeep, ich werde in den Gurt gepresst, so fest, dass mir der Atem wegbleibt. Mein erschrockener Aufschrei bleibt irgendwo zwischen Kehle und Mund stecken und geht im Quietschen der Reifen und Bremsen unter. Ein ohrenbetäubendes Hupen hinter mir geht mir durch Mark und Bein.

Oh, wow! Was genau war das? Schlagartig ist das Auto zum Stehen gekommen. Schwer atmend starre ich das kleine Wesen an, das plötzlich vor mir auf der Straße aufgetaucht ist.

Ein rundlicher Körper, flauschiges Fell. Still und starr kauert es auf dem Asphalt mitten auf der schmalen Fahrbahn. Seine dunklen Knopfaugen sind kugelrund, die Ohren flach am Kopf angelegt: ein Kaninchen.

Wieder dieses Hupen hinter mir, das mich zusammenzucken lässt. Aber mir ist der Schreck in die Knochen gefahren, meine Finger haben sich um das Lenkrad gekrampft, als hätten sie ein Eigenleben, und ich schaffe es nicht, meinen Blick vom zitternden Kaninchen loszureißen. Mein ganzer Körper kribbelt vor Schreck, bis in die Fingerspitzen und die Kopfhaut.

Eine Autotür wird aufgerissen und zugeknallt, Schritte knirschen über den Asphalt, ich kann es durchs offene Fenster hören. Jemand klopft energisch auf das Dach meines Jeeps, ein Schatten fällt auf mein Gesicht.

»Bist du komplett wahnsinnig? Was war denn das für eine Aktion? Herrgott, ich wär dir fast reingefahren.«

Die grobe Stimme reißt mich aus meiner Schockstarre, in die ich ebenso wie das Kaninchen verfallen bin. Ich funkle angriffslustig aus dem offenen Fenster und reiße die Tür dann einfach ohne Vorwarnung auf, so dass der Kerl zurückspringen muss, um nicht umgestoßen zu werden.

Ich beachte ihn gar nicht, sondern habe meinen Blick auf das Tier gerichtet, das immer noch seltsam lethargisch auf der Fahrbahn hockt. Da stimmt doch was nicht. Wäre ein Wildtier nicht längst geflohen? Nicht, dass ich anerkannte Spezialistin auf dem Gebiet der Wald- und Wiesentiere wäre, auf den Straßen New Yorks findet man durchaus die ein oder andere Ratte, aber wilde Kaninchen doch eher nicht. Aber so ein Verhalten erscheint mir total ungewöhnlich.

Langsam gehe ich auf das Tier zu, das sich gar nicht bewegt, sich höchstens noch etwas kleiner zusammenkauert, und dessen Kulleraugen starr ins Leere schauen. Ist es verletzt? Es ist schwer zu sagen, aber mir scheint es so, als wäre da ein nass glänzender, dunkler Fleck im hellen Fell. Ganz langsam, um das Tier nicht noch mehr zu erschrecken, nähere ich mich.

»Ihr Urlauber werdet auch von Jahr zu Jahr verrückter. Bekommt euch die Höhenluft nicht?«, knurrt der Mann, der neben mir herstapft. Das Tier hat er noch gar nicht bemerkt, weil er so damit beschäftigt ist, sich über mich aufzuregen. »Fährst du jetzt dein Auto weg, oder soll das ein Dauerparkplatz werden? Sonst gibt's gleich einen Unfall. Wär ja gerade schon fast passiert. Hab ja nur so eben noch bremsen können.«

»Ist doch gut gegangen, oder?« Ich werfe ihm nur einen kurzen, verächtlichen Blick von der Seite zu. »Übrigens habe ich nicht grundlos gebremst, auch wenn du grober Klotz vielleicht aus irgendeinem Grund der Meinung bist, das wäre so was wie mein Hobby. Ich wollte einfach nicht dieses arme Kaninchen plattfahren.«

Jetzt erst fällt es ihm auf. Sein Tonfall wird weicher, eine Spur zumindest. »Hm. Trotzdem macht man keine Vollbremsung, wenn ein Tier über die Straße läuft. Lernt man doch schon in der Fahrschule. Hier zumindest. Vielleicht ist das in …«, er dreht den Kopf, schielt auf mein Nummernschild, »in New York anders, vielleicht lernt man da ja, wie man am effektivsten zu einer Gefahr für den Straßenverkehr wird.«

Entwaffnend strahle ich ihn an. »Also, ich habe jedenfalls gelernt, dass man kein Arschloch sein, keine Lebewesen überfahren und das Leben achten soll.«

»Das gilt aber auch für dein eigenes und das der anderen«, brummt er, doch jetzt ist jede Spur von Härte aus seiner Stimme verschwunden.

Während ich noch überlege, wie ich das Tier am besten untersuchen oder hochheben könnte, ohne einen Biss zu riskieren, ist er schon in Aktion getreten. Er hat sich neben das Kaninchen gekniet und hebt es jetzt ganz behutsam hoch, viel sanfter, als ich es ihm zugetraut hätte, nachdem er mich so angepampt hat.

Jetzt schaue ich ihn zum ersten Mal richtig an. Er ist ungefähr in meinem Alter, ein paar Jahre älter vielleicht, ist großgewachsen und breitschultrig. Die Ärmel des graugrün-melierten Langarmshirts hat er bis zu den Ellenbogen hochgeschoben, der Farbton greift das Grün seiner Augen fast perfekt auf. Braune Locken ringeln sich um seinen Kopf und fallen ihm in die Stirn. Den Bart trägt er für meinen Geschmack zu lang, eher eine Woche als drei Tage, ich stehe mehr auf glattrasierte Männerwangen. Er hat die Art von Bräune, die man nicht im Solarium, sondern von viel Zeit unter freiem Himmel bekommt. Er trägt dunkle Jeans und Wanderschuhe.

Ein Naturbursche, schlussfolgere ich. Davon werde ich hier wohl so einige antreffen, denke ich, und ich möchte wetten, die meisten sind freundlicher als dieser Typ hier.

Ich räuspere mich. »Wir müssen es zu einem Tierarzt bringen.«

Behutsam hält er das Kaninchen auf dem Arm, ohne sich darum zu kümmern, dass dunkles Blut auf sein Shirt tropft. Verdammt, mein erster Eindruck war richtig: Das arme Tier ist wirklich verletzt. Lethargisch lässt es alles über sich ergehen und macht keine Anstalten, sich zu wehren oder vom Arm springen zu wollen.

»*Wir* machen gar nichts. Ich kümmere mich darum. Versuch auf dem Weg zu deinem Hotel oder deiner Insta-Foto-Location oder wo du sonst hin unterwegs bist, keinen Verkehrsunfall zu provozieren.«

Ich spare mir die Erklärung, dass ich nicht als Urlauberin hier bin. Das geht ihn nichts an, außerdem würde es ihn mit Sicherheit gar nicht interessieren. Bleibt zu hoffen, dass sich unsere Wege hier in den Adirondacks, die offenbar sein Zuhause sind – und jetzt auch meins –, nicht noch einmal kreuzen. Weitläufig genug ist die Region jedenfalls.

Und wenn schon. Von grummeligen Kerlen, die mich dumm von der Seite anmachen, lasse ich mir den Tag nicht verderben. Mit solchen Leuten hatte ich in der Großstadt Tag für Tag zur Genüge zu tun. Wenn man sechsundzwanzig Jahre in New York überlebt hat, schockt einen so ein random Idiot nicht.

Also schenke ich ihm mein schönstes Lächeln, streichle dem lethargischen Kaninchen zum Abschied ganz vorsichtig mit der Spitze meines Zeigefingers übers Köpfchen – wobei ich dem Mann näherkommen muss, als mir eigentlich lieb ist – und steige in mein Auto. Nach dem dritten Versuch springt Ralph hustend an, setzt sich ruckelnd in Bewegung, während das Radio ohrenbetäubende Heavy-Metal-Klänge in die Welt hinausplärrt.

Für eine Weile sehe ich den Landrover des Kaninchen-Mannes im Rückspiegel und spiele nur ein klitzekleines bisschen mit dem Gedanken, voll auf die Bremse zu treten, um ihn zu ärgern. Mache ich natürlich nicht, immerhin bin ich nicht wahnsinnig und will tatsächlich keinen Unfall riskieren, auch wenn der Typ anders von mir denkt. Idiot. Und nicht zuletzt will ich nicht, dass das arme Tier quer durch sein Auto fliegt, wenn er meinetwegen abrupt abbremsen muss.

Ein Stück fährt er noch hinter mir her, dann biegt er ab. Vor mir taucht ein Ortsschild auf: Berryfield. Mein Herz schlägt einen Purzelbaum. Ich strecke den linken Arm wieder in den Sonnenschein hinaus, auf meinem Gesicht ein breites, seliges Lächeln. Ich habe es geschafft, ich bin fast am Ziel.

KAPITEL 2

Noah

Das dunkle Holzhaus liegt am Waldrand. Es fügt sich in die Landschaft ein, so als wäre es ein Teil von ihr, schon immer gewesen, als hätte es seinen Ursprung in der Natur und wäre nichts von Menschenhand Geschaffenes. Einst haben rote und orangefarbene Geranien von den Balkonen des Hauses geleuchtet, das von einem Garten mit gepflegten Beeten und üppigen Stauden umgeben war. Aber das ist schon lange nicht mehr so. Jetzt kriecht der Wald mit jedem Jahr näher und verleiht dem Haus etwas Wildes, aber auch Romantisches.

Kies knirscht unter den Reifen, als ich den Landrover vor dem Haus parke.

»Alles gut, Kleines«, murmle ich beruhigend und hebe das Kaninchen wieder auf meine Arme, das in eine Jacke gewickelt auf dem Beifahrersitz gelegen hat.

Im Flur liegen schmutzige Schuhe herum – Sport- und Wanderschuhe sowie feste Schnürstiefel. Niemand kümmert sich wirklich darum, hier im Haus Ordnung zu halten. Alle paar Wochen oder Monate reißt Samuel der Geduldsfaden und er poltert los, dass hier endlich aufgeräumt werden müsse, weil man keine drei Schritte durchs Haus gehen könne, ohne über Gerümpel zu stolpern, und weil die Ameisen sonst bald eine Fressparty zwischen den Pizzakartons feiern würden. Dann krempeln wir alle drei die Ärmel hoch, um klar Schiff zu machen, nur um ein paar Tage später wieder im Chaos zu versinken.

Vielleicht bleibt das in einer Junggesellen-WG dreier Brüder, von denen keiner mit einem nennenswerten Ordnungssinn gesegnet ist, einfach nicht aus.

Aus dem Garten schallen Gelächter und Gebell herüber.

»Keine Sorge, der Hund tut dir nichts. Dafür sorge ich«, sage ich leise. Das Kaninchen drückt sich fester in meinen Arm und vergräbt sein Köpfchen. Mein Herz zieht sich zusammen. Ich hoffe inständig, dass mein ältester Bruder dem Tier helfen kann.

Garten ist eine zu hochtrabende Bezeichnung für das Rasenstück hinter dem Haus, das an den Wald grenzt und auf dem neben einem Haufen Feuerholz, einem Grill und einer Stange mit einem alten, windschiefen Basketballkorb noch ein paar Gartenstühle und ein großer Tisch stehen.

An diesem Tisch brütet mein älterer Bruder Samuel über einigen Unterlagen, die vermutlich seine Tierarztpraxis betreffen, die er im Erdgeschoss des Hauses eingerichtet hat. Hudson, der Jüngste von uns dreien, steht barfuß und mit hochgekrempelten Jeans auf dem Rasen, während Samuels Irischer Wolfshund Fionn um ihn herumspringt. Wenn der riesige Hund, der eigentlich eher ein ruhiges Gemüt hat, auf Touren kommt, ist das wahrhaft ein beeindruckender Anblick.

Samuel runzelt die Stirn und wirft Hudson und Fionn immer wieder strenge Blicke zu. Offensichtlich fällt es ihm schwer, sich auf seine Arbeit zu konzentrieren, während Hudson sein Bestes gibt, dem großen Hund ein paar Tricks beizubringen. Aber wenn man genau hinschaut, bemerkt man das amüsierte Zucken um Samuels Mundwinkel, das den strengen Blick Lügen straft.

»Perfekt, Fionn! Und jetzt die andere Pfote. Wir beide schaffen es noch in den Zirkus.« Lachend belohnt Hudson den Hund mit einem Leckerchen, das Fionn mit einem Happs verschlingt.

Samuel schnauft. »Setz dem armen Kerl keine Flausen in den Kopf. Du weißt, wie sensibel er ist. Wenn ihm irgendwann klar wird, dass er seinen Zirkustraum niemals verwirklichen wird, ist er am Boden zerstört. Und übrigens, wie wär's, wenn du dir ein Hemd anziehst? Hier sind nirgends hübsche Frauen, die du mit deinen Muskeln beeindrucken kannst.«

Hudson spitzt seine Lippen zu einem Kussmund. »Vielleicht reicht es mir ja schon, meinen grummeligen, alten Bruder neidisch zu machen«, flötet er. »Du könntest auch mal wieder trainieren, die viele Arbeit im Sitzen macht sich schon in deiner Haltung bemerkbar.«

Was glatt gelogen ist. Wir Brüder sind allesamt breitschultrig und gut trainiert, was wir der vielen Bewegung an der frischen Luft verdanken. Samuel ist der Einzige von uns, der seine berufliche Erfüllung nicht im Sport gefunden hat, sondern in der Tiermedizin. Doch auch die Arbeit als Tierarzt ist alles andere als ein Schreibtischjob, der einem schmächtige Arme und einen Rundrücken einbringt – schon gar nicht hier auf dem Land, wo man auch immer wieder zu Großvieh gerufen wird, wenn der Kollege, der sich darauf spezialisiert hat, nicht verfügbar ist.

Hudson und Samuel unterscheiden sich wie Tag und Nacht. Während bei Samuel der dunkle Bart und die schwarzen Haare die etwas düstere Ausstrahlung unterstreichen, ist der blonde Hudson der reinste Sonnyboy. Ich finde, manchmal ist er etwas zu stolz darauf, dass er mit seinem Lächeln die Herzen der Urlauberinnen, die bei ihm Sportkurse buchen, reihenweise zum Schmelzen bringt.

Und ich? Ich bin irgendwo dazwischen. Habe weder die dunklen Haare und Augen unseres Vaters, so wie Samuel, noch die weizenblonde Mähne und die blauen Augen unserer Mutter. Manchmal scherzen meine Brüder, ich sei im besten Fall adoptiert oder gefunden worden oder aber das Ergebnis eines Ausrutschers.

»Ich unterbreche euren heißen Flirt ja nur ungern, aber hier ist noch etwas Wichtiges zu tun«, mache ich mich bemerkbar.

Hudson grinst mir entgegen und lässt die restlichen Leckerchen einfach in Fionns aufgerissenes Maul fallen. »Da bist du ja! Na, wie waren die Mädels? Hübsch?«

Ich bin am Nachmittag mit einer Gruppe von Urlauberinnen unterwegs gewesen, die bei mir eine geführte Wanderung gebucht haben. Ich habe ihnen einige herrliche Routen und Aussichtspunkte in den Bergen rund um den See gezeigt. Habe geduldig gewartet, wenn sie sich gegenseitig für ihre Instagram-Accounts fotografiert haben, und ihre aufdringlichen Flirtversuche stoisch-freundlich an mir abperlen lassen.

Samuel schnauft leise. »Hudson, nicht jeder findet seinen Lebensinhalt darin, alles anzubaggern, was nicht bei drei auf den Bäumen ist.«

Ich ignoriere den knurrigen Einwurf meines älteren Bruders. »Die Wanderung war gut, aber auf der Rückfahrt hat dieses arme Ding hier auf der Straße gehockt. Die Autofahrerin vor mir hätte es beinahe überfahren. Samuel, kannst du dir es mal anschauen?«

Samuel reagiert sofort, lässt seinen Kugelschreiber fallen und nimmt das Kaninchen entgegen. Nach wie vor unternimmt das Tier keinerlei Versuch, sich zu wehren, sondern kauert weiterhin nur apathisch in der Jacke, in die ich es gewickelt habe.

Und es rührt sich noch immer nicht, als es sich wenige Minuten später auf dem Behandlungstisch in der Praxis befindet und von grellem Licht beschienen wird.

»Ein Biss, wahrscheinlich von einem Fuchs oder einem streunenden Hund«, stellt Samuel fest. »Das Kleine wird durchkommen, aber die Wunde muss dringend genäht werden.«

»Können wir dir helfen?«, bietet Hudson sofort an.

»Bloß nicht. So zappelig wie ihr seid, macht ihr mich nur nervös. Ich mach das lieber allein.«

Hudson verdreht die Augen. »Na dann. Wir warten draußen.« Er packt mich am Ärmel und zieht mich mit sich aus dem Behandlungsraum.

*

Wir lehnen beide an der Wand.

Jetzt erst komme ich dazu, richtig durchzuatmen. Irgendwie kommt es mir plötzlich vor, als hätte ich seit der Begegnung mit der Frau im Jeep unwillkürlich die Luft angehalten.

»Das Kaninchen hat verdammtes Glück, dass es noch lebt. Erst der Fuchs oder Hund und dann hockte es auch noch mitten auf der Straße und wäre fast plattgefahren worden.«

»Und verdammtes Glück, dass es da gehockt hat. Sonst hättest du es ja nie entdeckt.«

»Genau genommen hab nicht ich es entdeckt, sondern die Frau vor mir. Die hat einfach eine Vollbremsung hingelegt.«

Hudson lacht. »Hättest du doch genauso gemacht.«

Ich nicke widerwillig. »Stimmt. Aber ist trotzdem dumm. Ich hab sie danach auch ziemlich angeschnauzt«, gestehe ich. »Hab gefragt, was ihr denn einfiele, so plötzlich zu bremsen, und gesagt, dass sie eine Gefahr für die Allgemeinheit darstellt. So was halt.«

»Mein Bruder. Charmant wie immer.« Tadelnd schnalzt Hudson mit der Zunge.

»Ich hab mich erschreckt, okay?«, verteidige ich mich. »Ich meine, die hat ohne Vorwarnung voll abgebremst! Ich war direkt hinter ihr. Bin im letzten Moment zum Stehen gekommen, sonst wäre ich ihr draufgeknallt, und dann wäre das alles vielleicht ganz übel ausgegangen. Nicht nur für mich, auch für sie.«

»Weil du zu schnell unterwegs warst?«, fragt Hudson mit Unschuldsmiene.

»Dein Glück, dass die Zeiten vorbei sind, in denen wir uns wegen jeder Kleinigkeit geprügelt haben. Vor zehn, fünfzehn Jahren hätte ich dir dafür eine verpasst.« Ich muss grinsen. Leiser füge ich hinzu: »Ich kenne die Straßen halt in- und auswendig. Kann doch nicht damit rechnen, dass eine Touristin so einen Stunt aufführt. Aber ja, du hast recht.«

»Hoffentlich hast du sie damit nicht vergrault. Wie ich deine charmante Art kenne, ist die arme Frau voller Panik sofort ins Hotel, hat ihre Koffer gepackt und ist abgereist, nur um ja nie wieder so einem grimmigen Waldschrat wie dir zu begegnen.«

»Ja, ja, ist ja gut. Die Botschaft ist angekommen.«

Fionn stupst mit dem Kopf gegen meine Hüfte. Nachdenklich kraule ich dem Hund den Kopf. Mit dem drahtigen, grauen Fell und dem Bärtchen um die Schnauze hat der Wolfshund als Welpe schon ein bisschen wie ein Opa ausgesehen.

Ja, ich weiß, ich habe überreagiert. Ich brauche keinen Hudson, der mir das unter die Nase reibt. Im Nachhinein ist es mir verdammt unangenehm, dass ich die Frau so angegangen bin, die es nur gut gemeint hat. Der Schreck hat mich so aus der Haut fahren lassen.

Aber zumindest war sie um keine Antwort verlegen. Ihre dunklen Augen haben mich nicht erschrocken angeschaut, eher empört und vielleicht sogar etwas spöttisch. Die Wahrscheinlichkeit, dass ich sie – wie Hudson ausgeführt hat – schwer traumatisiert und für immer von hier verjagt habe, schätze ich also gering ein.

Hudson starrt mich an.

»Was?«, frage ich ungeduldig.

Das breite Grinsen gräbt Grübchen in seine Wangen, wie zwei Kommata links und rechts von seinem Mund. Das einzige Merkmal meiner Mutter, das sie an uns alle drei vererbt hat.

»Sie hat dir gefallen, oder?«

»Was?« Ich verschlucke mich fast an meiner eigenen Atemluft. »Blödsinn. Ich hatte eine Auseinandersetzung mit ihr, mehr nicht. Nicht jeder findet seinen Lebensinhalt darin, alles anzubaggern, was nicht bei drei auf den Bäumen ist«, wiederhole ich Samuels Worte.

Entwaffnend hebt Hudson die Hände. »Schon gut. Ich dachte ja nur. Du hattest so was in der Stimme.«

Aber ich bin noch nicht fertig. »Abgesehen davon, dass sie nicht Auto fahren kann, ist sie auch gar nicht mein Typ. So ein Stadtmädchen eben. Von denen habe ich für dieses Leben genug.«

»Typ Businessfrau?«, hakt er viel zu neugierig nach.

»Typ Freizeithippie«, korrigiere ich. »Mit so einem albernen Blumenrock. Die blonden Haare geflochten. Bildet sich bestimmt ein, sie wäre der Natur unheimlich nah, wenn sie hier auf dem Land Urlaub macht. Und kriegt dann einen Nervenzusammenbruch, wenn das Wetter mal nicht alles nach sonnigem Märchenland aussehen lässt, sondern sich von seiner raueren Seite zeigt.«

»Dafür, dass du sie nur kurz von der Seite angepflaumt hast und dich sonst kein bisschen für sie interessierst, hast du dir aber eine sehr klare Meinung über sie gebildet«, merkt Hudson süffisant an. Seine blauen Augen funkeln amüsiert. »Und eine ziemlich große Schublade aufgemacht, um sie darin zu verstauen. Wirkt auf mich so, als hätte sie doch ganz schön Eindruck auf dich gemacht.«

»Du spielst mit deinem Leben.«

»Schon gut, schon gut. Ich bin ja kein Profi. Was weiß ich also schon?« Immer noch grinsend, schnappt er sich Fionn und flieht mit ihm in Richtung Küche. Wenige Momente später höre ich das Piepsen der Mikrowelle.

Eindruck hinterlassen – von wegen! Aufgeregt hat sie mich. Vielleicht auch gerade wegen der selbstbewussten Art, mit der sie mir Paroli geboten und mich hat auflaufen lassen. Ihr Verhalten ringt mir wider Willen Respekt ab, aber vor allem hat sie mich, na ja, aufgeregt.

Und trotzdem. Trotzdem tut es mir leid. Trotzdem war es ein richtiger Arschloch-Move von mir.

Fast hoffe ich, ihr noch einmal über den Weg zu laufen, um mich entschuldigen zu können. Aber nur fast.

KAPITEL 3

Emma

Das ist es, mein Haus.

Der Wind bläht meinen langen, geblümten Flatterrock mit dem Blumenmuster wie ein Segel auf und zupft Strähnen aus meinem blonden Flechtzopf, der ohnehin nur noch an den Haarspitzen vom runtergerutschten Haargummi gehalten wird. Der Knoten, mit dem ich meinem verwaschenen Shirt in der Taille etwas Form gegeben habe, hängt schief.

Aber das alles spielt keine Rolle. Ich bemühe mich nicht, mein Erscheinungsbild in irgendeiner Weise in Ordnung zu bringen. Ich stehe einfach nur da und staune.

Es ist wunderschön. Alt und, offen gestanden, heruntergekommen, aber wunderschön. Ein großes, altes Farmhaus, umgeben von sanft geschwungenen, grünen Wiesen, die von Wäldern und in weiter Ferne von steilen Bergen begrenzt werden. Der Wind streicht über das Gras und lässt es sacht wogen, wie einen grünen Ozean.

Die Ruhe erschlägt mich fast. Ohne Motorengeräusch und ohne Heavy-Metal-Musik merke ich erst, wie still es hier ist – da ist nur das Rauschen des Windes, das Zirpen der Grillen und mein eigener Atem. Die Abwesenheit von Straßenlärm und Stimmengewirr, dem ständigen Hintergrundrauschen der Großstadt, dröhnt in meinen Ohren.

Ich versuche diese gigantische Stille, überhaupt alles zu begreifen – ich bin wirklich hier, und das hier ist tatsächlich mein Haus und mein Grundstück, dessen Grenzen ich erst noch genauer erforschen muss. Sogar der Stall, den ich weiter hinten sehe, gehört mir. Die Vorstellung ist überwältigend. Jeder meiner Atemzüge ist gierig. Ich sauge so viel von der frischen Luft in mir auf, dass meine Lunge fast platzt.

Das hier ist genau der Neustart, den ich mir ersehnt habe. Das ist alles, was ich will und brauche.

Mein Herz schlägt so wild, dass mir ganz schwindelig ist. Ich kann es kaum erwarten – all das, was jetzt kommt und auf mich wartet. Der morgige Tag, an dem ich anfangen kann, meine Pläne in die Tat umzusetzen, und alle Tage danach. Ich habe so viel vor, habe mir so vieles ausgemalt und vorgenommen, und die Vorfreude macht mich ganz kribbelig.

Allmählich sinkt die Sonne, die Schatten der Bäume und Berge werden länger und legen sich über die Wiese. Im warmen, rötlichen Licht ist mein Haus noch schöner, die Schatten überdecken jetzt auch die bröckelnde Fassade und das löchrige Dach.

Ich kann mich von diesem Anblick gar nicht losreißen, und wahrscheinlich brauche ich noch ewig, bis der Fakt in mein Bewusstsein durchgedrungen ist, dass dieser fremde Ort, den ich nur von den Fotos und der Beschreibung in der Makleranzeige kenne, jetzt mein Zuhause ist. Aber allmählich wird es hier draußen kalt, ich beginne zu frösteln. Also zerre ich meinen übervollen Koffer aus Ralphs Kofferraum und schleppe ihn zur Haustür.

*

Jedes Haus hat einen Charakter, eine Persönlichkeit. Und jedes Haus hat einen ganz eigenen Geruch, der ihm anhaftet und zu ihm gehört, so wie jeder Mensch einen Körpergeruch hat, der ihn unverwechselbar macht.

Mein Haus riecht nach Tee und auf verwirrende Weise nach Meer, obwohl es in alle Himmelsrichtungen unendlich weit bis zur Küste ist. Kein Ozean weit und breit, nur in der Luft und im Holz dieses Hauses lebt er.

Langsam, wie von unsichtbaren Fäden gezogen, gehe ich von Raum zu Raum. Stehe barfuß auf den Holzdielen, spüre sie unter meinen Sohlen und höre ihr Knarzen, als ich mein Gewicht verlagere. Ich befühle die fadenscheinigen Vorhänge, die bestimmt einmal weiß gewesen sind, aber inzwischen einen schmutzig gelben Farbton angenommen haben. Ich lasse meine Fingerspitzen über die lackierten Türrahmen gleiten, von denen die Farbe abgeplatzt ist, über die rauen Tapeten, bei denen ein neuer Anstrich nichts bringt und die ich deshalb entfernen werde.

Ich muss alles anfassen, mit meinen eigenen Händen spüren, weil ich immer noch nicht so ganz glauben kann, dass ich von jetzt an hier leben werde. Die Möbel und Wände zu berühren, hilft mir, den Gedanken realer werden zu lassen.

Hier muss so vieles gemacht, erledigt, ersetzt, renoviert werden. Aber davor scheue ich mich nicht, im Gegenteil. Ich freue mich auf jeden Handgriff, den ich hier machen werde, auch wenn ich jetzt schon ahne, dass ich in manchen Momenten dennoch fluchen werde. Ich kann es kaum erwarten, dieses Haus Stück für Stück zu neuem Leben zu erwecken und ihm meine eigene Note zu verleihen.

In der Küche finde ich einen alten Teekessel und sogar eine Blechdose mit losem Schwarztee, an dem ich skeptisch schnuppere, der aber noch gut und aromatisch riecht. Der Wasserhahn quietscht, als ich ihn aufdrehe, und ich lasse das Wasser zur Sicherheit eine Weile laufen, weil ich nicht genau weiß, wann die Vorbesitzer ausgezogen sind und wie lange es folglich in der Leitung gestanden hat. Als der Duft von frisch aufgebrühtem Tee die Küche erfüllt, seufze ich genussvoll.

Viele Möbel haben die Leute, die vorher hier gewohnt haben, einfach dagelassen, aber die meisten davon werde ich nicht behalten, das weiß ich jetzt schon. Von der Decke, die auf dem Sofa liegt, wirbelt eine Staubwolke auf, als ich sie mit spitzen Fingern hochhebe. Ich muss husten. Egal. Ich habe Vorkehrungen getroffen und meine eigene Kuscheldecke, die ich zum Glücklichsein brauche, mitgebracht, mit der ich es mir jetzt auf einer der breiten Fensterbänke gemütlich mache. In meinen Händen halte ich die Teetasse, mit meinem Rücken und meinem Kopf lehne ich an der Fensterlaibung.

Es waren eine lange Fahrt und ein anstrengender Tag. Überhaupt waren die letzten Wochen und Monate unglaublich kräftezehrend, was ich immer zu verdrängen geschafft habe, weil ich mir keinen Moment der Schwäche erlauben durfte und einfach weitermachen musste. Jetzt befällt mich eine bleierne Müdigkeit.

Draußen ist die Sonne mittlerweile untergegangen. Im blassen Licht des Mondes erkenne ich grobe Umrisse, den Stall, die hölzernen Zäune, Bäume, deren Äste sich sachte im Abendwind wiegen. Die Berge, schwarze Scherenschnitte vor dem tiefen, dunklen Blau des Himmels.

Und dann stiehlt er sich in meine Gedanken – der Kerl, der mich heute so unfreundlich angepflaumt hat. Unmöglich ist das gewesen.

Aber da war noch etwas anderes. Die Sorge in seinem Blick, als er das verletzte Kaninchen bemerkt hat. Und wie vorsichtig er das kleine Tier hochgehoben hat, obwohl er es doch schulterzuckend seinem Schicksal hätte überlassen können. Ganz offensichtlich kann er also auch anders. Er ist er ein grober Klotz, aber halt nicht nur.

Und er hat ja nicht ganz unrecht gehabt, wispert eine Stimme in meinem Hinterkopf, die ich gern zum Schweigen gebracht hätte. Es war eine dumme Aktion gewesen, einfach das Bremspedal durchzutreten, ohne zumindest kurz in den Rückspiegel zu schauen. Eine Kurzschlussreaktion, ein Reflex. Kann ich es dem Mann verübeln, dass er sich aufgeregt hat, weil ich ihn in eine gefährliche Situation gebracht habe?

Und warum mache ich mir überhaupt so viele Gedanken um ihn? Nur eine Zufallsbegegnung, nur ein winziger Moment, der schon der Vergangenheit angehört. Ein Treffen ohne Bedeutung mit einem Mann ohne Bedeutung. Nichts, was für mich oder in meinem Leben irgendeine Rolle spielt. Ich habe eine Menge zu tun, es gibt viele wichtige Dinge, um die ich mich in nächster Zeit kümmern muss und für die ich meine ganze Aufmerksamkeit brauche.

Und trotzdem kehrt der Mann erneut in meine Gedanken zurück, trotzdem sehe ich seine Locken und seine grünen Augen noch für einen winzigen Moment vor mir, als ich meine Decke auf dem staubigen Bett ausbreite, mich darauf lege und erschöpft innerhalb weniger Augenblicke eingeschlafen bin.

KAPITEL 4

Emma

So eine alte Farm auf Vordermann zu bringen, ist ein verdammtes Stück Arbeit.

Okay, das ist jetzt keine bahnbrechende Erkenntnis. So was weiß man vorher, und mir war das auch absolut klar. Ich habe nichts dagegen, mir die Hände schmutzig zu machen. Freue mich sogar, mal etwas zu tun, bei dem ich nicht nur auf dem Bürostuhl sitze und mit E-Mails, Anrufen und Akten jongliere, bis mir vor lauter Stress mein Brustkorb ganz eng wird und mir das Atmen schwerfällt. Es tut auf seltsame Weise gut, draußen an der frischen Luft zu sein und schweren Kram von A nach B zu schleppen, morsche Holzzäune abzureißen und das alte, modrige Stroh aus den Stallboxen raus zu schaffen. Man erfreut sich an dem, was man geschafft hat, anstatt sich davor zu fürchten, von einem immer höher wachsenden Aktenstapel erschlagen zu werden.

Morgen muss ich dringend in den Baumarkt und mich eindecken. Mit Werkzeug, Farben – wahrscheinlich mit so ziemlich allem, was der nächstgelegene Baumarkt zu bieten hat. Ich werde mich einmal quer durchs Sortiment arbeiten, so wie ich das früher immer mit der Speisekarte in meinem Lieblingscafé gemacht habe.

Aber heute Abend mache ich das nicht mehr.

»Jetzt ist Feierabend«, plappere ich vor mich hin und werfe die Arbeitshandschuhe in die Ecke.

Das mit den Selbstgesprächen muss ich im Blick behalten. Ich kenne hier keinen Menschen, bin den ganzen Tag allein auf meiner Farm. Offenbar hat mein Unterbewusstsein schon gleich am ersten Tag beschlossen, dass ein Gesprächspartner her muss – und hat in Ermangelung von Alternativen mich selbst für diese Rolle ausgewählt.

Es gibt zweifellos schlechtere Gegenüber. Trotzdem beschließe ich, dass ich mal wieder unter Menschen muss. Und warum sollte ich nicht direkt heute anfangen, irgendwie Anschluss zu finden?

Bei meinen Einkaufsfahrten durch Berryfield ist mir das Schild eines Pubs aufgefallen. Die perfekte Location für heute Abend. Beschwingt von der Aussicht, heute auszugehen, wasche ich unter Dusche nicht nur den Schweiß, sondern auch den Stallgeruch ab. Dann räume ich endlich sämtliche Klamotten aus meinem riesigen Koffer in den Kleiderschrank, ein Massivholzungetüm mit geschnitzten Verzierungen, das mich vage an Madame de la Grande Bouche, den lebenden Schrank aus *Die Schöne und das Biest* erinnert.

Meine ganzen Businesskostümchen und Hosenanzüge habe ich vor meiner Abfahrt noch in New York der nächstbesten Altkleidersammlung vermacht und mich gefreut, sie nie wieder anziehen zu müssen. Mein neues Outfit, das sich wie eine zweite Haut anfühlt, sind weite Röcke, flatternde Hippiekleider, lockere Shirts und Tops und höchstens mal eine Jeans. Das, was ich auch in New York immer angezogen habe, sobald ich vom Büro nach Hause gekommen bin und mir endlich die unbequeme Businesskleidung vom Leib reißen konnte.

Aber ein paar meiner Partykleider haben meiner wilden Ausmistwut getrotzt und es mit nach Berryfield geschafft. Und jetzt gleich am zweiten Abend kriegt eins von ihnen die Gelegenheit, mit mir auszugehen und zu feiern. Schief pfeifend werfe ich mich in Schale, ziehe ein absurd kurzes und enges Kleid an – dunkelgrün schimmernd wie Pfauenfedern – und male mir die Lippen mit nudefarbenem Lippenstift an. Fönfrisuren sind echt nicht meine Stärke, aber heute gebe ich mir größte Mühe, etwas Volumen in mein Haar zu zaubern. Es ist immerhin meine erste Partynacht in Berryfield. Ich werde Leute sehen, die sich hier herumtreiben und hier wohnen. Und der erste Eindruck zählt.

*

Ich bin hoffnungslos overdressed. So verdammt overdressed wie noch nie in meinem Leben, wie ein glänzender Pfau inmitten einer Schar von Hühnern.

Nicht, dass die Leute, die hier im *Oak & Ivy* abhängen, gammelig oder ungepflegt wären. Ich sehe Jeans, Flanellhemden, Sweatshirts. Ganz entspannte Freizeitklamotten. Und da bin ich in meinem glänzenden, überhaupt nicht entspannten Partykleidchen, sitze verkrampft auf einem Barhocker, zupfe mit der einen Hand immer wieder am Saum herum, während ich mich mit der anderen an meinem Apple Cider festhalte und fühle mich unglaublich fehl am Platz.

Dabei ist der Pub eigentlich urgemütlich. Die vertäfelten Wände, die Theke und die Tische sind aus einem dunklen, rötlich glänzenden Holz. Hinter der Bar erstreckt sich ein

Regal bis unter die Decke, das gefüllt ist mit Flaschen, in denen sich das schummrige Licht bricht. Um den gemauerten Kamin herum hängen Bilder an der Wand, die ich eher in England, als hier erwarten würde: Jagd- und Hockeyszenen, eine Bleistiftskizze des Big Ben in London.

Das Feuer, das im Kamin prasselt, schafft eine behagliche Atmosphäre. Lachende und plaudernde Stimmen mischen sich mit Klassikern der Rockmusik, die hier gespielt werden. In einer Ecke steht sogar eine alte Jukebox.

Es gibt Sandwiches, die mit so viel Cheddarkäse überbacken sind, dass man das Brot darunter nicht mehr sieht, und Nachos mit Bohnen und verschiedenen Soßen, ebenfalls in Massen von Schmelzkäse ertränkt. Sieht alles himmlisch aus und duftet sogar noch besser. Allerdings würde ich jetzt keinen Bissen runterkriegen. Ich bin nicht schüchtern, aber hier als völlige Außenseiterin an einem Ort zu sein, an dem sich sonst alle zu kennen scheinen und sich gut unterhalten, und dabei so aufzufallen, ist mir dann doch irgendwie sehr unangenehm.

Was habe ich mir überhaupt dabei gedacht, dieses dumme Kleid anzuziehen? War doch klar, dass ein Pub in einem kleinen Dorf im Nirgendwo einen anderen Dresscode hat, als irgendeine Bar in Manhattan. Ich merke die verstohlenen Blicke, die mich immer wieder streifen, weil ich in meiner unpassenden Klamotte nicht zu übersehen bin.

»Ist eine gute Zeit für Urlaub hier. Perfekt zum Wandern.« Der Barkeeper – vielleicht gleichzeitig auch der Inhaber – hat Mitleid mit mir und schiebt mir noch einen Cider rüber. Die Piercings an seinen Lippen klimpern, als er sie zu einem Lächeln verzieht. Die Piercings an Nase und Augenbrauen glänzen rötlich im schwachen Licht.

»Ich mache hier keinen Urlaub.« Ich fühle mich schon nicht mehr so elend. »Genau genommen wohne ich hier. Seit gestern.«

»Ach.« Neugierig mustert er mich.

Mit der Hand gestikuliere ich in eine unbestimmte Richtung. »Ich habe eine alte Farm gekauft. Ein kleines Stück außerhalb vom Ort.«

»Ach«, macht er nochmal, und diesmal sieht er eindeutig verwirrt aus. »Das riesige alte Ding? Ich habe mich immer gefragt, wer die mal kaufen wird. Du bist ... Farmerin?«

Er spricht das so ungläubig aus, als würde er mich fragen, ob ich ein grün-lila getupftes Einhorn sei. Ich halte ihm zugute, dass ich in meinem aktuellen Outfit wirklich nicht dem Farmerinnen-Klischee entspreche. In dem Kleid sehe ich nicht aus, als würde ich Schubkarren durch den Matsch schieben oder Mist schaufeln. Wichtige Notiz an mich selbst: Nächstes Mal in Latzhose und Gummistiefeln auftauchen, wenn ich solche fassungslosen Blicke vermeiden will.

»Na ja, nicht so richtig. Jedenfalls noch nicht. Aber bald kommt eine kleine Alpakaherde auf die Farm.«

Mittlerweile hat unser Gespräch Aufmerksamkeit erregt. Neugierig werde ich angestarrt.

»Al...pakas?« Jemand lacht. »Im Ernst? Was willst du denn mit Alpakas?«

Ich fahre herum. Scheiße, diese Stimme kenne ich. Empört funkle ich den Widerling an, der gerade mit zwei anderen Kerlen zur Tür reingekommen ist und jetzt über meinen Plan lacht, als sei es das Dämlichste, was er je gehört hat.

Reizend.

»Ja, Alpakas«, fauche ich. »Diese kleinen flauschigen Kamele, falls dir das nichts sagen sollte.«

Er runzelt die Stirn. »Ich weiß, was ein Alpaka ist, herzlichen Dank. Ich weiß nur nicht, warum zur Hölle man hier welche halten will. Für Fleisch oder Milch ja wohl nicht. Als Futter für die Bären?«

Ich könnte ihm ganz genau erklären, weshalb ich Alpakas halten will. Werde ich aber nicht. Der Typ ist wirklich der Letzte, den das etwas angeht.

»Um sie als Deko auf die Wiese zu stellen«, entgegne ich und verdrehe die Augen.

»Das Schlimme ist, das traue ich dir sogar zu.« Zweifelnd schaut er mich an, und ich kann ihm richtig ansehen, dass er gerade überlegt, ob ich das tatsächlich ernst meine.

»Lass sie. Ist doch lustig.« Einer der beiden Kerle, mit denen er in den Pub gekommen ist, stößt ihn mit dem Ellenbogen in die Seite. Der blonde Schönling kann sich aber auch ein Grinsen nicht verkneifen.

Allesamt Banausen, von denen ich mir meine Pläne ganz sicher nicht madig machen lasse.

»Die Alpakas ziehen jedenfalls mit gutem Grund nach Berryfield. Schon bald werden sie hier wohnen. Wie ich übrigens jetzt schon. Also gewöhnt euch besser an diesen Anblick, so schnell gehen wir hier nicht mehr weg«, verkünde ich großspurig mit einem strahlenden Lächeln und leere mein Glas in einem Zug.

Ups, vielleicht etwas zu viel und zu schnell getrunken. Sofort merke ich, wie mir der Alkohol zu Kopf steigt. Als ich schwungvoll von meinem Hocker aufstehe, schwankt der Boden unter meinen Füßen, wenn auch nur ganz leicht. Ich reiße mich zusammen. Die Genugtuung, mich jetzt raustorkeln zu sehen, gönne ich dem unhöflichen Idioten nicht – überhaupt keinem von diesen Menschen, die mich ansehen, als hätten sie ein Alien vor sich.

»Ich denke, an den Anblick kann ich mich gewöhnen. Tolles Kleid übrigens«, raunt mir der Barkeeper zu, bevor ich aus dem Pub stolziere.

KAPITEL 5

Noah

»Die Arme.« Lottie lacht herzlich, während sie einen Stuhl an unseren Tisch zieht und sich verkehrt herum draufsetzt. »War das nötig, so fies zu ihr zu sein?«

»Ich glaube schon.« Ich reibe mir über die Stirn, die noch immer gerunzelt ist. »Die ist doch jenseits von Gut und Böse, hat den Kopf komplett in den Wolken. Wäre vielleicht gut, wenn sie mal jemand auf den Boden der Tatsachen holt. Stöckelt hier herum, als wäre sie mitten in der Großstadt, und will Plüschtiere auf unsere Wiesen stellen.«

»Unsere Wiesen«, prustet sie. »Du redest, als würde ganz Berryfield und Umgebung dir gehören. Tut mir leid, dir das mitteilen zu müssen, aber du hast kein Recht, jeden, der hierhin ziehen will, mit deiner Mistgabel zu verjagen.«

»Nicht jeden, aber vielleicht diese eine?« Ich schenke ihr einen Dackelblick.

Hudson lacht. »Noah hatte das Vergnügen, die Neue gestern schon kennenzulernen.«

»Kennenzulernen ist zu viel gesagt«, widerspreche ich sofort.

»Raus mit der Sprache.« Lotties braune Augen funkeln neugierig.

Es hat ohnehin keinen Sinn, meiner besten Freundin die Auskunft zu verweigern. Lottie hatte schon immer diese Beharrlichkeit, die jeden Widerstand zwecklos macht. Schon damals in der Schule.

»Ich wäre ihr fast reingefahren, weil sie plötzlich eine Vollbremsung hingelegt hat.«

»Und zwar, weil sie für ein Kaninchen gebremst hat, was Mister Ich-bin-so-übellaunig-und-hasse-alles-und-jeden insgeheim imponiert hat«, flötet Hudson.

Lottie zieht eine ihrer dunklen Augenbrauen hoch. Als sie sich reckt, zeichnen sich straffe Muskeln auf ihren braungebrannten Oberarmen ab. »Echt? Du magst sie?«

»Okay, das reicht.« Genug von der Neuen. Nervig genug, dass sie jetzt in der Gegend wohnt und ich damit rechnen muss, ihr wieder über den Weg zu laufen. Da muss ich nicht auch noch hundertmal mit meinem lästigen kleinen Bruder und meiner Jugendfreundin durchkauen, wer nun im Recht war und was ich von der Neuen halte oder auch nicht halte.

Hilfesuchend schaue ich zu Samuel, der bisher schweigend dagesessen hat, sich jetzt aber meiner erbarmt und vorschlägt, eine Runde Billard zu spielen. Damit ist das Thema erst mal vom Tisch.

Aber ich bin nicht bei der Sache. Ehrlich gesagt hat es mir imponiert, wie selbstbewusst sie mir wieder die Stirn geboten hat. Für sie ist es wahrscheinlich auch nicht ganz leicht, allein in eine neue Gegend zu ziehen und – gerade angekommen – von einem Fremden angepampt zu werden.

Toll, jetzt versetzt mir mein schlechtes Gewissen wieder einen Stich.

Und wenn ich gnadenlos ehrlich zu mir bin, ist das nicht

der einzige Grund, warum sie mir nicht aus dem Kopf geht. In dem albernen Kleid hat sie unfassbar heiß ausgesehen. Aber ich würde mir eher die Zunge abbeißen, als das laut auszusprechen.

KAPITEL 6

Emma

Als ich an den letzten Abend denke, kann ich nur grinsend den Kopf schütteln. Großartig ist das gelaufen. Was ist nochmal aus dem Plan geworden, einen guten ersten Eindruck zu machen? Spätestens jetzt bin ich im ganzen Dorf Gesprächsthema, da mache ich mir keine Illusionen. Die Städterin aus New York, die overdressed in den Pub stolpert, von Alpakas faselt und direkt erst mal Streit anfängt.

Ganz egal. Davon lasse ich mich nicht unterkriegen. Mag sein, dass mich jetzt jeder für seltsam hält. Ich habe genug Zeit, die Leute in Berryfield davon zu überzeugen, dass ich nicht ganz so schlimm bin, wie sie jetzt vielleicht denken.

Die Arbeit hält mich ohnehin davon ab, mir zu sehr den Kopf zu zerbrechen. Ächzend säubere ich die Boxen im Stall und gebe mein Bestes, eine kaputte Tür zu reparieren, die schief in den Angeln hängt. Ich schlage einen Nagel nach dem anderen ins Holz – und donnere den Hammer auf meinen Finger.

»Verdammte Kacke«, schreie ich auf. Ein brutaler Schmerz durchfährt meine Hand. Jammernd balle ich sie zur Faust. Als ich schließlich den Handschuh vorsichtig ausziehe, wird mir kurz übel. Der Fingernagel ist blutunterlaufen und verfärbt sich jetzt schon dunkel. Ich halte den Finger hoch und atme schnell und hektisch, als könnte ich mir den Schmerz so vom Leib halten.

»Keine Zeit für Selbstmitleid«, murmle ich.

Der Einzugstermin der Alpakas rückt näher. Ich muss alles für meine kleine Herde auf Vordermann bringen. Also schiebe ich meine Ärmel hoch, beiße die Zähne zusammen und mache weiter. Der verletzte Finger pocht, obwohl ich versuche, ihn zu schonen. Aber es hilft nichts, die Arbeit erledigt sich nicht von allein, und meine zukünftigen Mitbewohner haben nur das Beste verdient. Der Gedanke an sie zaubert mir ein Lächeln aufs Gesicht. Ich meine, wie kann man Alpakas nicht lieben? Die freundlichen Gesichter, die immer zu lächeln scheinen, die langen Hälse und die dicken, wolligen Popos.

Während ich eine Schubkarre aus dem Stall schiebe, zum gefühlt hundertfünfundachtzigsten Mal, denke ich darüber nach, wie ich sie nennen werde. Den Züchter, von dem ich sie kaufe, habe ich natürlich gefragt, ob sie schon Namen haben. Aber er hat nur verächtlich geschnauft, als bräuchten Tiere seiner Meinung nach keine Namen.

Dotty? Das klingt nach einem guten Namen. Oder lieber etwas Eindrucksvolleres? Blizzard? Vermutlich muss ich die Süßen sehen, um mir richtig gute Namen für sie einfallen zu lassen. Sagen das nicht manche Eltern – dass sie ihren Kindern nach der Geburt nur einmal ins Gesicht schauen mussten, und dann war ihnen mit einem Mal klar, wie sie heißen sollten? Ein klitzekleines bisschen fühle ich mich wie eine werdende Mutter, zumindest stelle ich mir das Gefühl so vor. Ich kann es kaum erwarten, die Tiere endlich hier zu haben. Bis in die Zehenspitzen bin ich von Vorfreude erfüllt. Ich summe sogar vor mich hin – bis ich es plötzlich höre.

Ein Geräusch. Ein leises Knacken im Unterholz, jenseits des Farmgeländes. Dort, wo die hohen Bäume am Waldrand dunkle Schatten werfen. Schatten, in denen sich etwas verbergen könnte ... oder jemand.

Schlagartig beginnt mein Herz zu rasen, ich spüre es in meiner Kehle, es raubt mir den Atem. Das Pochen hallt hinter meinen Schläfen wider. Mit einem Mal bin ich ganz starr, rege keinen Muskel, halte die Luft an. Aus weit aufgerissenen Augen starre ich zu den Bäumen hinüber.

Was war das? Kam das Knacken von einem Zweig, auf den jemand getreten ist? Eiskalte Angst kriecht in mir hoch. Angestrengt starre ich in die Richtung, aus der ich es gehört habe, aber ich sehe nichts. Sind die Schatten tief genug oder die Baumstämme breit genug, dass man sich dort verstecken könnte?

Noch ein Geräusch, diesmal hinter mir. Ein Rascheln im Laub. Blitzschnell fahre ich herum, unterdrücke einen Schrei und schaue dorthin, wo ich die Quelle des Geräuschs vermute.

Wieder nichts. Obwohl die Sonne vom Himmel brennt, ist mir plötzlich kalt und ich schlinge die Arme um meinen Oberkörper.

Die Landschaft ist unendlich weit. Sie flimmert vor meinem Blick – die Bäume und sanft geschwungenen Wiesen, dahinter die dunklen Wälder. Die Berge mit ihren schroffen Hängen, die wie stumme Wächter in den wolkenlosen Himmel ragen, der so leuchtend blau ist, dass ich kaum hinsehen kann. So endlos weit, dass er mir deutlich vor Augen führt, wie allein ich hier bin. Nur ein winziger Punkt in der atemberaubend weiten Landschaft der Adirondack Mountains.

Wie einfach es wäre, sich irgendwo da draußen zu verstecken und mich zu beobachten. Ich glaube einen Blick zu spüren, es brennt in meinem Nacken. Keuchend drehe ich mich wieder um, stolpere dabei fast über meine eigenen Füße.

»Ist da jemand?«, bringe ich krächzend hervor. Ich will stark klingen, aber meine Stimme hört sich jämmerlich an.

Ein Windstoß bewegt die heiße Sommerluft und bringt das Laub unter einer großen Eiche zum Rascheln. Meine Anspannung macht sich in einem nervösen Lachen Luft. Nichts, da war gar nichts.

Niemand ist hier, ich bin allein, so allein, dass ich offenbar den Verstand verliere. Aber ich bin nicht in Gefahr. Hier findet mich niemand. Meine Phantasie hat mir einen Streich gespielt.

»Sicherheit. Ich bin in Sicherheit«, flüstere ich wie ein Mantra vor mich hin und fühle mich dabei wie eine Idiotin. Die Farm ist völlig leer, und das ist auch der Grund, warum ich mir plötzlich eingebildet habe, nicht allein zu sein. Ich bin diese Leere nicht gewohnt. In meinem alten Leben war ich rund um die Uhr umgeben von anderen Menschen, der Blick ging immer nur bis zur nächsten Häuserfassade. Und jetzt – diese Weite, die die Augen schmerzen und gleichzeitig mein Herz ganz frei und wild schlagen lässt. Diese Weite, die aufregend und zugleich irgendwie auch erdrückend ist und die mir vor Augen hält, dass ich alles und jeden zurückgelassen habe, dass ich abgeschnitten bin von meinem früheren Leben und auch ein Stück weit von der Welt mit all dem Gewusel und Stress. Ich bin an einem Ort, an dem die Uhren anders gehen und an dem ich auf verrückte Weise das Gefühl habe, von der Realität entrückt zu sein. An so was muss sich mein Großstadtgehirn erst mal gewöhnen.

Alles gut. Nichts ist passiert. Ich atme auf, ziehe die Arbeitshandschuhe aus und lasse die Schubkarre einfach vor dem Stall Schubkarre sein. Die Arbeit läuft ja nicht weg, ich brauche ganz dringend eine Pause.

*

Vorsichtig, um mir die Fußsohlen nicht an ein paar scharfkantigen Fliesenstücken aufzuschneiden, steige ich in die Dusche. Das Haus hat mindestens so viel Arbeit und Liebe nötig, wie der Stall und die Weiden mit den halb kaputten Zäunen, die die Alpakas wahrscheinlich kaum davon abhalten können, das Farmgelände zu verlassen.

Die Aufgaben türmen sich wie ein riesiger Berg vor mir auf. Das entmutigt mich nicht, im Gegenteil. Je mehr ich zu tun habe, desto mehr empfinde ich das als Ansporn – das war schon immer so. In diesem Fall werde ich mir aber tatsächlich Hilfe holen müssen, denke ich seufzend. Ich bin keine Handwerkerin, nie gewesen, sondern Rechtsanwaltsgehilfin. Schweiß, eiserner Wille und YouTube-Tutorials bringen mich weit, aber manchmal eben nicht ganz ans Ziel.

Heiß prasselt das Wasser auf meine verspannten Schultern. Mein armer Finger sendet noch immer Schmerzwellen aus und pocht wie verrückt, jetzt sogar noch stärker. Ich schließe die Augen und lasse das Wasser über mein Gesicht laufen.

Mir steckt der Schreck noch in den Knochen, ich spüre ein zitterndes Echo des Schocks tief in meiner Brust. Für einen kurzen Moment dachte ich wirklich, er wäre da. Wider alle Vernunft habe ich es für möglich gehalten.

Natürlich ist das Unsinn, aber trotzdem habe ich nicht die geringste Lust, jetzt wieder nach draußen zu gehen, wo ich wie auf dem Präsentierteller sitze für jeden, der vorbeischleichen und mich beobachten könnte. Es ist zwar gerade erst Mittag, aber ich habe ja auch schon eine Menge geschafft.

Und ich habe Hunger. Ich will mir etwas Gutes gönnen. Während ich mit feuchten Haaren auf dem Fensterbrett sitze und genüsslich Tiefkühlpommes mit Käsesoße verschlinge, schaue ich hinaus. Plötzlich überkommt mich eine Sehnsucht nach dieser endlos weiten Natur, die mir gerade eben noch Respekt eingeflößt hat. Ich will wieder raus, will die Wege erkunden, die sich durch die Landschaft schlängeln. Ich will die frische Luft atmen und all das, was ich bisher nur von Fotos kenne, leibhaftig erleben.

Aber nicht allein. Das unangenehme Gefühl, beobachtet zu werden, ist noch immer nicht verschwunden. Mein Körper ist noch in Alarmmodus, auch wenn ich weiß, dass es ein Fehlalarm ist. Natürlich ist da niemand, aber ganz allein in der Gegend herumzulaufen, ist jetzt doch nicht das, was ich machen will. Abgesehen davon habe ich nicht die geringste Lust, direkt auf meinem ersten ausgedehnten Spaziergang in eine Schlucht zu stürzen, von Bären verspeist zu werden oder mich hoffnungslos zu verirren und Monate später in Skelettform von nichtsahnenden Wanderern entdeckt zu werden.

Mit dem Handy google ich nach geführten Wanderungen und werde sofort fündig. Unmengen Guides bieten Touren durch die Adirondacks an. Ich zögere nicht lang und klicke auf den erstbesten Link: *Adirondack Adventures*. Ich habe Glück – wenn ich spontan genug bin, kann ich gleich heute

Nachmittag schon starten. Ja, das bin ich! Schnell fülle ich die notwendigen Angaben ein und drücke auf *Buchung bestätigen*.

Von neuer Energie erfüllt, flitze ich los, um die Arbeitskleidung gegen lockere Jeans und ein ausgewaschenes Shirt zu tauschen. Ich schlüpfe in meine Wanderschuhe, setze mich hinter Ralphs Steuer und lasse mich von ihm mit Heavy-Metal-Krach beschallen, während ich zum Treffpunkt – einem Parkplatz ganz in der Nähe – fahre.

KAPITEL 7

Emma

Mit heruntergekurbeltem Seitenfenster sitze ich auf dem Parkplatz, genieße die Wärme der Luft und den Waldduft, den die Brise hereinträgt, und lausche Ralphs einzigem Musiksender. Langsam erwärme ich mich für das Metal-Getöse und finde die aggressiven Klänge und knurrenden Stimmen seltsam entspannend. Ich ziehe die Schuhe aus und strecke die Füße zum Fenster heraus. Mein rechter großer Zeh wippt im Takt. So warte ich auf den Guide.

Da ist ein Motorengeräusch, das lauter wird. Erst fällt es mir gar nicht so richtig auf, weil es in meiner fragwürdigen Musik untergeht, aber schließlich lässt es sich nicht mehr überhören. Das ist auch schon der Moment, in dem ein Auto auf den Parkplatz fährt. Ein Landrover. Genau so einer wie der, den der unhöfliche Kaninchenmann fährt. »Oh, shit«, murmle ich.

Bestimmt nur ein Zufall, versuche ich mir noch einzureden – so ein Auto fährt hier bestimmt jeder Zweite. Aber während diese Theorie in meinem Kopf noch plausibel klingt, hält der Wagen neben mir an, die Tür schwingt auf, und der Mann, der aussteigt, ist natürlich niemand anderes als der Kerl, der mir schon die Ankunft und den Abend im Pub versaut hat.

Warum, Schicksal? Was habe ich verbrochen, dass mir dieser Typ schon wieder über den Weg läuft?

Ich ziehe die nackten Füße ins Auto zurück und strecke stattdessen meinen Kopf aus dem Fenster.

»Oh, Kacke. Du?«, entfährt es ihm. Mit einem genervten Stöhnen verzieht er das Gesicht.

Empört funkle ich ihn an. »Dein fucking Ernst? Jetzt tu nicht so, als wäre ich hier die Böse. Du pampst mich doch bei jeder Gelegenheit blöd an.«

Er reibt sich über die Stirn, als würde ihm meine Stimme Kopfschmerzen bereiten. »Schon gut. Ich habe nur nicht damit gerechnet, dass ich heute schon wieder über dich stolpere.«

»Meinst du, ich? Glaub mir, ich bin auch nicht begeistert«, versetze ich und mache die Autotür schwungvoll auf.

Etwas weniger Schwung wäre angemessen gewesen, in Anbetracht der Tatsache, dass sein Wagen direkt neben Ralph geparkt ist. Autsch. Der Knall ist so was von fies.

Zerknirscht blinzle ich den Kerl an. Sein Gesicht ist wie versteinert, dann bemerke ich das nervöse Zucken um seinen Mund.

»Echt jetzt? Wirklich? War das jetzt nötig? Geht es dir jetzt besser?«, presst er tonlos hervor.

Shit. Ich könnte im Boden versinken. »Sorry. Das war jetzt echt keine Absicht. Ich bezahle den Schaden natürlich.« Das frisst vermutlich das Bisschen meiner Ersparnisse, das nach dem Kauf der Alpakas, der Anzahlung für die Farm und den Renovierungsarbeiten übrig ist, aber ist natürlich selbstverständlich. Oder übernimmt das die Versicherung?

Er wirft nur einen kurzen Blick auf die Stelle und streicht

mit der Hand übers Blech. »Ach was. Nicht so wild. Die Karre hat schon so Einiges mitgemacht und hat so viele Kratzer, dass der eine mehr oder weniger auch nicht auffällt. Einer von Hudsons Kumpeln ist Mechaniker, der kann sich das ja mal angucken«, brummt er.

»Hudson?«

»Mein Bruder. Der Blonde, der gestern auch im *Oak & Ivy* war.«

Ich atme auf. »Danke.« Das ist ja fast nett und damit das letzte, womit ich gerechnet habe.

Er streckt sich und verschränkt die Arme im Nacken. »So. Und jetzt?«

Ich versuche, nicht zu bemerken, wie gut er aussieht. Sein olivgrünes Shirt mit dem schwarzen Aufdruck – einer Bergkette und dem Schriftzug *Adirondack Adventures* – rutscht ein kleines Stück hoch, gerade so weit, dass ein kleiner Streifen seines flachen Bauchs zu sehen ist. Grün funkeln die Augen unter seinen dunklen Wimpern hervor. Die braunen Haare ringeln sich in seiner Stirn.

Ich wette, wenn er lächelt, sieht er sogar noch besser aus.

Und ich wette, nackt sieht er am allerbesten aus, fügt ein Stimmchen in meinem Kopf wenig hilfreich hinzu.

»Ähm«, ist meine qualifizierte Antwort auf seine Frage. Weniger starren, mehr denken, Emma. »Keine Ahnung. Das ist jetzt nicht so gut gelaufen. Wenn ich gewusst hätte, dass du hinter Adirondack Adventures steckst ...«

»Ja. Wenn ich kapiert hätte, dass die Buchung von dir stammt, hätte ich mich auch kurz gemeldet und das geklärt.«

Super. Ich habe richtig Bock auf die Wanderung, aber bitte nicht mit ihm. Er wollte eine Urlauberin auf die Tour mitnehmen, aber bitte nicht mich. Hervorragende Voraussetzungen. Ich bin drauf und dran, wieder in mein Auto zu steigen.

»Jetzt sind wir schon mal hier«, meint er da. »Du hast ja sogar schon online bezahlt. Wenn du willst, führe ich dich ein bisschen rum.«

Keine Ahnung, ob das die beste Idee ist, aber trotz aller Unfreundlichkeit gehe ich optimistisch davon aus, dass er zumindest kein Serienmörder ist, der mich in die Berge verschleppen will.

Also nicke ich nach kurzem Zögern. »Einverstanden. Aber zumindest deinen Namen will ich wissen. Ich weiß, wie einer deiner Brüder heißt, aber nicht, wie du heißt.«

»Noah.« Er reicht mir die Hand.

Ich lege meine Hand in seine. Seine Berührung ist angenehm warm und fest. Sie passt zu ihm, zum Eindruck, den er macht. »Emma.«

Er lacht. »Ich weiß. Das weiß ja mittlerweile jeder in Berryfield.«

*

Die Landschaft ist unglaublich. Ich habe mir das schönste Fleckchen Erde als neues Zuhause ausgesucht, das man sich überhaupt vorstellen kann.

Ganz tief atme ich die frische Luft ein, die nach Kiefern und Wildblumen duftet. Kies knirscht unter unseren Wanderschuhen. Ich sehe mich um und kann nicht genug von der Schönheit bekommen, die mich umgibt.

Unser Weg führt durch dunkle Wälder, die so dicht sind, dass ich fast erwarte, Märchengestalten zwischen den Bäumen und Sträuchern auftauchen zu sehen: zarte Feen, geheimnisvolle Elfen oder Kobolde. Sobald wir in die Schatten der Tannen, Rotfichten und Kiefern eintauchen, wird es spürbar kälter. Die Luft riecht herrlich frisch und rein. Jeder Atemzug ist belebend. Der Kiesweg mündet in weicher, laubbedeckter Erde, die unter meinen Schritten leicht federt.

Wir reden wenig, was mir sehr recht ist. Wir würden einander doch ohnehin nur wieder an die Gurgel gehen. So kann ich die Ruhe der Natur genießen, die einen tiefen Frieden in mein Herz zaubert. Neben unseren Schritten ist nur das Rauschen des Windes in den Zweigen zu hören, immer wieder unterbrochen vom fernen, melodischen Ruf eines Vogels.

Noah versuche ich so gut wie möglich zu ignorieren, auch wenn das nicht so einfach ist, wie gedacht. Immer wieder wandert mein Blick verstohlen zu ihm, ich bin eben auch nur ein Mensch.

Er bewegt sich mit einer selbstverständlichen Leichtigkeit über das teils unebene Gelände und scheint die Region wie seine Westentasche zu kennen, was wahrscheinlich auch der Fall ist, wenn er hier aufgewachsen ist. Neben ihm fühle ich mich unbeholfen, wie der reinste Trampel. Seine Schritte sind geschmeidig. Als ich kurz stehen bleibe, um mit meiner Hand über das weiche Moos an einem Baumstamm zu fahren, und dann wieder nach vorne blicke, fällt mir auf, wie breit seine Schultern unter dem olivgrünen Shirt sind. Und … nein, ich glotze nicht auf seinen Hintern. Allerhöchstens ein bisschen. Ein flüchtiger Blick.

Als hätte er diesen Blick gespürt, dreht er sich zu mir um, und ich verschlucke mich fast an meinem nächsten Atemzug. Das Grün seiner Augen spiegelt jenes des Waldes wider.

»Alles okay?«, durchbricht er das Schweigen. »Kannst du noch?«

»Ja, ja.« Ich beeile mich, um zu ihm aufzuschließen.

»Gut. Du machst auf mich nicht den Eindruck einer geübten Wanderin, darum habe ich eine besonders einfache, kurze Route gewählt. Wir nennen sie die Babyroute.«

»Charmant.«

»Weil man sie auch mit Kinderwagen laufen kann.«

»Wow. Redest du mit allen Leuten so, die eine Tour bei dir buchen? Adirondack Adventures ist bestimmt der Renner. Ich kann mir gut vorstellen, dass die Leute dich begeistert weiterempfehlen: ›Du musst unbedingt eine Wanderung bei Noah buchen, der macht dich so richtig schön fertig.‹ Kommt sicher gut an.«

»Bisher hat sich noch niemand beschwert.«

»Vielleicht, weil die Leute einfach nur froh waren, dich und deine fragwürdigen Komplimente zu ihrer Fitness hinter sich zu lassen? Also, um das klarzustellen, ich bin in der Lage, ein Stück zu Fuß zu laufen.«

»In den Schuhen von gestern wahrscheinlich eher nicht.« Er schielt mehr oder minder unauffällig auf mein Schuhwerk und scheint etwas enttäuscht, dass ich ihm mit meinen vernünftigen Wanderboots keine weitere Angriffsfläche biete. Er hätte sich bestimmt gerne über mich lustig gemacht, wenn ich auf High Heels neben ihm hergestolpert wäre.

»Ich muss dich leider enttäuschen, wenn du erwartet hast, dass ich ein wandelndes Klischee bin.«

»Schon okay. Ich habe keine Sorge, dass da nicht genug

Klischee in dir steckt, um mein Schubladendenken voll und ganz zu bedienen.«

Empört schnaube ich. »Und du bist kein Klischee, oder was? Nicht der mürrische Typ aus der Wildnis, der alle Stadtmenschen verachtet? Damit liege ich doch ungefähr richtig, oder?«

»Ungefähr. Ich kenne solche wie dich. Das reicht mir.«

Schweigend stapfen wir weiter. Jetzt erst höre ich ein Plätschern, das immer lauter wird, je weiter wir gehen. Unser Streit hat das Geräusch bisher übertönt. Neugierig beschleunige ich meine Schritte.

Der Wald lichtet sich, die Bäume verstellen uns nicht mehr die Sicht, bis zu den Bergen am Horizont erstrecken sich vor uns Wiesen. Ein kristallklarer Bach schlängelt sich am Waldrand entlang und verliert sich ein Stück weiter zwischen Hügeln und Felsen.

»Wie schön«, entfährt es mir entzückt. Ehrlich gesagt wusste ich nicht, dass Flüsse und Bäche so türkisblau sein können. Ich klettere über die Steine ans Wasser. Der Wind trägt einen feinen Sprühnebel heran, der mein Gesicht benetzt. »Wow. Das ist wirklich etwas ganz anderes als der Hudson River« stelle ich fest und halte eine Hand ins Wasser, um die Temperatur zu testen. Es ist so eiskalt, dass ich die Finger sofort zurückziehe und schüttle.

Ein leises Lachen hinter mir erinnert mich daran, dass ich aus seiner Sicht mal wieder etwas unsagbar Dummes gesagt haben muss. Natürlich ist ein schmaler Bach in den Adirondacks anders als die grauen Wassermassen, die sich durch New York schieben.

Ich schlucke die Antwort runter, die mir auf der Zunge liegt, und widme meine Aufmerksamkeit lieber dem Bach.

Glitzernd zieht er sich durch die Landschaft. Das hochspritzende Wasser funkelt im Sonnenschein. Mein Herz schlägt bei dem Anblick höher. Es ist so schön hier, mein neues Zuhause ist ein Traum. Es ist der Ort, an dem ich wieder glücklich sein kann. Das spüre ich.

Und ganz sicher lasse ich mir das von diesem Noah nicht vermiesen.

KAPITEL 8

Noah

Ich kenne solche wie sie. Zur Genüge. Viel besser, als mir lieb ist.

Klar hat sie recht, das ist Schubladendenken. Das Ding ist nur, dass manche Schubladen nicht grundlos existieren und dass manche Menschen gleich im ersten Augenblick deutlich machen, in welche man sie stecken sollte, so weiß man von vornherein, dass man sich mit ihnen nicht weiter zu befassen braucht.

Ich habe keine Vorurteile ihr gegenüber, weil sie aus der Stadt kommt.

Na schön, nicht nur deswegen.

Was mich an ihr stört, ist diese naive Art, mit der sie hier in Berryfield aufkreuzt. Eine Großstadt-Hippiebraut, die sich im Landmädchenkostüm gefällt und hier für ein paar Wochen Farmerin spielen wird, bevor sie wieder abhaut. Hat keine Ahnung, was es bedeutet, auf einer Farm zu arbeiten, und denkt, es wäre damit getan, ein paar flauschige Tiere und Bäume zu umarmen, im Flatterkleid über Wiesen zu hüpfen und Selfies auf Instagram zu posten. Ich habe mir das nicht ausgedacht, das habe ich so schon wirklich bei jungen Urlauberinnen erlebt. Und für diese Emma sind wir alle – das Dorf, die Tiere auf der Farm und die Bewohner von Berryfield – doch nur Statisten in ihrer Landleben-Idylle. Pappaufsteller für ihre Farm-Utopie.

Sobald ihr aufgeht, wie anstrengend, wenig glamourös und instagram-ungeeignet das Leben hier wirklich ist, ist sie weg. Je früher ihr ein Licht aufgeht, desto besser. Nicht nur für sie.

Hudson würde jetzt sagen, dass ich wie ein verbitterter alter Mann klinge. Aber die Erfahrung gibt mir recht.

»Emma ... Was du da im Pub gesagt hast ... Das mit den Alpakas war ein Scherz, oder?«, rufe ich ihr zu.

»Keineswegs«, antwortet sie unbeirrt. »Es ist mein voller Ernst.« Die Fröhlichkeit in ihrer Stimme ärgert mich.

Ich unterdrücke ein Seufzen. Die armen Tiere können nichts für die Schnapsidee dieser Frau. Für die bedeutet es Stress, nicht artgerecht gehalten und bei nächster Gelegenheit weiterverkauft zu werden, nämlich dann, wenn es ihrer Besitzerin aufgegangen sein wird, dass diese ganze Farm-Sache mit Arbeit und Ausdauer verbunden ist.

»Aber mal im Ernst. Was willst du denn mit denen? Was willst du überhaupt hier?«

»Wanderungen. Ich will Wanderungen anbieten, für Urlauber, die in die Region kommen.«

»Was? Du willst Wanderungen führen? Du kennst dich doch hier überhaupt nicht aus.«

»Bin ja gerade dabei, alles kennenzulernen.«

Ihre Naivität ist überwältigend. Wie einfach stellt sie sich das alles bitte vor? Und gleichzeitig kann ich gar nicht anders, als sie ein bisschen um ihre positive Einstellung zu beneiden. Sie taucht einfach hier auf, hat keine Ahnung von gar nichts und geht fröhlich davon aus, dass schon alles irgendwie gut werden wird.

Jetzt hüpft sie von Stein zu Stein, um über den Bach zu gelangen. Streckt die Arme zu den Seiten aus, um das Gleichgewicht zu halten, und rudert in der Luft herum. Das Gummi muss ihr aus den Haaren gerutscht sein, der blonde Flechtzopf hat sich schon halb aufgelöst und seidige Strähnen fallen ihr über die Schultern und ins Gesicht. Um sie herum glitzert das Wasser.

Verdammt. Sie sieht aus wie eine Naturfee, eine Fee in Jeans und ausgewaschenem Shirt. Und das will ich eigentlich gar nicht bemerken. Genauso wenig, wie ich unsinnige, kitschige Vergleiche über sie anstellen will.

Naturfee, was zur Hölle? Werde erwachsen, Noah! Das Leben ist kein Märchenbuch.

Aber sie lächelt so glücklich. Sie hat wirklich einen Blick für die Schönheit der Adirondack Mountains, fühlt eine Verbindung zu diesem Ort. So etwas kann man nicht vorspielen. So ungern ich das auch zugebe, wir haben eine Gemeinsamkeit.

Auf einem flachen Stein hockend, formt sie mit beiden Händen eine Schale und schöpft Wasser aus dem Bach. Kurz zögert sie, dann trinkt sie einen Schluck davon.

Ich kann nicht widerstehen. »Davon holst du dir Parasiten, das ist dir klar, oder? Der Fuchsbandwurm ist wirklich übel.« Mit verschränkten Armen lehne ich an einem Baum und schaue zu ihr.

Ist eine Lüge. Das Wasser in diesem Bach ist absolut rein und sauber, man kann es bedenkenlos trinken. Und den Fuchsbandwurm kann man sich dabei auch nicht holen.

Ohne zu mir rüber zu schauen, streckt sie eine Hand hoch und zeigt mir den Mittelfinger. Ich muss grinsen. Ich habe es verdient, sie ist im Recht.

Sie steht auf und will den Rückweg antreten. Die Steine sind nass und rutschig. Sie hat es fast geschafft, ist nur zwei Schritte vom Ufer entfernt, als sie ausrutscht. Ihre dunklen Augen weiten sich, sie versucht, sich zu halten, rudert mit den Armen.

Ich bin sofort bei ihr, strecke die Hand aus und bekomme ihren Unterarm zu fassen. Schwungvoll ziehe ich sie auf mich zu, ans sichere Ufer. Sie stolpert gegen mich, und für einen winzigen Moment spüre ich ihren Körper an meinem, warm und weich. Ihre Haare riechen nach Pfirsich.

Shit. So war das nicht geplant, so nah wollte ich sie nicht bei mir haben. Und vor allem war ich nicht darauf vorbereitet, wie gut sie sich anfühlt, wie gut sie riecht.

Sobald ich sicher bin, dass sie festen Boden unter den Füßen hat, drücke ich sie an den Schultern von mir weg – sanft, aber bestimmt.

»Danke«, murmelt sie verlegen.

»Kein Ding. Ich wollte nur vermeiden, dass du mir auf dem ganzen Rückweg die Ohren wegen deiner nassen Schuhe vollheulst.«

»Ich bin nicht so die Heulsuse.« Und so wie sie das sagt, habe ich den Eindruck, dass das stimmt, dass unter der naiven Hippiefassade mehr Stärke stecken könnte, als man auf den ersten Blick annimmt.

KAPITEL 9

Emma

Zufrieden lehne ich den Spaten an die Wand. Ich bin gut vorangekommen, Zeit für eine wohlverdiente Pause.

Genussvoll strecke ich meine Arme über den Kopf und schnappe gleich darauf nach Luft, als ein stechender Schmerz durch meine Schultern, den Nacken und die Oberarme schießt. Mein Körper beginnt sich ganz, ganz langsam an die viele, harte Arbeit zu gewöhnen, aber noch bin ich nicht an dem Punkt angelangt, an dem nicht mehr jede einzelne Faser von Muskelkater gepeinigt wird.

Die Sonne knallt vom Himmel und lässt die Luft förmlich flirren. Gestochen scharf kann ich die Konturen der Berggipfel vor dem klaren Hellblau sehen. Am liebsten wäre ich direkt schon wieder zu einer Wanderung aufgebrochen, wenn auch diesmal vielleicht nicht wieder mit Noah. Wie kann man nur so schlechte Laune haben?

Trotzdem muss ich ein kleines bisschen lächeln, als ich an ihn denke. Er ist so fest entschlossen, mich nicht zu mögen. Aber ich glaube, er ist nicht ganz so schlimm, wie er sich gibt. Als ich auf dem Stein im Bach ausgerutscht bin, hat er keine Sekunde gezögert. Ich hatte mich schon im eiskalten Wasser liegen sehen, stattdessen bin ich in seinen Armen gelandet.

Und plötzlich flattert es ganz sachte in meinem Bauch. Wie kann jemand so unangenehm unhöflich sein, und sich gleichzeitig so gut anfühlen? Es war nur eine kurze Berührung, und trotzdem habe ich gespürt, wie stark er ist.

Energisch schüttle ich die Gedanken ab. Über Noah will ich mir jetzt wirklich nicht den Kopf zerbrechen. Lieber denke ich darüber nach, wie schön ich es hier habe.

In den dornigen Büschen am Rand meiner Farm glänzen unzählige tiefrote und schwarze Beeren. Auch bei der Wanderung ist mir schon aufgefallen, wie viele der kleinen Früchte es hier gibt, auf beiden Seiten des Weges waren sie überall. Der Anblick lässt mir das Wasser im Mund zusammenlaufen. Wenn die nur halb so süß und saftig schmecken, wie sie aussehen …

Ich knie nieder und beginne ein paar leuchtend rote Früchte zu pflücken. Keine Ahnung, ob die essbar sind oder ob ich mich gleich in Krämpfen winden werde, wenn ich mir eine davon in den Mund stecke. Ich bin ein bisschen versucht, zumindest eine zu probieren, aber mein gesunder Menschenverstand rät mir, doch lieber zuerst im Internet zu recherchieren, ob ich tödlich giftige Beeren gepflückt habe. Sicher ist sicher.

»Die würde ich lieber nicht essen«, ruft eine Frauenstimme, die eindeutig amüsiert klingt.

Ich zucke zusammen und stehe so schnell auf, dass mir kurz schwindelig wird. Sie steht mit ihrem Mountainbike in der Einfahrt meiner Farm, hat die Unterarme auf den Lenker gestützt und lächelt strahlend zu mir herüber.

»Wie hast du das denn aus der Ferne überhaupt gesehen?«, rufe ich und halte ihr die Hand mit den glänzenden Beeren entgegen.

Sie kommt mir bekannt vor. Ja, im *Oak & Ivy* hat sie mit ein paar anderen Leuten am Billardtisch gestanden. Ich kann mich an ihr herzliches Lachen erinnern, das aus voller Kehle gekommen ist, während sie den Rest der Runde beim Billard gnadenlos fertiggemacht hat. Genau wie heute hat sie da auch ein schwarzes Tanktop angehabt. Die dichten Haare trägt sie kurzgeschnitten, was gut zu ihren ausdrucksstarken Gesichtszügen und den funkelnden, braunen Augen passt.

»Adleraugen.« Sie grinst. »Und Baneberry erkenne ich aus zehn Meilen Entfernung. Gar keine Lust auf Herzstillstand.«

Ich lasse die Beeren fallen, als hätte ich mich daran verbrannt.

Lachend lehnt sie ihr Rad an den Briefkasten und kommt näher. »Die da kannst du essen.« Sie deutet auf einen anderen Strauch. »Die wilden Blaubeeren sind dafür ein Traum. Nicht zu vergleichen mit denen, die man im Supermarkt bekommt – viel aromatischer. Aus denen hier kann man wunderbare Marmelade kochen.«

»Oh. Danke für den Tipp. Aber sag mal, was führt dich hierher?«

»Du hast mir leidgetan.« Ihre Ehrlichkeit ist verblüffend. »Im Pub hast du ganz allein dagesessen, und ich bin gar nicht auf die Idee gekommen, dir mal Hallo zu sagen. Ehrlich gesagt habe ich auch erst gar nicht gecheckt, dass du hierhin gezogen bist. Ich dachte, du würdest hier nur Urlaub machen. Und wir haben dir nicht den herzlichsten Empfang bereitet, oder?«

»Ach, das ist schon in Ordnung. Ich habe mit keinem roten Teppich gerechnet.«

»Aber wo wir jetzt praktisch Nachbarinnen sind, wollte ich mich doch mal vorstellen.«

»Nachbarinnen?«

»Ich wohne kaum anderthalb Meilen östlich. Ebenfalls ein bisschen außerhalb von Berryfield. Und bei Noahs pampiger Art ist es wohl angebracht, dir zu beweisen, dass wir nicht alle so sind.« Sie holt etwas aus ihrem Rucksack. »Tada! Ein Willkommensgeschenk. Ich bin übrigens Lottie.« Ihr Lächeln könnte Eis schmelzen lassen.

»Ich bin Emma. Marmelade? Danke!« Ich bin ehrlich gerührt. Praktisch Nachbarinnen? In New York kannte ich bis zuletzt die meisten Leute auf meiner Etage im Hochhaus nicht, mit denen ich Tür an Tür gewohnt habe. Und hier bringt mir jemand, der anderthalb Meilen entfernt wohnt, ein Einzugsgeschenk vorbei, weil ich die neue Nachbarin bin.

»Selbstgemacht. Wenn du sie aufgegessen hast und neue haben möchtest, sag Bescheid. Ist ein kleines Hobby von mir, und im Greenhouse kann ich immer eine Menge davon gebrauchen, also koche ich das Zeug wirklich tonnenweise ein.« Bevor ich nachhaken kann, was für ein Greenhouse sie meint, wird ihr Blick neugierig. »Was hat es denn mit diesem ominösen ersten Zusammentreffen von dir und Noah auf sich? Wenn man ihm glauben kann, hast du mutwillig versucht, einen Unfall zu provozieren.«

»Er hat wirklich ein extrem sonniges Gemüt, oder?« Entrüstet verdrehe ich die Augen. So oft, wie ich das wegen Noah in den wenigen Tagen, die ich hier bin, schon machen musste, bleiben sie irgendwann bestimmt stecken.

»Er ist ein guter Kerl. Wirklich. Auch wenn man das auf den ersten Blick manchmal nicht sieht.«

»Wenn du das sagst ...« Die Zweifel sind mir wohl deutlich anzuhören, denn sie grinst breit.

»Kennst du ihn denn gut?«, frage ich.

»Nur besser als so ziemlich jeden anderen Menschen. Wir sind praktisch gemeinsam aufgewachsen.«

Ich betrachte ihre durchtrainierte Statur. Sie ist schlank und drahtig und macht den Eindruck, als würde sie viel Zeit draußen an der frischen Luft verbringen. Ihr gebräunter Teint glänzt gesund. »Arbeitest du auch bei Adirondack Adventures?« Irgendwie scheint sie mir dafür die optimale Besetzung zu sein. Ihr würde ich mein Leben bedenkenlos anvertrauen, wenn es um Raftingtouren, Free Climbing oder Snowboarding geht. Sie macht den Eindruck, als würde sie jeden Stein in den Adirondacks kennen, wäre fest in der Natur verwurzelt und mit jedem erdenklichen Sportgerät vertraut.

Sie lacht. »Oh Gott, nein. Die kleine Sportschule ist fest in Hand der Griffin-Brüder. Ich meine ... Ich habe da mal gejobbt, aber nur ein paar Jahre und nebenbei.«

»Griffin-Brüder? Noah, Hudson und ... der andere.«

»Der Dunkelhaarige mit der Grüblermiene, der fast nie etwas sagt, ist Samuel. Aber genau genommen ist er mittlerweile kaum mehr bei Adventures aktiv. Er springt nur manchmal ein, übernimmt Touren, wenn die anderen gerade keine Zeit haben. Und er organisiert die Buchungen, wenn die anderen zwei Chaoten mal wieder den Überblick verlieren. Aber eigentlich hat er seine Tierarztpraxis.«

»Tierarztpraxis?« Das erinnert mich wieder an das verletzte Kaninchen. Und daran, wie behutsam Noah, der verbal so grob sein kann, mit dem Tier umgegangen ist. Um nicht über ihn nachzudenken – über seine Hände, die das

Kaninchen hochgehoben und die auch mich aufgefangen haben –, lenke ich meine Gedanken auf das Tier und frage mich, wie es ihm wohl geht. Ob es überlebt hat?

»Na ja«, reißt Lottie mich aus meinen Gedanken. »Es hat echt Spaß gemacht, mit dem Trio zu arbeiten. Aber mein Herzensprojekt ist das Greenhouse.«

»Greenhouse?« Langsam komme ich mir ein bisschen blöd vor, dass ich ihre Worte immer wie ein Papagei wiederhole.

»Mein kleines Bed and Breakfast. Meine Öko-Hütte. Gar nichts Großes, ich habe nur sechs Gästezimmer, aber ich liebe es. Mir war wichtig, dass das Haus kein Fremdkörper in der Natur ist, sondern sich einfügt und alles nachhaltig ist, verstehst du? Materialien, mit denen ich den ökologischen Fußabdruck so klein wie möglich halte. Für das Frühstück mache ich alles selbst, das Brot, die Aufstriche. Alles mit Lebensmitteln aus der Region. Und natürlich der Apple Pie. Ich will mich ja nicht selbst loben, aber ... Ach, weißt du was? Will ich doch. Ich mache nämlich den weltbesten Apple Pie, da ist Bescheidenheit fehl am Platz.«

Als sie erzählt, merke ich sofort, wie sehr sie dafür brennt. Ihre braunen Augen leuchten vor Begeisterung, ihre Stimme ist warm.

»Klingt toll«, erwidere ich ehrlich. »Das würde ich gern mal sehen.«

»Kannst du gerne. Komm doch mal vorbei. Es ist ja nicht weit. Und ... Emma? Als ich damit angefangen habe, hat mir im Dorf jeder erklärt, ich wäre verrückt und naiv und würde mit dem Projekt auf die Schnauze fallen. Es gäbe schon genug Hotels, Lodges und Pensionen in der Nähe, mit Stammgästen und niedrigeren Preisen. Ich könnte sicher sein, dass kaum jemand in mein Greenhouse kommen würde. Tatsächlich kann ich mich vor Gästen nicht retten. Was ich sagen will, wenn du wirklich Bock auf dein Projekt mit den Alpakas hast, lass dir nicht reinreden. Zieh es durch.«

»Du ahnst ja nicht, wie gut das tut. Ehrlich. Du bist die erste Person hier, die nett zu mir ist. Abgesehen vom Barkeeper im Pub, aber der hatte nur Mitleid.«

»Ach ja. Liebe Grüße von meinem Bruder. Riley spricht immer noch von deinem Kleid, das – unter uns – wirklich wahnsinnig hot war.«

Ein Lächeln drängt sich auf mein Gesicht. Jetzt erst, als er mir vom Herzen fällt, merke ich, wie schwer der Stein war, den ich mit mir herumgetragen habe. Ich wollte es mir nicht eingestehen, aber ein bisschen hat es mich schon belastet, ganz allein dazustehen und niemanden zu haben, der ein paar freundliche Worte für mich übrig hat.

»Dein Bruder! Darauf wäre ich nicht gekommen.« Der gepiercte Barkeeper mit den schwarzgefärbten Haaren und Lottie, die der Inbegriff von natürlich ist, sind Geschwister!

»Ich weiß. Geht den meisten so. Aber jetzt muss ich auch schon weiter.« Sie schnappt sich ihr Mountainbike und schwingt sich auf den Sattel. »Die Einladung steht, komm gern mal vorbei.«

»Auf jeden Fall. Und sei es nur, um mal ein freundliches Gesicht zu sehen. Sonst laufe ich hier immer nur Noah über den Weg. Und der ist halt einfach jedes Mal ein Stimmungskiller.«

Sie hält kurz inne. »Ihr habt euch nochmal getroffen? Nach dem Beinahe-Unfall und dem Abend im Pub?«

»Ja, war ein dummer Zufall. Ich wollte eine Wanderung

buchen und bin ausgerechnet bei ihm gelandet. Ich weiß nicht, wer davon abgefuckter war, er oder ich. Er war jedenfalls wieder sein zauberhaftes Selbst. Das Einzige, was ihn davor bewahrt, endgültig auf meiner Arschloch-Liste zu landen, ist die Tatsache, dass er mich vor einem unfreiwilligen Bad im Bach gerettet hat.«

Kurz sieht Lottie so aus, als läge ihr etwas von Bedeutung auf der Zunge. Aber dann scheint sie es sich anders zu überlegen und sagt stattdessen nur: »Zerbrich dir nicht den Kopf über ihn, Emma. Also dann, bis demnächst.«

Ich schaue ihr hinterher, als sie auf dem Rad davon fährt – in halsbrecherischer Geschwindigkeit, wie ich finde –, halte das Marmeladenglas fest wie einen Schatz und bin richtig froh, dass sie hier aufgetaucht ist.

KAPITEL 10

Noah

Der Papierkram ist das einzig Nervige an meinem Job – neben dem ein oder anderen Urlauber. Aber die meisten sind doch sehr okay, abenteuerlustig und aufrichtig interessiert an den Adirondacks, weswegen es Spaß macht, die Touren mit ihnen durchzuführen. Als meine Brüder und ich die *Adirondack Adventures* gegründet haben, dachte ich, ich würde den ganzen Tag durch die Natur streifen, wandern, im Kanu Stromschnellen bezwingen – einfach die ganze Zeit an der frischen Luft sein. Meistens ist das auch so. Zum Glück.

Aber dann gibt es die Tage, an denen ich fast ausschließlich am Schreibtisch sitze, auf den Monitor starre und die Welt verfluche. Genervt reibe ich mir die Augen. Verfluche Hudson, der noch weniger Bock auf so was hat und sich dabei so blöd anstellt – mit Absicht, wie ich ihm unterstelle – dass er nie mehr mit Büroaufgaben behelligt wird. Samuel kann ich nicht mal einen Vorwurf machen, der hat mit seiner Tierarztpraxis genug um die Ohren, wird immer wieder zu Farmen gerufen, um sich um das Vieh zu kümmern, und behandelt hier vor Ort Hunde und Katzen und andere Kleintiere.

Also bleibt der Kram an mir hängen. Ich stöhne gequält und massiere mit beiden Händen meinen Nacken, der vom vielen Sitzen vor dem PC schon schmerzt. Mein Gehirn ist angesichts des Chaos', das wir durch zu langes Liegenlassen von Rechnungen mal wieder gestiftet haben, schon ganz verknotet.

Die sozialen Medien sind ein verlockender Ausweg. Nicht, dass mir dadurch irgendetwas erspart bliebe. Ein Hoch auf die Prokrastination, die für den Augenblick alles besser, aber schlussendlich doch alles nur noch schlimmer macht. Wider besseres Wissen klicke ich mich durch Instagram und denke einmal mehr, dass wir unseren Adventures-Account besser pflegen sollten. Wir sind zwar gut ausgebucht, aber online könnten wir sicher noch mehr potenzielle Kunden erreichen, wenn wir uns ein bisschen mehr ins Marketing reinhängen würden – wozu allerdings auch keiner von uns Bock hat.

Ich werfe sogar einen Blick in Facebook, was ich bestimmt seit fünf Jahren nicht mehr gemacht habe.

Und bereue es sofort bitterlich, denn da sehe ich *sie*.

Sogar gleich zweimal. Einmal auf meinem Profilbild, das ich seit einer Ewigkeit nicht mehr aktualisiert habe, weswegen ich darauf immer noch gemeinsam mit Harper in die Kamera grinse wie ein naiver Idiot – der ich damals auch gewesen bin. Ja, ein Pärchenfoto als Profilbild. Peinlich, das ist mir auch klar. Aber ich war halt bis über beide Ohren verliebt, und das macht offensichtlich dumm.

Und blind. Wenn mein albernes Profilbild meine größte Dummheit gewesen wäre, könnte ich mich glücklich schätzen.

Und das zweite Mal sehe ich sie direkt auf meiner Startseite. Eine der obersten Meldungen: Harper Wallace hat ihren Beziehungsstatus in *Verlobt* geändert.

Fuck. Sofort schießt Hitze durch meinen Körper. Ruckartig stoße ich mich vom Schreibtisch ab und stehe so abrupt auf, dass der Stuhl – kein fancy Bürostuhl, sondern ein solider Küchenstuhl – polternd umfällt. Die Information trifft mich wie ein Faustschlag. Trotzdem muss ich nochmal hinschauen, ob aus Masochismus, oder um mich zu vergewissern, dass die Buchstaben immer noch dastehen.

Was sie leider tun. Und auch das Foto von ihr und irgendeinem Bürofutzi, den sie anhimmelt, ist dummerweise nicht vom Monitor verschwunden.

»Shit«, murmle ich vor mich hin.

Ich hätte nicht gedacht, dass mich das noch trifft. Tut es aber verdammt nochmal wie ein Stromschlag. Erinnerungen kommen hoch und kribbeln wie Feuerameisen unter meiner Haut.

Keine Chance, mich jetzt noch auf den langweiligen Papierkram zu konzentrieren. Meine Gedanken schnellen wie Flipperbälle in meinem Kopf herum. Ich muss raus, brauche frische Luft. Am liebsten einen starken Drink, aber das ist eine Falle, in die ich nicht tappen will.

Mit großen Schritten stapfe ich hinaus. Im Garten empfängt mich eine Idylle, die nicht zu meinem aufgewühlten Inneren passt. Der Wind trägt den würzigen Duft der Berge mit sich, Vögel zwitschern in den Bäumen. Fionn trabt mit einem zerbissenen Ball im Maul auf mich zu und wedelt gutmütig mit der Rute.

»Nicht jetzt, Großer«, murmle ich.

Hudson und Samuel sitzen auf Gartenstühlen, in der Hand jeweils ein Bier.

Hudson hebt seine Flasche und prostet mir zu. »Hey! Sag

bloß, du bist schon fertig mit dem Kram. Ich weiß schon, warum ich dich das machen lasse. Bei mir würde das zehnmal so lang dauern, und am Ende wären laute Fehler drin. Komm, hol dir auch ein Bier und setz dich zu uns.«

Samuel ist aufmerksamer, er richtet sich im Stuhl auf und zieht die dunklen Augenbrauen zusammen. »Was ist denn los?«

»Nichts«, gebe ich knapp zurück und schnappe mir den Basketball, der vor dem windschiefen Korb im hohen Gras liegt. Die aufgestaute Energie muss irgendwie raus. Der Ball knallt gegen das Brett und fällt durch den Ring. Sofort habe ich ihn wieder in der Hand.

Hudson stößt einen Pfiff aus und springt auf. Sofort ist er dabei, versucht mir den Ball abzunehmen. Seine blauen Augen glitzern vergnügt, als er von einer Seite antäuscht und sich dann blitzschnell auf die andere Seite bewegt. Aber ich ramme ihn einfach aus dem Weg, renne die wenigen Schritte auf den Korb zu, springe hoch und versenke den Ball kraftvoll ins Netz.

»Hey, Brutalo«, protestiert Hudson, aber ich höre ihm an, dass sein Kampfgeist geweckt ist.

»Guter Dunking«, ruft Samuel. Er scheint kurz zu überlegen, ob er mit uns schimpfen soll, den Kinderkram zu lassen und uns wie Erwachsene zu benehmen. Aber dann brummt er nur »Scheiß drauf«, stellt sein Bier beiseite und läuft los.

Keiner von uns schont sich oder die anderen. Erbittert kämpfen wir um den Ball, als ginge es hier um alles. Wie früher als kleine Jungs, als wir uns regelmäßig Matches lieferten – nur ohne die Faustschläge, die damals oft folgten. Nicht lange, dann bin ich schweißgebadet. Fionn springt um uns herum, versucht den Ball zu schnappen und lässt sein tiefes, hallendes Bellen erklingen.

Ein unbeschwertes Lachen aus voller Kehle unterbricht unser Spiel. Lottie beobachtet uns amüsiert. »Wow. Drei Zehnjährige in den Körpern von erwachsenen Männern.«

Hudson spielt ihr den Ball zu. »Willst du mitmachen?«

Sie fängt den Ball mit Leichtigkeit aus der Luft. »Ach, lass mal. Aber zu einem Bier sage ich nicht nein. Ich gehe mal rein und bediene mich selbst.«

»Bring für Noah eins mit. Der braucht auch eins«, ruft Samuel ihr hinterher.

Gleich darauf sitzen wir in den klapprigen Gartenstühlen. Tropfen perlen an der Außenseite meiner Bierflasche herab. Ich trinke in großen, gierigen Schlucken.

Aufmerksam sieht Lottie mich an, ein Blick in mein Gesicht reicht ihr aus. »Was ist los?«, stellt sie mir die gleiche Frage wie Samuel gerade eben.

Drei Augenpaare sind neugierig auf mich gerichtet. Ich verziehe das Gesicht. »Nichts Wildes. Harper ist nur wieder verlobt.«

»Oh, shit. Tut mir leid, Mann«, entfährt es Hudson.

Samuel schaut mich mitfühlend an. »Noah. Es ist Jahre her. Du musst langsam damit abschließen, sonst steht dir das immer im Weg.«

»Das musst du gerade sagen«, brause ich auf. »Wie viele Jahre ist es bei dir her?«

Er zuckt zurück, Schmerz zeichnet sich auf seinem Gesicht ab und verfinstert seine Züge. Sofort tun mir meine unbedachten Worte leid. Was er durchgemacht hat, war so viel schlimmer als eine Trennung. »Scheiße. Sorry, das war blöd von mir. War nicht so gemeint.«

Er lehnt sich zurück und starrt auf seine Flasche. »Tut mir auch leid. Ich weiß, so was lässt sich nicht erzwingen. Wir machen uns nur Sorgen.«

Schon ist es mir peinlich, dass ich nach all der Zeit noch immer nicht so richtig über meine Ex weg bin. Im Alltag denke ich nicht mehr an sie, aber dann kommt so eine Situation und haut mich total um.

Lottie legt mir eine Hand aufs Knie. »Das klingt platt, aber sie ist es nicht wert, dass du ihr hinterhertrauerst. Sie hat nett gewirkt, aber mal ehrlich, nach allem, was sie dann abgezogen hat ... war sie wohl doch ein ziemliches Biest. Du findest noch die Richtige. Eine, die wirklich zu dir passt.«

»So wie du den Richtigen?«, rutscht es mir raus.

Autsch. Noch ein Fettnäpfchen. Jetzt ist es Lottie, die zusammenzuckt und die Hand wegzieht.

Ich reibe mir mit beiden Händen über die Augen und seufze. »Tut mir leid. Sorry, Leute. Ich bin heute nicht ich selbst.«

KAPITEL 11

Emma

Heute ist der Tag. Der große Tag, auf den ich so sehnsüchtig gewartet habe.

Sobald ich die Augen öffne, ist das mein erster Gedanke. Ich springe so schnell aus dem Bett, dass sich meine Füße in der Decke verheddern und ich fast eine Bruchlandung hinlege.

»Heute ist es so weit«, trällere ich, tanze ins Bad und summe vor mich hin, während ich mir die Zähne putze.

Für ein richtiges Frühstück habe ich keine Ruhe, ich stopfe mir nur ein paar Löffel Cornflakes mit Milch in den Mund und spüle das Ganze mit Orangensaft runter. Dabei sitze ich auf der Arbeitsfläche in meiner extrem rustikalen, aber irgendwie sehr gemütlichen Küche.

Die Adirondacks empfangen mich mit kühleren Temperaturen, als ich das Haus verlasse. Also laufe ich nochmal rein und ziehe eine grobe Strickjacke mit Kapuze über mein langes Flatterkleid. In der Nacht hat es geregnet, meine Schnürboots hinterlassen Abdrücke im Matsch.

So wie ich Abdrücke in diesem alten Haus und auf dieser Farm hinterlasse, denke ich glücklich, so wie ich meinem neuen Zuhause meinen persönlichen Stempel aufdrücke und es nach und nach wirklich ganz zu meinem mache. Ich liebe das hier so sehr, dass es beinahe weh tut. Es fühlt sich einfach unfassbar richtig an, hier zu sein. Mein altes Leben in New York scheint unendlich fern. Ich hätte gedacht, dass ich es mehr vermissen würde, aber tatsächlich ist das überhaupt nicht der Fall – weder die Stadt, noch meinen Job, noch die Menschen, die mal meine Freunde waren.

Der Wind treibt dunkle Wolken über den Himmel und reißt mir die Kapuze vom Kopf. Die Berge sehen aus wie ein dramatischer Scherenschnitt, schroffe Felsen mit steilen Abhängen, die so abweisend wirken, dass man sich dort überhaupt kein Leben vorstellen kann. Vögel lassen sich von den Winden tragen wie Papierschnipsel, die durch die Luft flattern.

Ich klettere auf den Zaun, recke den Hals und schaue ungeduldig zur Einfahrt. Was da auftaucht, ist aber kein großer Transporter, sondern ein Mountainbike. Lottie biegt in die Auffahrt ein und winkt.

»Was machst du denn hier?« Ich springe vom Zaun. »Und bist du eigentlich immer nur mit dem Rad unterwegs?«

Sie grinst, zieht ein Bein an und schlägt sich klatschend auf den Oberschenkel. »Das gibt gute Beinmuskeln. Und … Ich lass mir doch die Alpakas nicht entgehen! Die will ich sehen!« Sie schaut sich um und zieht anerkennend die Augenbrauen hoch. »Wow, du hast ganze Arbeit geleistet. Die alte Farm ist ja nicht wiederzuerkennen. Hast du das alles allein gemacht?«

»Na ja, größtenteils. Es ist noch einiges zu tun. Die Arbeit nimmt echt kein Ende«, antworte ich verlegen.

»Quatsch.« Sie stößt mich in die Seite. »Stell dein Licht nicht unter den Scheffel. Ich weiß doch, wie es hier vorher ausgesehen hat. Ohne Scheiß, die Farm erstrahlt in ganz neuem Glanz.«

Ihre Anerkennung zaubert ein warmes Gefühl in meinen Bauch. »Muss sie ja auch. Die Flauschis sollen sich schließlich wohlfühlen.«

Das ist der Moment, in dem wir beide das Motorengeräusch hören. Mein Magen schlägt vor Aufregung einen Purzelbaum. Ein Wagen mit großem Anhänger biegt in die Auffahrt ein. Da sind sie, meine neuen Mitbewohner, auf deren wolligen Schultern mein ganzer Plan für mein neues Leben lastet. Wenn die wüssten!

*

Fünf Alpakastuten lassen sich bereitwillig aus dem Anhänger führen. Neugierig und ohne jegliche Nervosität schauen sie sich auf dem Grundstück um, recken schnuppernd die Nasen in die Höhe und atmen die Bergluft ein.

Das ist sie, meine kleine Herde. Mir ist schwindelig vor Glück.

Eine cremefarbene Stute mit einem dunkelbraunen Fleck über einem Auge, wie eine Augenklappe, schaut mich freundlich an. Ich liebe diese süßen Gesichter, die immer so aussehen, als würden sie lächeln. Die Mundwinkel sind hochgezogen, in den dunklen Augen liegt ein weicher Ausdruck.

Verzückt gehe ich auf sie zu und strecke die Hand aus, um sie zu streicheln.

»Du bist Jolly Roger«, teile ich ihr angesichts der Piratenaugenklappe mit.

Sie legt den Kopf in den Nacken – und bespuckt mich mit

Wucht. Eine Ladung übelriechenden, dunklen Zeugs sprenkelt meine Strickjacke. Fassungslos schaue ich an mir herab.

Ein lautes Lachen lässt mich herumfahren. Das war diesmal nicht Lottie. Die Stimme ist mir vertrauter, als mir lieb ist.

»Was willst du denn hier?«, stöhne ich.

»Die Katastrophe bestaunen.«

»Schau genau hin. Du wirst hier keine finden.«

Aber nicht nur Noah ist gekommen. Halb Berryfield muss sich hier versammelt haben, alle drängen sich hinter den Zaun und schauen herüber. Noahs Brüder – der blonde Sonnyboy und der Dunkelhaarige mit der ernsten Miene –, Lotties Bruder Riley, der stark gepiercte Barkeeper aus dem Pub, aber auch ein Haufen anderer Leute, die ich im Dorf schon gesehen habe. Alle sind sie neugierig auf die Alpakas, über die sie bisher nur den Kopf geschüttelt haben.

Gut, eigentlich schütteln sie nach wie vor ihre Köpfe. Ich schaue in neugierige, aber verständnislose Mienen.

Soll mir recht sein. Mir egal, was sie von meinem Plan halten. Ich habe Lotties aufmunternde Worte im Ohr – ich ziehe mein Ding durch und lasse mich ganz bestimmt nicht beirren, nur weil andere Leute meine Vision nicht verstehen. Noch nicht. Wenn das alles erst mal richtig läuft, werden sie schon sehen, dass ich nicht verrückt bin.

Jolly Roger scheint mich anzugrinsen. Ehrlich gesagt wusste ich nicht mal, dass Alpakas wie Lamas spucken. Die Menschen, die mir Blauäugigkeit in Bezug auf meinen Plan vorwerfen, haben in einem Punkt vielleicht recht: So richtig gut informiert habe ich mich vorher nicht, dafür hat die Zeit einfach nicht gereicht. Alles musste so schnell gehen.

Nichtsdestotrotz bin ich wild entschlossen, das alles funktionieren zu lassen.

»Na schön, ich verzeihe dir«, teile ich Jolly Roger mit und habe jetzt schon das Gefühl, das wird mein liebstes Alpaka. Dann wende ich mich dem Händler zu, der geduldig und mit verschränkten Armen gewartet hat, um die letzten Formalitäten abzuwickeln und die letzte Rate zu bezahlen.

KAPITEL 12

Noah

Das Motorrad röhrt unter mir. Ich spüre den Fahrtwind, beuge mich vor und rase über den Asphalt. Die Landschaft fliegt vorbei. Ich lege mich in die engen Kurven der Straße, die sich entlang der Berge und durch die Täler windet.

Bis ein Anblick mich beinahe vom Bike kippen lässt. Abrupt bremse ich ab, mitten auf der Straße.

Hinter mir höre ich quietschende Reifen, als Hudson ebenfalls eine Vollbremsung hinlegen muss. »Bist du irre?«, schimpft er.

»Sorry. War ein … Reflex.«

»Ist das nicht genau das, wofür du Emma fertiggemacht hast?«

»Ja. Zurecht. Tut mir echt leid.« Mir wird übel beim Gedanken, was da hätte passieren können. Zum Glück ist Hudson so reaktionsschnell und außer uns niemand auf der Straße unterwegs. Mit Motorrädern ist so eine Aktion noch gefährlicher als mit Autos. Aber was ich gerade gesehen habe … Ich setze den Helm ab, um besser hinschauen zu können, und kann den Blick nicht abwenden. »Siehst du das auch, oder halluziniere ich?«

Hudson lacht. »Was zur Hölle? Das ist … skurril.«

Skurril reicht nicht aus, um den Anblick zu beschreiben.

Über den Wanderweg zockelt eine ganz besondere Gruppe im Gänsemarsch. Acht Menschen, fünf davon mit einem flauschigen Alpaka am Zügel. Wie Hunde führen sie die Tiere spazieren. Ein paar der Leute, eindeutig Touristen, erkenne ich sogar wieder, sie sind gestern bei meiner Rafting-Tour dabei gewesen. Hastig schiebe ich mein Motorrad an den Straßenrand, um mir das Spektakel in Ruhe ansehen zu können.

Vorneweg läuft Emma mit stolzgeschwellter Brust und rosigen Wangen. Sie trägt einen ihrer langen, weiten Röcke und dazu ein Shirt, das sie in der Taille geknotet hat, so dass ein Stück von ihrem Bauch zu sehen ist.

Albern. Das alles ist megaalbern.

Und irgendwie rührend. Als ich sehe, wie stolz sie die kleine Gruppe durch die Landschaft führt und dabei irgendetwas erzählt, was ich aus der Entfernung natürlich nicht hören kann, merke ich aus irgendeinem Grund, dass meine Mundwinkel wie von selbst nach oben wandern.

»Hey! Nehmt euch vor den Schwarzbären in Acht«, rufe ich rüber.

Hudson hat ebenfalls den Helm abgenommen, er steht neben mir am Straßenrand und verdreht die Augen. »Du kannst es nicht lassen, arschig zu ihr zu sein, oder?«

»Nur schwer. Sehr schwer.« Irgendwie kann ich da nicht aus meiner Haut. Sobald ich sie sehe, kann ich nicht widerstehen, ihr irgendwas um die Ohren zu hauen.

Obwohl wir ein ganzes Stück entfernt sind, haben sie meine Worte gehört. Zwei der Urlauber schauen sich verängstigt um. Emmas Augen schießen brennende Pfeile auf mich ab, sie presst die Lippen zu einem Strich zusammen und starrt zu mir herüber. Kurz glaube ich, sie kommt zu uns gerannt, aber natürlich kann sie die Gruppe mit den Tieren nicht allein lassen, will sie aber auch nicht näher zur Landstraße führen.

Gelassen erwidere ich ihren Blick, in dem Wissen, sie damit zur Weißglut zu treiben, und schicke mich an, den Helm wieder aufsetzen. Aber da macht sie eine energische Geste und winkt mich herbei. Als ich zögere, fuchtelt sie mit den Händen und deutet auf den Boden neben sich – als Aufforderung, dass ich gefälligst sofort zu ihr kommen soll.

Grinsend mache ich mich auf den Weg und frage ich mich, ob ich insgeheim genau so etwas mit meiner Bemerkung bezwecken wollte – genau solch eine Reaktion von ihr.

»Pass auf mein Bike auf, okay? Ich bin gleich wieder da«, rufe ich Hudson über die Schulter hinweg zu.

Der gibt einen Laut von sich, eine Mischung aus Lachen und Schnauben. »Sicher nicht. Ich bleibe hier nicht stehen, um zuzuschauen, wie Emma meinem Bruder den Kopf abreißt. Was er übrigens verdient hat. Deine Kämpfe kannst du schön allein ausfechten. Viel Spaß dabei. Wenn jemand deine Maschine klaut, bin ich nicht schuld.« Er setzt seinen Helm auf, der Motor jault auf, und ich sehe meinen Bruder nur noch von hinten.

Egal. Ich beschleunige meine Schritte und stehe vor Emma, die vor Wut kocht. Schweigend und mit zusammengepressten Lippen lotst sie mich ein paar Schritte von den Touristen weg, damit sie nicht alles mithören können.

»Also. Glaubst du, du bist der erste, von dem ich mir den Witz mit dem Schwarzbären anhören muss? Mir machst du damit keine Angst. Ich gehe nicht weit vom Dorf weg, wähle keine zu entlegenen Wege, und ich bezweifle ernsthaft, dass so ein Schwarzbär sich auf eine ganze Gruppe von Menschen und Alpakas stürzen würde. Aber meine kleine Gruppe, die wird nervös, wenn sie so etwas hört. Also halt den Rand, verstanden?« Unerschrocken schaut sie mir in die Augen, ihre Stirn ist gerunzelt.

Beschwichtigend hebe ich nach diesem Wortschwall beide Hände. »Ist ja gut. Kein Grund, gleich auszurasten. Du machst eben den Eindruck, als hättest du keine Ahnung von ...«

»Von irgendwas. Ich weiß.«

»Von den Gefahren, wollte ich sagen. Aber ja, wenn du es so direkt aussprichst – klar, du kennst dich hier nicht aus. Weder in den wilden Adirondacks noch mit der Arbeit auf einer Farm.«

»Nichts, was man nicht lernen kann.« Sie verschränkt die Arme vor der Brust. Ihre dunklen Augen fixieren mich. »Wenn du nicht glaubst, dass ich zurechtkomme, guck doch mal vorbei. Schau dir die Farm an. Überzeuge dich davon, dass es den Tieren gutgeht und da keineswegs alles im Chaos versinkt. Vielleicht hörst du mal auf mit dem ständigen Gemaule, wenn du mit deinen eigenen dämlichen Augen siehst, dass alles in Ordnung ist.«

»Danke, aber nein danke. Nichts, was meine dämlichen Augen sehen, könnte mich davon überzeugen, dass du die Sache im Griff hast.«

Ihre Augen weiten sich. »Machst du dir etwa Sorgen um mich?«

»Was? Nein!«, keuche ich. »Wie zur Hölle hast du denn das jetzt daraus geschlossen?« Ich räuspere mich, plötzlich fühlt sich meine Kehle so eng an. »Ich bin einfach der Meinung, es ist das Beste für dich, du gibst die Schnapsidee auf und gehst zurück in die Stadt. Ich meine das nur gut, ob du es glaubst oder nicht.« Das Beste für sie, aber auch für uns alle.

»Tja. Danke für deine rührende Sorge, aber ich werde deinen lieben, gar nicht unverschämten oder bevormundenden Vorschlag ignorieren.« Das Lächeln, das plötzlich auf ihre Lippen tritt, trifft mich unvorbereitet. Es lässt ihr herzförmiges Gesicht mit den großen Rehaugen strahlen. Als wäre eine verdammte Sonne aufgegangen. »Die Einladung steht, Noah. Komm vorbei und überzeuge dich davon, dass ich das sehr wohl hinkriege. Oder hör auf, mich bei jeder Gelegenheit dumm von der Seite anzumachen.«

Sie sagt es so fröhlich, dass mir vor Irritation keine Antwort einfällt. Sprachlos schaue ich zu, wie sie die paar Schritte zu ihrer Gruppe zurückgeht, eins der Alpakas kurz krault und sich der Trupp wieder in Bewegung setzt. Im Gänsemarsch zockeln sie an mir vorbei, acht Menschen und fünf Alpakas.

»Aua. Das war echt cringe«, gibt mir ein Teenie noch hilfreich mit auf den Weg.

Als wüsste ich das nicht selbst.

KAPITEL 13

Emma

»Sag mal, kommt es hier oft zu Vorfällen mit Schwarzbären?«

Lottie starrt mich aus weit aufgerissenen Augen an, dann bricht sie in schallendes Gelächter aus. »Wer hat dich denn da verrückt gemacht?«

»So ziemlich das halbe Dorf. Aber vor allem Noah. Natürlich.«

Ich habe Lotties Einladung angenommen und sie im Greenhouse besucht. Jetzt sitzen wir auf der Veranda in knarrenden Schaukelstühlen, die sie auf einem Flohmarkt erbeutet und neu gestrichen hat.

Das kleine *Bed & Breakfast* ist unvergleichlich idyllisch gelegen – zu beiden Seiten dichte Wälder und nach vorne ein malerischer Blick auf einen ruhigen Bergsee, dessen Oberfläche ganz glatt ist, weil gerade kein Luftzug geht. Das Haus wirkt rustikal und ist ganz aus recyceltem Holz erbaut, die großen Fenster lassen viel Licht hinein. Die Solarpanels bilden einen krassen Kontrast zum ansonsten so bodenständigen Eindruck.

Rund um das Haus herum hat Lottie Unmengen Blumen kreuz und quer durcheinander gepflanzt, die in verschwenderischer Pracht blühen und die Luft mit einem süßen Duft erfüllen. Die Farben reichen von sonnigem Gelb über leuchtendes Pink bis zu tiefem Rot. Inmitten des wunderschönen Chaosgartens stehen Regentonnen, mit denen Lottie das Regenwasser auffängt, um ihre Pflanzen zu bewässern. Das Herzstück ist aber das große Beet, in dem Lottie alle erdenklichen Arten von Gemüse, Kräutern und Beeren anbaut und in dem es wild wuchert – auch wenn sie mir vorhin anvertraut hat, dass sie einen aussichtslosen Kampf gegen die Weißhirsche führt, die immer wieder aus dem Wald kommen, um sich am frischen Gemüsebuffet zu bedienen.

Sie schweigt für einen Moment, während sie den Apple Pie anschneidet. Mit einem leisen Knacken fährt das Messer durch die knusprige Kruste. Es duftet nach Frucht und Zimt.

»Ihr geratet ganz schön oft aneinander, oder?«, fragt sie dann, während sie mir ein Stück Kuchen gibt.

Ich bohre die Gabel hinein und seufze tief. »Kann man so sagen. Du meintest doch, er ist ganz nett. Aber ehrlich, davon merke ich nicht so viel.«

Sie kaut auf ihrer Unterlippe und stochert im Kuchen. »Ich glaube, er mag dich«, platzt es aus ihr heraus.

Meine Augenbrauen schnellen hoch. »Dann hat er eine seltsame Art, das zu zeigen.«

»Glaub mir, ich kenne ihn schon lange. Als Kinder haben wir ständig miteinander herumgetobt, wir waren fast wie Geschwister. Und ehrlich gesagt hat sich das seither gar nicht so sehr geändert. Ich weiß, wie er ist. Er ist manchmal ein echter Idiot und nicht gerade von der feinfühligen Sorte. Aber ich merke es daran, wie er über dich redet. Vielleicht, weil er sich zu sehr über dich aufregt. Als wollte er sich selbst einreden, dass er dich nicht leiden kann. Sich selbst kann er damit vielleicht überzeugen, aber mich nicht.«

Etwas hat in ihrer Stimme gelegen, was mich aufhorchen lässt. »Lottie? Jetzt halte mich nicht für neugierig, aber … doch, ich bin neugierig. War da was zwischen euch? Mehr als Freundschaft, meine ich?«

Sie läuft tiefrot an, was so gar nicht zu dieser toughen Frau passen will, die ganz allein eine Pension führt und in ihrer Freizeit halbe Weltreisen auf dem Mountainbike unternimmt. Für einen Moment glaube ich, sie geht gleich mit den Fäusten auf mich los, aber sie springt nur auf und stützt sich aufs Geländer der Veranda.

»Nichts Wichtiges. Nichts Nennenswertes«, murmelt sie. »Im Nachhinein ist es fast ein bisschen peinlich. Es war nur eine kurze Geschichte, und wir haben schnell gemerkt, dass wir als Paar nicht funktionieren und dass wir als Freunde ein viel besseres Team abgeben.«

»Und das habt ihr … beide so gesehen?«, hake ich vorsichtig nach.

Sie grinst. »Jetzt schau nicht so. Es ist kein heikles Thema oder so. Ja, alles ist klar zwischen uns. Okay, natürlich war es im ersten Moment nicht ganz einfach. Er war der erste von uns beiden, der erkannt hat, dass es zwischen uns einfach nicht für eine Beziehung ausreicht. Ich wollte das erst nicht einsehen. Aber schlussendlich hatten wir beide eine riesige Angst, dass unsere Freundschaft den Bach runtergeht, wenn wir das alles nicht ohne Drama gelöst bekommen. Aber wir haben das hingekriegt. Alles längst geklärt und außerdem hundert Jahre her.«

»Du hast dich gut gehalten für eine über hundertjährige Frau.«

»Liegt am vielen Mountainbiken und der Luft in den Adirondacks. Das konserviert. Wirkt viel besser als jede Gesichtscreme. Also, um auf deine Frage zurückzukommen: Es gibt hier Schwarzbären, eine Menge sogar, aber normalerweise halten die sich von Menschen fern und sind friedlich. Ich meine, die ernähren sich hauptsächlich von Beeren und kleinen Tieren. Wenn du einen in die Enge treibst, klar, dann könnte es unangenehm werden, aber so was kommt wirklich nicht oft vor. Und wenn du mit einer Herde Alpakas und einer Gruppe lärmender Touristen durch die Berge läufst, nimmt ohnehin jeder Bär Reißaus und riskiert höchstens mal aus sicherer Entfernung einen Blick. Dass du einen Luchs zu Gesicht bekommst, ist übrigens noch unwahrscheinlicher, die sind superscheu. Also würde ich behaupten, das Risiko, dass du beim Spazierengehen von einem wilden Tier gefressen wirst, liegt ziemlich genau bei null.«

»Okay. Mit einem Risiko von null kann ich leben. Übrigens, dein Kuchen ist der Hammer. Du hast nicht übertrieben.«

»Ich weiß.« Selbstbewusst lächelt sie und fährt sich mit der Hand durchs kurze, dunkle Haar.

Während wir uns den Apple Pie schmecken lassen, denke ich darüber nach, dass sie und Noah ein Paar gewesen sind, und ich frage mich, ob sie wirklich so hundertprozentig mit der Sache abgeschlossen hat, wie sie behauptet.

KAPITEL 14

Emma

Die Sonne scheint wunderbar auf meine Alpakaweide herab und taucht sie in ein goldenes Licht. Die Tiere grasen friedlich, ein leichter Wind streicht über die Wiese und trägt den wilden Duft der Berge heran.

Wie sehr ich mein neues Zuhause liebe. Mein ganzes Herz ist erfüllt von dieser Liebe, so voll, dass es platzen könnte. Es ist fast zu klein, für all die Gefühle, die dieser schöne Ort in mir auslöst. Ich liebe den Frieden, die Ruhe. Alles ist hier so anders als in meiner alten Heimat, so als befände ich mich gar nicht mehr auf demselben Planeten. Kaum vorstellbar, dass New York nur ein paar Autostunden entfernt ist. Es scheint mir eher, als müsste man sich in ein Raumschiff setzen, um dorthin zu gelangen. Auf seltsam magische Weise ist Berryfield vom Rest der Welt entrückt. Ein kleiner Zufluchtsort außerhalb von Raum und Zeit, in dem die Uhren einfach anders ticken.

Trotz der ruhigen, friedlichen Atmosphäre ist es hier nie ganz still. Die Zikaden lassen ihr Zirpen erklingen, das den Sommerhimmel erfüllt. In ihren Gesang mischt sich das Summen der Bienen und Hummeln.

Ich lege den Kopf in den Nacken und lasse mir die Sonne ins Gesicht scheinen, spüre die wärmenden Strahlen wie sachte Berührungen auf meiner Haut, auf meinen geschlossenen Augenlidern, meiner Stirn und den Wangen, meinen Schultern und Oberarmen, die das geknotete cremeweiße Leinentop frei lässt.

So lausche ich den Geräuschen, die meine Alpakas machen, dem rhythmischen Mahlen und Kauen ihrer Zähne und dem sanften Summen, das sie oft von sich geben, wenn sie gerade gute Laune haben – wenn sie fressen oder einfach den Sonnenschein genießen. Ich wusste davor gar nicht, dass Alpakas solche Geräusche machen, aber ich bin ganz begeistert davon. Es gibt nichts Entspannenderes, als in der Sonne zu sitzen und summenden Alpakas zu lauschen.

Nur eines trübt meine gute Laune. Meiner liebsten Alpakastute scheint es irgendwie nicht gut zu gehen. Ich öffne die Augen und schaue besorgt zu Jolly Roger hinüber. Sie hält sich etwas abseits, wirkt seltsam lethargisch. Ihr Bauch ist aufgebläht und manchmal habe ich den Eindruck, sie hat Schmerzen. Google war nur mäßig hilfreich. Von einer Kolik über Wurmbefall bis hin zu schlimmeren Horrorszenarien war alles dabei. Offenbar gilt die Grundregel, dass man niemals Symptome im Internet recherchieren soll, nicht nur bei Menschen-, sondern auch bei Tierkrankheiten. Ich muss einen Tierarzt konsultieren. Und wenn ich mir die arme Jolly Roger mit ihrem dicken Bauch so ansehe, warte ich damit besser nicht zu lange.

Ich will gerade vom Zaun springen, auf dem ich gesessen habe, und auf die Stute zugehen, als mir auf einmal eine Bewegung in der Wiese auffällt. Das Schimmern glatter Schuppen, ein Schlängeln im Gras. Ich schnappe nach Luft. Der Schreck durchfährt mich, als wäre Eiswasser über mir ausgekippt worden. Schlagartig scheint die Sonne jegliche

Kraft verloren zu haben, die Sommerhitze hat sich verflüchtigt.

Wie gebannt starre ich auf die Schlange, die unter dem Zaun – direkt unter meinen Füßen – lautlos durch die Wiese gleitet. Ich bin starr, traue mich nicht, mich zu bewegen. Mein Herz rast, und mein Verstand rattert: Was weiß ich nochmal über die einheimischen Schlangen? Verdammt nochmal viel zu wenig. Und das Wenige, was ich mal wusste, ist komplett aus meinem Gehirn gelöscht.

Ihr schmaler Körper ist dunkel, aber ein gelblicher Streifen zieht sich über ihren Rücken, vom Kopf bis zum Schwanz. Auch an den Seiten sehe ich helle Längsstreifen. Eine Warnzeichnung? Haben giftige Tiere nicht oft so auffällige Musterungen? Was, wenn sie gefährlich ist? Wenn ihr Gift tödlich ist? Mir wird schwindelig.

Alles in mir schreit danach, einfach wegzurennen. Aber gleichzeitig habe ich Angst, dass sie mich beißt, sobald ich mich bewege. Wenn ich vom Zaun springe, lande ich zwangsläufig direkt neben ihr. Ausgerechnet heute habe ich keine Schnürboots an, die meine Füße zumindest bis zu den Knöcheln geschützt hätten, sondern trage nur dünne Leinensneaker. Und meine weite Latzhose, die ich Second Hand erbeutet habe, hat leider Hochwasseralarm – da liegt Haut frei, in die die Schlange ihre Giftzähne versenken könnte. Schweiß tritt auf meine Stirn, ich atme ganz flach.

Ein Motorengeräusch nähert sich, aber ich kann nicht hinschauen. Mein Blick bleibt starr auf die Schlange gerichtet.

»Emma? Was machst du da?«

Noah. Noch nie war ich so froh, seine Stimme zu hören.

»Da ist eine Schlange«, wimmere ich. »Direkt unter mir.«

»Beweg dich nicht.« Sofort klingt er alarmiert. Kies knirscht unter seinen Schritten, als er zu mir läuft.

»Hatte ich nicht vor.« Meine Stimme klingt schrill, aber das ist mir gerade scheißegal.

Er ist neben mir, ich sehe ihn aus den Augenwinkeln und spüre seine Nähe. Obwohl das gerade das Unwichtigste der Welt ist, nehme ich seinen Geruch wahr, der mir in die Nase steigt und ein verwirrendes Kribbeln in meinen Bauch zaubert. Er trägt ein gutes Aftershave mit waldiger Note, aber darunter kann ich seinen eigenen Geruch riechen, den Duft seiner Haut. Noah riecht wie die Berge, würzig und frisch. Nach Moos, das an den Bächen wächst, und dem Wind, der zwischen den Bäumen hindurchfährt.

Langsam beugt er sich vor, um die Schlange zu sehen, und atmet scharf ein. Das bestätigt all meine schlimmsten Befürchtungen. Sie ist gefährlich! Mein Herz setzt einen Schlag aus.

»Was machst du da? Spinnst du?«, kreische ich erschrocken auf, als er sich plötzlich hinunter beugt und nach der Schlange greift. Fast wäre ich vom Zaun gefallen, ich kann mich gerade noch halten. Hastig springe ich jetzt doch runter und renne ein paar Schritte weit weg, um mich in Sicherheit zu bringen.

Behutsam hält er das Tier in seinen Händen. Die Schlange macht keine Anstalten, ihn zu beißen.

»Eine Strumpfbandnatter. Total ungefährlich«, erklärt er mir belustigt.

Ich zittere am ganzen Körper, der Schreck sitzt mir noch in den Gliedern. »Wie konntest du das so schnell sehen? Herrgott, du kannst doch nicht einfach eine so riesige, wilde Schlange anfassen. Was zur Hölle stimmt nicht mit dir?«

Es zuckt um seine Mundwinkel, als müsste er sich zusammenreißen, um nicht in Gelächter auszubrechen. Ich muss ihm wohl zugutehalten, dass er sich das jetzt verkneift.

»Erstens haben meine Brüder und ich früher als Kinder ständig in der Wildnis nach Tieren gesucht und Strumpfbandnattern gefangen, um sie gleich darauf wieder freizulassen. Es war ein Wettkampf, wer die meisten, die größten oder am schönsten gezeichneten Schlangen findet. Wenn man sich halbwegs geschickt anstellt und sie nicht erschreckt, sind sie normalerweise ganz entspannt. Und zweitens gibt es hier nicht viele giftige Schlangen. Eigentlich nur die Massassauga, aber das ist eine ganz seltene Klapperschlangenart, und du findest sie eher in sumpfigen Gebieten, als hier bei deinen Alpakas.« Er geht ein paar Schritte und legt die Natter etwas abseits von der Weide im Gras ab.

Sprachlos schaue ich ihm dabei zu. Ein Schlangenbändiger. Ich muss zugeben, seinen Grad an Naturverbundenheit habe ich noch nicht erreicht.

Als er zu mir blickt, lässt das Sonnenlicht das Grün seiner Augen hell schimmern. »Alles okay?«

Ich nicke. »Mein Körper ist noch der Meinung, er wäre ganz knapp dem Tod entronnen.« Mit einem kläglichen Lachen halte ich beide Hände hoch, um zu zeigen, wie sie zittern.

Ich erwarte irgendeine blöde Bemerkung von ihm. Irgendeine Gemeinheit, mit der er mir mal wieder reinwürgt, wie wenig ich hierhin passe. Also komme ich ihm zuvor, nehme ihm den Wind aus den Segeln.

»Bären, Pumas, Klapperschlangen ... Lauter gefährliche

Tiere, die einem angeblich selten über den Weg laufen, die einen aber theoretisch killen könnten. Schon gewöhnungsbedürftig«, gebe ich zu. »Ich meine, es ist ja gut zu wissen, dass die Wahrscheinlichkeit gering ist, dass da wirklich was passiert. Aber allein zu wissen, dass da solche Tiere ganz in der Nähe sind … Ganz ehrlich? Ein bisschen mulmig ist mir schon.«

Jetzt wird es passieren. Jetzt wird er die Gelegenheit nutzen, mir seine Häme um die Ohren zu hauen. Ich habe ihm die perfekte Vorlage geliefert. Was soll's – ich habe nicht vor, mich darüber aufzuregen.

»Verstehe ich. Aber du hast in New York überlebt. Wer das schafft, den können doch ein paar Pumas und Klapperschlangen nicht aus der Fassung bringen. Ich wette, im Großstadtdschungel laufen gefährlichere Kreaturen rum.«

Was zur Hölle? Wer ist er und was hat er mit Noah gemacht? Ich muss lachen. »Ist tatsächlich so. Wo du schon mal hier bist, wie wäre es mit einer Limonade?«

*

»Hat Lottie dir gesagt, du sollst hierherkommen?«

Wir sitzen nebeneinander auf dem Zaun. Die Sonne brennt uns auf Rücken und Hinterkopf, wir schauen den Alpakas beim Grasen zu. Zwischen uns ist bestimmt ein Meter Abstand, trotzdem spüre ich seine Nähe beinahe wie eine körperliche Berührung auf meiner Haut. Es ist irritierend – und erinnert mich daran, wie ich unfreiwillig in seinen Armen gelandet bin. Kann dieser Moment bitte aus meinem Gedächtnis verschwinden und aufhören, mich so sehr zu verwirren? Das liegt nur daran, dass ich so lange keinem Mann mehr so nahe war. Und an den letzten, dem ich nahe gekommen bin, will ich lieber gar nicht denken.

»Lottie? Wieso das denn?« Er klingt irritiert.

Ich zucke mit den Schultern, ohne ihn anzuschauen. »Nur so. Ich dachte, sie hat vielleicht mit dir geschimpft und dir aufgetragen, hierher zu kommen.«

»Aufgetragen«, wiederholt er mit einem leisen Schnauben, aber es klingt belustigt. »Nein, ich bin nicht in Lotties Auftrag hier. Die Idee ist mir ganz alleine gekommen. Ich weiß nicht, wie du darauf kommst, aber tatsächlich bin ich nicht ihr persönlicher Laufbursche.«

»Sie hat gesagt, ihr wart mal ein Paar.« Ich zupfe lose Fäden aus den Löchern an den Knien meiner Jeanslatzhose. In der anderen Hand halte ich mein Limonadenglas, an dem Wasser herabperlt und nasse, dunkle Kreise auf den Stoff an meinem Oberschenkel malt, auf den ich es stütze.

»So was erzählt sie?«

»Stimmt es nicht?« Überrascht blicke ich ihn von der Seite an und denke einmal mehr, dass sein Gesicht viel zu hübsch ist, für so einen ruppigen Charakter. Die Unterlippe, die erstaunlich weich aussieht und die er jetzt nachdenklich zwischen seine Zähne zieht. Wie kann so ein schöner Mund manchmal so harte Worte aussprechen? Das Grün seiner Augen, das die vielen Grüntöne der Adirondacks widerspiegelt.

»Ist was?«

Mist. Klar, dass ihm mein Starren nicht entgangen ist.

»Nichts. Du hattest da nur was. Eine ... Mücke.«

Hervorragend gerettet, sehr elegant und geschmeidig aus der Affäre gezogen. Ich würde mir selbst auf die Schulter klopfen, wenn Noah mich dann nicht endgültig als merkwürdige Irre aus der Stadt abgestempelt hätte.

Zweifelnd zieht er die dunklen Augenbrauen hoch, dann wischt er sich über das Gesicht und macht dann ganz unvermittelt eine Bewegung, als würde er mir etwas zuwerfen. Erschrocken quietsche ich auf, ducke mich und wäre dabei schon wieder fast vom Zaun gefallen. Wäre da echt eine Mücke gewesen, hätte ich jetzt eine gute Chance gehabt, sie abzubekommen. Während er grinst, lasse ich mich nur zu einem mittelmäßig empörten Schnaufen hinreißen.

»Also wart ihr gar nicht zusammen?«, greife ich das Thema wieder auf.

»Doch. Es wundert mich nur, dass sie das erzählt hat. Das ist alles.« Er streckt sich, so dass sein Shirt hochrutscht und einen schmalen Streifen seines flachen Bauchs entblößt. Ist da der Ansatz eines Sixpacks? Hastig hindere ich mich daran, schon wieder zu starren. Ist doch kein Wunder, dass er einen sportlichen Körper hat. Ich meine, der Kerl ist immerhin Sporttrainer, da kann man eine gewisse Sportlichkeit wohl voraussetzen. Kein Grund zur Aufregung. Statt zu glotzen, konzentriere ich mich auf seine Worte, als er weiterspricht: »Das war ja keine große Sache. Eine kurze Jugendliebe. Wir waren vorher Freunde, und wir sind seitdem auch wieder Freunde. Das war nur ein kleiner Ausrutscher.«

»Bist du sicher, dass Lottie das auch so sieht?«, platzt es aus mir heraus. Ich habe noch deutlich vor Augen, wie nervös sie auf das Thema reagiert hat.

Also waren sie wirklich zusammen. Schwer vorstellbar, dass die herzliche Lottie etwas am mürrischen Noah finden konnte. Aber andererseits gibt es da seine andere Seite, bei der Wärme und Fürsorge durchblitzen. Irgendwie passt das schon, ich kann mir die zwei doch gut zusammen vorstellen. Aber aus irgendeinem Grund, der nicht mal in meinem eigenen Kopf Sinn ergibt, will ich mir das gar nicht vorstellen.

Irritiert legt er die Stirn in Falten. »Klar sieht sie das genauso. Wir waren uns da sehr schnell einig. Wir mögen einander sehr, aber eben nicht so. Es hat einfach nie richtig gefunkt. Wir haben es versucht, aber eigentlich sind wir wie Bruder und Schwester.«

»Hm.«

»Hm?« Belustigt mustert er mich von der Seite. »Erst löcherst du mich mit Fragen, und dann bekomme ich darauf nur ein Hm?«

»Eine einzige Frage habe ich gestellt. Das ist wohl kaum Mit-Fragen-löchern. Ich bin nun mal neu hier, woran du mich übrigens auch unentwegt erinnerst. Ich kenne hier ja noch niemanden so richtig. Ist es nicht verständlich, dass ich neugierig auf die Menschen in meinem neuen Zuhause bin?«

»Dein neues Zuhause«, wiederholt er nachdenklich. »Du meinst es wirklich ernst, oder? Du gehst nicht einfach wieder weg.«

»Ist dir das noch immer nicht klar? Todernst. Ich gehe nirgendwo hin.« Ich schaue ihm direkt in die Augen und lächle. »Ich weiß, du hoffst irgendwie, dass ich möglichst schnell wieder abhaue. Aber das ist nicht der Plan. Du wirst dich mit meiner Anwesenheit in Berryfield arrangieren müssen.«

Der Wind frischt auf und trägt den wilden Duft der Berge herbei, er zupft ein paar Strähnen aus meinem locker geflochtenen Zopf und wirbelt sie mir ums Gesicht. Der Waldrand und die unermesslich hohen Gipfel ziehen meinen

Blick an, der in die Ferne schweift. Tief atme ich ein und fülle meine Lungen mit der klaren, sonnenwarmen Luft.

Als ich wieder zu Noah schaue, merke ich, wie er mich ansieht. So eingehend, als wollte er jeden kleinen Fleck meines Gesichts erkunden und ergründen. Mein Magen zieht sich zusammen, und ich weiß nicht, ob mir das angenehm ist oder nicht.

»Was schaust du denn jetzt so?«, frage ich, um meine Verlegenheit zu überspielen.

»Du hast da was.«

»Klar. Auch eine Mücke?« Ich verdrehe die Augen.

So schnell, dass ich gar nicht dazu komme, mich zu erschrecken, beugt er sich plötzlich zu mir und fasst an meinem Gesicht vorbei in meine Haare. Seine Hand streift ganz leicht meine Wange und mein Ohr und schlagartig scheint die Luft jeglichen Sauerstoff verloren zu haben. Ich bin gefangen in diesem Moment und in Noahs Blick, sehe goldenes und silbernes Flirren im Grün seiner Augen, spüre seine Hand auf meiner Haut und sogar seinen Atem auf meinen Lippen.

Da ist kein einziger Gedanke mehr in meinem Kopf, gar keiner. Und kein Atemzug, zu dem mein Körper imstande ist.

Der Moment hält genau einen Herzschlag lang an. Nämlich so lange, bis Noah die Hand zurückzieht, in der er einen Grashüpfer hält, den er gerade aus meinem Haar gepflückt hat.

Mir schießt das Blut in die Wangen. Heilige Scheiße. Dachte ich echt gerade, er würde mich zärtlich berühren? Was ist los mit mir? Bin ich so ausgehungert nach Romantik, dass ich mir jetzt so etwas zusammenphantasiere? Erst die unfreiwillige Umarmung, die mich aus dem Konzept gebracht hat und mein Herz jetzt noch jagen lässt, wenn ich daran denke, und jetzt diese unschuldige Berührung, von der ich fast in Ohnmacht gefallen wäre.

»So ähnlich. Etwas größer als eine Mücke.« Er hält mir den Grashüpfer entgegen.

Ich forme beide Hände zu einer Schale, in die er das Tierchen vorsichtig krabbeln lässt. Ich konzentriere mich auf die winzigen Heuschreckenfüßchen in meinen Handflächen, um weniger davon mitzubekommen, was da noch zu spüren ist: nämlich Noahs Hände, die leicht an meine stoßen. Eine prickelnde Gänsehaut zieht sich über meinen ganzen Körper, den ich insgeheim dafür verfluche, wie heftig er auf Noah reagiert. Einen Moment länger als nötig hält er seine Hände an meinen, obwohl das kleine Insekt längst ganz zu mir herübergeklettert ist.

Immer heißer scheint die Sonne vom Himmel herabzubrennen. Obwohl sich alles in mir dagegen sträubt, rücke ich ein kleines Stück von Noah weg, was einer sportlichen Höchstleistung gleichkommt, weil ich keine Hand freihabe. Ich schaue ihn nicht an – ein Blick in diese unglaublich grünen Augen hätte meine armen, von der Sonne gegrillten Gehirnzellen endgültig schmelzen lassen. Stattdessen betrachte ich den Grashüpfer, der meine Hände erkundet.

»Ich hatte vielleicht nicht ganz recht«, gibt Noah zu, und ich wette, an diesem Eingeständnis verschluckt er sich fast. »Du scheinst hier gut zurechtzukommen. Jedenfalls besser, als ich erwartet habe.

Bei seinen Worten durchströmt mich Wärme, von Kopf bis Fuß, und ich kann gar nicht anders als zu lächeln. Aus seinem überkritischen Mund bedeutet so ein Kompliment besonders viel.

»Ich weiß«, entgegne ich selbstbewusst. Der Grashüpfer macht einen großen Satz, springt aus meiner Hand und verschwindet in der Wiese.

»Die Farm sieht gut aus. Besser in Schuss, als in den letzten zehn Jahren auf jeden Fall. Und den Alpakas geht es gut.« Er zögert. »Außer dem einen da drüben. Was ist denn mit ihr los?«

Jetzt erst fällt mir wieder ein, worüber ich mir den Kopf zerbrochen habe, bevor Noah hier aufgetaucht ist. Ein tiefes Seufzen kommt aus meiner Kehle. »Wenn ich das wüsste. Jolly Roger macht mir Sorgen.«

Er reibt sich übers Kinn, an dem wie üblich ein Bartschatten zu sehen ist. »Könnte eine Kolik sein. Der dicke Bauch …«

»War auch mein Gedanke. Das muss sich wohl ein Tierarzt ansehen.«

»Du weißt schon, dass mein Bruder Tierarzt ist?«

KAPITEL 15

Noah

Samuel tut mir den Gefallen und fragt nicht, was ich hier auf Emmas Farm mache, wo ich sie doch laut eigener Aussage so überhaupt nicht leiden kann. Mein Glück, dass er der Tierarzt in der Familie ist, und nicht Hudson. Der wäre hier mit einem fetten Grinsen auf dem Gesicht aufgetaucht und hätte mich so schnell nicht mehr vom Haken gelassen.

Samuel beschränkt sich darauf, die Augenbrauen fragend hochzuziehen, als er mit seinem Geländewagen auf der Farm ankommt.

»Frag nicht«, raune ich ihm drohend zu, und jetzt zuckt es doch leicht um seine Mundwinkel.

Mein großer Bruder untersucht die Stute vorsichtig, tastet ihren Bauch ab, hört auf ihre Atmung, beobachtet ihr Verhalten. Er nimmt sich Zeit und spricht wenig dabei. Blass und mit großen, besorgten Augen steht Emma neben ihm.

»Ich habe die Symptome gegoogelt. Könnte es eine Kolik sein?«, fragt sie nervös, als er nichts sagt.

Ich kenne ihn gut genug, um das leichte Zucken an seinem linken Augenwinkel zu bemerken. Er hasst es, wenn Tierbesitzer Krankheitssymptome im Internet recherchieren und sich mögliche Diagnosen zusammenreimen. Und noch mehr hasst er es, wenn sie dann wie überbesorgte Helikoptereltern bei der Untersuchung zusehen und jeden seiner Handgriffe mit Argusaugen beobachten.

»Könnte passen, oder?«, springe ich ihr zur Seite. »Der aufgeblähte Bauch, die Verhaltensänderung ...«

»Hm«, macht mein Bruder nur. Dann zieht er die Augenbrauen hoch, schaut – neben der Stute kniend – zu Emma hoch und grinst unvermittelt. »Dass die Gute trächtig ist, war dir nicht bewusst?«

Sie reißt die Augen auf. »Was?«

Er steht auf und klopft sich den Schmutz von der Hose. »Sogar schon ziemlich weit fortgeschritten.«

»Im Ernst?«, stammelt sie und schaut zwischen ihm und der Stute hin und her. »Kann doch gar nicht sein.«

»Nein? Soll ich dir erklären, wie kleine Alpakababys entstehen?« Ich kann es mir nicht verkneifen.

Sie streckt mir tatsächlich die Zunge raus. Wie ein bockiges Kind. Während ich noch fassungslos starre, wendet sie sich wieder Samuel zu. »Ich hatte keine Ahnung. Der Typ, dem ich sie abgekauft habe, hat nichts davon gesagt. Da muss sie doch längst trächtig gewesen sein.«

Er lacht. »Hast du die Tiere beim Kauf nicht untersuchen lassen?«

»Nein, doch, ich meine ... Der Verkäufer hat gesagt, er hat den Tierarzt kommen lassen, und ...« Sie zieht eine Grimasse. »Oh Mann. Ich komme mir so naiv vor. Der Typ war von Anfang an irgendwie dubios. Wahrscheinlich hat der selbst keine Ahnung, dass er mir ein Alpaka mehr verkauft hat, als im Vertrag steht. Weil die Flauschis tatsächlich seit einer Ewigkeit keinen Tierarzt mehr gesehen haben.«

»Tja. Glückwunsch. In ein paar Wochen stakst hier jedenfalls ein flauschiges Alpakafohlen herum.«

Emmas Augen glänzen vor Begeisterung. Sie nimmt das Gesicht der Stute in beide Hände und krault liebevoll ihre wolligen Wangen. Jolly Roger – wie um alles in der Welt ist sie auf die Idee gekommen, das wäre ein guter Name für ein Alpaka? – lässt sich das gerne gefallen, lehnt den Kopf gegen Emmas Brust und gibt ein wohliges Brummen und Summen von sich. Eine ganz eigene Alpaka-Melodie.

»Du wirst eine Mama sein«, flüstert Emma liebevoll, so leise, dass ich ihre Worte kaum hören kann. »Und zwar eine wunderbare Mama. Keine Sorge, ich helfe dir, dich um das Fohlen zu kümmern. Ich freue mich schon so sehr auf dein Baby.«

Die Jeanslatzhose ist mindestens zwei Nummern zu groß und schlackert um ihren Körper. Von ihrem Zopf ist diesmal gar nichts mehr übrig, das Haargummi hängt mit letzter Kraft an ein paar Haarspitzen. Der Wind lässt die glatten, blonden Haare um ihr Gesicht und ihre Schultern tanzen und pustet sie wild durcheinander. Sie wirkt so zufrieden, so eins mit sich selbst und diesem Ort, mit der Natur der Adirondacks.

Ich habe sie wirklich falsch eingeschätzt. Sie ist nicht so übel, wie ich dachte. Ein bisschen seltsam vielleicht. Wer lässt denn schon alles zurück, um irgendwo komplett neu anzufangen und sich ein ganz neues Leben aufzubauen? Aus einer Laune heraus? Das ist total verrückt. Vielleicht ist es gerade ihre Verrücktheit, die sie so spannend macht, dass ich plötzlich kaum den Blick von ihr abwenden kann.

KAPITEL 16

Noah

»Eine Kolik, also echt, Noah.« Grinsend schüttelt Samuel den Kopf. »Hast du in all den Jahren als Bruder eines Tierarztes nichts gelernt? Ich habe das Tier angeschaut und wusste sofort, dass da was im Anmarsch ist.« Er gibt der Kellnerin einen Wink, die seine Bestellung – eine weitere Runde Ale – stoisch und kaugummikauend aufnimmt, bevor sie gelangweilt weiter schlurft.

Riley hat den zweifelhaften Ruf, sein Personal für das *Oak & Ivy* nicht nach Qualifikation auszusuchen, sondern danach, wie gut es ihm optisch gefällt. Wobei ich noch keinen roten Faden gefunden habe, sein Frauen- und Männergeschmack scheint ziemlich breitgefächert zu sein.

»Ich habe doch keinen Röntgenblick«, verteidige ich mich. »Und kein Tiermedizinstudium auf dem Buckel. Woher soll ich wissen, dass da ein Baby drinsteckt?«

»Wer bekommt ein Baby? Was habe ich verpasst? Hat irgendwer irgendwen geschwängert?« Hudson lässt sich neben Samuel und mir gegenüber auf die Bank in der Sitznische fallen. Wasser tropft aus seinen blonden Haaren und von der Motorradjacke, die er achtlos über eine freie Stuhllehne am Nebentisch wirft.

Das Wetter kann hier in den Adirondacks jederzeit umschlagen. Tagsüber war es drückend heiß, aber gegen Abend sind dunkle Wolken aufgezogen, und der Himmel hat alle Schleusen geöffnet. Riley hat die Gelegenheit genutzt und das Feuer im Kamin entfacht, das jetzt eine behagliche Wärme verbreitet und den Pub mit warmem, flackerndem Licht erfüllt, das sich in den Bilderrahmen, den Flaschen hinter der Theke und den Gläsern spiegelt. Der Sturm peitscht um das rustikale Natursteingebäude mit den groben Balken, als suche er rastlos nach einem Weg ins Innere.

»Nichts dergleichen. Lass gut sein«, knurre ich.

»Wir haben nur davon gesprochen, dass Noah den Tag bei Emma auf der Farm verbracht hat«, packt Samuel die News genüsslich aus. So viel dazu, dass er keine Klatschtante ist.

»Ich habe den Tag nicht bei ihr verbracht«, widerspreche ich sofort.

»Oho.« Hudson wackelt mit den Augenbrauen. »Aber dass du sie dort gleich schwängerst, hätte ich nicht gedacht.«

»Ich habe mitnichten den Tag bei ihr verbracht«, wiederhole ich und versetze Samuel unter dem Tisch einen Tritt gegen sein Schienbein, der angesichts meiner Boots hoffentlich angemessen schmerzhaft war. Hudson verzieht gequält das Gesicht, aber egal welchen meiner beiden Brüder ich mit meinem Tritt auch getroffen habe, es trifft auf jeden Fall einen, der es verdient hat. »Ich habe nur für einen Moment bei ihr vorbeigeschaut. Wollte mir dann doch mal live ansehen, was sie aus der alten Farm gemacht hat, nachdem Lottie aus dem Schwärmen nicht mehr rausgekommen ist. Und dabei hat sich zufällig eine medizinische Frage ergeben, weil eines ihrer Alpakas trächtig ist. Deswegen habe ich Samuel gerufen. Das ist alles. Kapiert?«

»Kapiert«, äfft Hudson meine Stimme nach und sein Grinsen reicht von einem Ohr zum anderen. »Können wir das Theater, dass du sie ja ach-so-schrecklich findest, also endlich aufhören?«

Ich räuspere ich. »Sie ist nicht schrecklich. Aber irre. Dass mit dem Kauf der Farm war offenbar eine total überstürzte Entscheidung. Der Kauf der Alpakas auch. Kaum hatte sie den Entschluss gefasst, war sie auch schon hier.«

»Sie ist eben spontan.« Hudson zuckt mit den Schultern. »Und hübsch, übrigens.«

Sofort durchbohre ich ihn mit meinem Blick. »Was? Hast du etwa was bei ihr vor?« No way. Sie wird nicht als was weiß ich, Nummer fünftausendneunhundert auf der Liste seiner Eroberungen landen.

»Und wenn es so wäre?« Er leckt am Rand seines Bierglases, bevor er einen großen Schluck trinkt.

Keine Ahnung warum, aber bei der Vorstellung wird mir richtiggehend übel. »Kannst du mal eine einzige Frau hier im Ort nicht anbaggern? Wäre das möglich?«, fahre ich ihn an. Hudson lässt nichts anbrennen, aber Emma hat es nicht verdient, als One-Night-Stand meines sexsüchtigen Bruders auf der Strecke zu bleiben. Nicht, nachdem sie sich hier so wacker schlägt.

Er lacht schallend, und Samuel, der sofort begriffen hat, dass Hudson mich nur provozieren will, fällt mit ein. Ich lehne mich auf meiner Bank zurück, strecke die Beine aus, verschränke die Arme vor der Brust und atme tief durch. Es war die billigste aller Fallen, und ich bin wie ein Idiot hineingetappt.

»Also magst du sie doch«, stellt Hudson schlicht fest.

»Ich … gebe zu, dass sie nicht schrecklich ist «, brumme

ich übellaunig. »Okay, ich muss sagen, ich bin irgendwie beeindruckt. Sie zieht das alles besser durch, als ich gedacht hätte. Ich hätte vermutet, dass sie so ein zartes Pflänzchen ist, das beim ersten Widerstand einknickt und sich nicht die Hände schmutzig machen will, aber sie kann wirklich anpacken. Sie hat zwar wirklich so eine Disneyfilm-Vorstellung von der Natur, aber irgendwie kommt sie damit erstaunlich gut durch. Ja, ich finde, das hat Anerkennung verdient. Leicht ist es nicht, sich auf einer Farm durchzuschlagen und das alles hinzubekommen, vor allem ohne Erfahrung. Aber das ist verdammt nochmal alles.«

Die beiden Idioten tauschen einen wissenden Blick aus.

»Klar, Noah«, sagte Samuel so milde und geduldig, als spräche er mit einem Kind. »Deswegen redest du dich auch gerade so in Rage.«

Mit Daumen und Zeigefinger massiere ich meine Nasenwurzel. »Keine Ahnung, warum ihr zwei so versessen darauf seid, mir da was anzudichten, was aus der Luft gegriffen ist.«

»Vielleicht, weil du schon eine geradezu traurig lange Zeit Single bist. Und weil du irgendwie ... anders bist, seit die Neue in Berryfield ist.«

»Anders genervt«, kontere ich.

»Du magst sie«, beharrt Hudson, während Samuel nur vielsagend guckt.

»Ich finde sie irgendwie liebenswert. Das heißt noch lange nicht, dass ich auf sie stehe. Tue ich nicht.« Ein bisschen vielleicht. Und ich hasse es, dass ich mich zu ihr hingezogen fühle, ohne dass ich was dagegen machen kann. Fast so sehr, wie ich es hasse, dass meine beiden Brüder mich mit Leichtigkeit durchschauen. Den Teufel werde ich tun, das zuzugeben. »Sorry, aber die ist wirklich nichts für mich. Nach dem Drama mit Harper ist das Letzte, was ich brauche, noch so ein Stadtmädchen, das sich in Berryfield zu Tode langweilt und bei der erstbesten Gelegenheit mit einem Kerl durchbrennt, der ihr ein spannenderes Leben verspricht. Hatte ich, brauche ich nicht nochmal. Es ist ja nicht so, als hätte ich vor, für den Rest meines Lebens Single zu bleiben. Aber wenn ich mich wieder auf eine einlasse, dann muss die völlig anders sein, als Harper war oder als Emma ist. Eine, die mit beiden Beinen im Leben steht. Die die Adirondack Mountains so sehr liebt wie ich, und die hier auch ihre Wurzeln hat. Eine, mit der man Pferde stehlen kann.«

»Eine wie Lottie«, fasst Hudson nüchtern zusammen.

Ich klappe den Mund auf und wieder zu wie ein Fisch auf dem Trockenen, als mir aufgeht, dass ich ihm tatsächlich gerade meine beste Freundin beschrieben habe. Automatisch wandert mein Blick zu ihr. Wie so oft ist sie da. Ihr kehliges, ungekünsteltes Lachen erfüllt den Pub und mischt sich mit den Stimmen der anderen Gäste, der Rockmusik und dem Prasseln des Feuers zu einem Soundtrack, der mir vertraut ist. Sie steht mit ein paar Kumpels am Billardtisch und hat uns auch schon gefragt, ob wir eine Partie spielen wollen. Später werde ich zu ihr gehen und einsteigen, auch wenn sie mich wie üblich in Grund und Boden spielen wird. Nachher. Wenn ich damit fertig bin, mich von meinen Brüdern nach Strich und Faden auseinandernehmen und verhören zu lassen. Grinsend winkt sie jetzt herüber und fuchtelt einladend mit dem Queue. Statt der üblichen Jeans oder Sporthosen trägt sie heute eine enge Lederhose, die ihren Hintern in Szene setzt, und ein schlichtes schwarzes Top.

Langsam beugt sie sich jetzt wieder über den Billardtisch, ihr Blick ist konzentriert. Sachte bewegt sie den Queue hin und her, um den richtigen Winkel und die richtige Kraft zu ermitteln. Ein gekonnter Schwung – sie trifft die Kugel mit einer beeindruckenden Präzision. Sie rollt über den grünen Filz, prallt klackend von einer Kugel zur nächsten und landet schließlich perfekt positioniert für ihren nächsten Zug. Ein anerkennendes Murmeln kommt von ihren Mitspielern. Zurecht, sie hat es einfach drauf. Ich bin stolz auf meine beste Freundin.

»Sie mag dich immer noch, das weißt du, oder?«, reißt Samuels ruhige Stimme mich aus meiner Beobachtung.

»Was? Wer?« Ich reiße den Blick von Lottie los.

Anstelle von Samuel ergreift Hudson wieder das Wort. »Lottie natürlich«, sagt er ungeduldig. »Sie würde bestimmt nicht nein zu einem zweiten Versuch sagen, wenn du es wollen würdest. Das weiß doch jeder.«

Zweifelnd ziehe ich die Augenbrauen hoch. »Ist doch Blödsinn.«

»Rede dir das ein, wenn du dich dann besser fühlst. Fakt ist, dass du damals die Trennung gewollt hast. Deine Gefühle haben nicht ausgereicht oder waren nur freundschaftlich. Das war damals nicht ihre Entscheidung. Und ich möchte wetten, bei ihr ist da immer noch mehr.«

»Wird das jetzt eine Beziehungstherapiestunde? Ich dachte, wir gehen einfach nur gemütlich was trinken«, entgegne ich gereizt. Mein Ale, das gerade noch schön erfrischend war, schmeckt auf einmal schal.

Hudson ist ein Schwachkopf, der die überschäumenden Hormone der Teenie-Zeit nach wie vor nicht in den Griff kriegt. Der hat doch keine Ahnung von irgendwas. Trotzdem hat er in meinem Kopf einen Denkprozess in Gang gesetzt, auf den ich überhaupt keinen Bock habe. Vielleicht, weil er nicht ganz so unrecht hat, wie ich mir gerne einreden will.

Erstens ist es wahr, dass Lottie und ich immer noch manchmal ein bisschen flirten, obwohl unsere Teenie-Romanze ewig her ist. Stimmt es womöglich, dass sie gerne mehr hätte als eine Freundschaft?

Und … zweitens hat Hudson – haben meine beiden Brüder – in einem weiteren Punkt ins Schwarze getroffen. Irgendwie und irgendwann in den letzten Tagen hat sich etwas in mir verändert. Etwas, das Emma betrifft.

Sie ist tatsächlich die Letzte, auf die ich mich einlassen würde, selbst wenn von ihrer Seite Interesse bestünde. Eine wie Harper. Eine, die aus der großen Stadt hierher geschneit kommt, alles durcheinanderwirbelt und Scherben hinterlässt, wenn es sie dann ganz spontan weiterzieht. Eine, die jedem Impuls folgt, so unvernünftig er auch sein mag. So schnell, wie sie hier aufgetaucht ist, kann sie auch wieder verschwinden. Dass sie nicht der Typ für lange Planungen ist, hat sie bewiesen. Wie soll man auf so jemanden bauen?

Und trotzdem ist da dieses Prickeln, wenn ich sie ansehe. Sie regt mich auf, bringt mich auf die Palme, trotzdem schaffe ich es irgendwie nicht, mich von ihr fernzuhalten und sie einfach zu ignorieren. Irgendetwas zieht mich zu ihr hin, ob ich will oder nicht.

»Wenn man vom Teufel spricht.« Entspannt führt Samuel sein Glas an die Lippen. Nachdem er einen Schluck getrunken hat, wischt er sich über den dunklen Bart.

Mein Blick folgt seinem zur Tür, die gerade aufgegangen ist.

Emma.

Sie trägt wieder eines dieser absurden Kleider. Diesmal nicht das dunkelgrün schimmernde, hautenge Teil, sondern ein schwarzes Kleid mit asymmetrischem Schnitt: Über einer Schulter liegt ein gekordelter Träger, die andere ist nackt. Die Haare trägt sie offen und ungezähmt, vom Regen draußen sind sie leicht gewellt und unordentlich, was sie nur noch unwiderstehlicher aussehen lässt. Im Feuerschein wirkt das helle Blond rötlich und golden.

Als sie uns entdeckt, steuert sie auf unseren Tisch zu. Automatisch will ich rutschen, um ihr Platz auf der Bank zu machen, aber sie ruft uns nur ein gutgelauntes Hallo zu und läuft weiter. Ich schaue ihr hinterher, und – heilige Scheiße, was für ein tiefer Rückenausschnitt. Von hinten sieht man erst, wie sexy das Kleid ist.

Sie setzt sich auf einen Barhocker. Sofort mixt Riley ihr einen Drink, noch bevor sie etwas bestellt hat, und stützt sich mit den Unterarmen auf die Theke, um mit ihr zu reden. Worüber unterhalten die sich? Ich kneife die Augen zu Schlitzen zusammen, was mir natürlich weder beim Besser-Hören, noch beim Lippenlesen hilft.

»Läuft da was zwischen den beiden?«, kann ich mir nicht verkneifen zu fragen, obwohl ich jetzt schon weiß, dass ich ein süffisantes Grinsen von Hudson und ein wissendes von Samuel dafür ernte.

Hudson spitzt die Lippen. »Sieht für mich so aus, als würden sie sich gut verstehen.«

»Ja, das sehe ich auch.« Ruppig fahre ich mir mit der Hand durch die Haare. »Vielleicht sollte jemand sie vor ihm warnen. Ich meine, Riley ist kein ganz so schlimmer Schwerenöter wie du, Hudson, aber der lässt doch auch nichts anbrennen.«

»Noah!« Samuel schaut mich mit milder Strenge an. »Du wirst irrational.«

»Ist wohl die Eifersucht«, flötet Hudson. »Wenn es dich so sehr stört, dass Emma mit ihm redet – wieso gehst du nicht zu ihr und fragst sie, ob sie sich zu uns setzen will?«

»Sicher nicht. Wer sagt denn, dass es mich stört? Sie kann doch reden, mit wem sie will. Ich gehe dann mal zu Lottie.« Zufällig winkt sie in dem Moment wieder mit dem Queue, eine klare Einladung zu einem Spiel, und liefert mir damit einen Vorwand, mich aus dem Gespräch zu ziehen. »Was ist, seid ihr dabei?«

»Ne, lass mal.« Hudson hat eine hübsche Blondine erspäht, sicher eine Urlauberin aus seinem Kletterkurs. Ich bin gespannt, ob ich sie morgen früh bei uns im Haus antreffen werde, wo sie mit Hudson beim Frühstück sitzt oder mit hochrotem Kopf zur Tür schleicht.

»Ich bin auch raus.« Samuel trinkt den letzten Schluck und stellt sein Glas ab. »Bin morgen früh im Einsatz und muss ausgeschlafen sein.«

Also bin ich der Einzige, der sich zu Lottie gesellt, die mich mit einer herzlichen Umarmung und einem Klaps auf die Schulter begrüßt. Während wir spielen, tue ich mein Bestes, um nicht ständig zu Emma hinüber zu starren. Dummerweise hat mein Blick ein Eigenleben und schweift immer wieder zu ihr.

Immer noch sitzt sie in ihrem atemberaubenden Kleid, in dem sie hier zwischen den lässig gekleideten Leuten wie ein Fremdkörper wirkt, auf ihrem Barhocker und hat die Beine übereinandergeschlagen. Natürlich bin ich nicht der Einzige, dem sie auffällt. Sie sieht aus, als hätte man sie aus einer New Yorker Szenebar hierher gebeamt. Zumindest in meiner Vorstellung, denn meine Erfahrungen mit New Yorker Szenebars sind nicht existent. Eine Weile unterhält sie sich noch mit Riley, der an der Bar seines Pubs zwar zu tun hat, aber immer wieder zu ihr zurückkommt, um mit ihr zu plaudern. Und mit irgendeinem anderen Mann, der wohl nicht aus Berryfield ist, sonst hätte ich ihn auf jeden Fall schon mal gesehen.

Mir egal. Warum sollte mich das stören?

Noch ein kurzer Blick zu ihr, während Lottie gerade ganz auf ihren nächsten Zug konzentriert ist. Emma ist vom Barhocker gehüpft und schlendert zur alten Jukebox. Schon erfüllen die Klänge von Neil Diamonds *Sweet Caroline* den Pub und verdrängen die Rock- und Indie-Klänge.

Keine Ahnung, wann der Song das letzte Mal gewählt wurde – ich habe ihn hier noch nie gehört, und ich hänge ständig im Pub ab. Bestimmt hat der Knopf längst Staub abgesetzt. Alle schauen in diesem Moment zu Emma.

Sie scheint das gar nicht zu bemerken. Auf ihrem Gesicht liegt ein Lächeln, ganz ähnlich dem, wenn sie mit ihren Alpakas spricht oder über die atemberaubende Landschaft schaut. Sie ist wunderschön in diesem Moment. Ganz selbstverständlich, als sähe ihr niemand zu, beginnt sie sich zur Musik zu bewegen.

Und ich mag es. Ich mag, wie sie unbeirrt ihren Weg geht, so wie es ihr gerade in den Sinn kommt. Ich mag, wie sie sich zur Musik wiegt und selbstvergessen die Augen schließt, als sei sie ganz allein hier. Emma, die Großstadtpflanze mit dem Kopf voll verrückter Ideen und Träume. Emma, die eigentlich gar nicht hierher passt und sich trotzdem ganz selbstbewusst ihren Platz in Berryfield sucht, weil es das ist, was sie beschlossen hat.

Spätestens beim einprägsamen Chorus grölen sämtliche Pub-Besucher mit. Riley spendiert eine Runde Ale aufs Haus. Emma dreht sich um die eigene Achse.

Ich will zu ihr gehen und mit ihr tanzen. Keine Ahnung, woher der absurde Wunsch auf einmal kommt. Aber ich tue es nicht, der Moment ist vorbei, der Song ist aus, und ich stehe immer noch am Billardtisch.

KAPITEL 17

Emma

Die Adirondacks sind ein wilder Ort. Einer, an dem die Natur den Rhythmus vorgibt, an den man sich anpassen muss, ob man will oder nicht. Das Wetter ist unberechenbar. Nach einem strahlenden Tag, an dem goldenes Sonnenlicht und Wildblumendüfte die Luft erfüllen, kann sich erschreckend schnell ein Unwetter zusammenbrauen, das sich gewaschen hat.

Dunkle Wolken türmen sich am Himmel auf. Besorgt schaue ich hoch, bevor ich hastig nach dem Bettlaken schnappe, das ich gerade von der Wäscheleine pflücken wollte und das der aufkommende Sturm mir entreißen will. Nachdem ich die Wäsche achtlos in einen Korb gestopft und in den Hausflur geworfen habe, sind die Alpakas an der Reihe. Der Wind wird immer stärker und zerrt an meinem weiten Blumenrock. Rasant wird es immer dunkler, als die schwarzgrauen Wolkenberge das letzte Blau des Himmels verdrängen.

Lottie kommt auf ihrem Mountainbike um die Ecke geflitzt und auf meine Farm gefahren. »Du noch hier draußen bei dem Wetter? Da kommt gleich was runter.«

»Ich weiß, ich weiß. Bin doch längst eine richtige Adirondackanerin.«

Zweifelnd legt sie den Kopf schief. »Ich weiß ehrlich nicht, ob man das so nennt.«

»Und du? Hast du eine Wette am Laufen, dass du bei jedem Wetter mit dem Rad unterwegs bist? Bei Regen, Tornado und Schneesturm?«

»Gegenwind formt den Charakter.« Ihre Augen funkeln. In der engen Sporthose und dem weißen Funktionstop sieht sie aus, als würde sie gleich am Ironman-Triathlon teilnehmen wollen. »Aber ich flüchte mich auch gleich ins Haus. Du hoffentlich auch? Ich wollte dir nur noch schnell was vorbeibringen.«

Sie reicht mir einen in Recyclingpapier gewickelten Apple Pie, der die Reise in ihrem Rucksack erstaunlich gut überstanden hat.

»Wow. Du bist ein Geschenk des Himmels, weißt du das? Du bist auf Platz eins meiner liebsten Leute in Berryfield.« Ich schnuppere daran und mir läuft das Wasser im Mund zusammen. »Ich mache hier auch gleich die Schotten dicht. Muss nur noch die Alpakas in Sicherheit bringen, dann mache ich es mir auf der Couch gemütlich. Mit dem Kuchen und einer Tasse Kakao.«

Sie gibt mir einen Daumen hoch, dann schwingt sie sich wieder aufs Rad und trotzt dem Wind, während sie zum Greenhouse fährt. Nur für einen Moment schaue ich ihr hinterher, bevor ich mich um meine Tiere kümmere.

»Na los, ihr Süßen. Rein in den Stall mit euch«, treibe ich die Alpakas zur Eile an. »Das ist kein Wetter, um auf der Wiese zu chillen. Glaubt mir, gleich wünscht ihr euch ein Dach über euren Lockenköpfen. Hopp, hopp!«

Viel Überredungskunst ist nicht nötig, den Tieren wird es hier draußen auch allmählich zu ungemütlich. Hintereinander hoppeln sie durch das Gras, ich muss ihnen im Grunde nur das Tor aufmachen und ihnen ein bisschen gut zureden, schon verschwinden sie im sicheren Stall.

Außer Jolly Roger. Die steht am Zaun, hat den Kopf gesenkt und starrt dramatisch in die Ferne. Als ich ihr die Hand vorsichtig auf den Rücken lege, fällt mir auf, dass ihr ganzer Körper unter Anspannung steht. Sie schaut mich aus ihren großen, dunklen Augen mit den langen Wimpern an und ein Beben geht durch ihren Leib.

»Oh nein«, stöhne ich. »Dein Ernst, Tier? Das ist der Moment, den du dir ausgesucht hast, um dein Baby rauszupressen?«

Okay. Ein Schritt nach dem anderen. Ich habe in den letzten beiden Wochen unfassbar viel Zeit damit verbracht, mir im Internet Wissen über Alpakageburten anzulesen. Aber bevor hier draußen gleich die Welt untergeht und irgendwas passiert, muss die Stute ins Trockene.

Im Gegensatz zu ihren Kolleginnen hat sie kein Interesse daran, den sicheren Stall aufzusuchen. Mühsam setzt sie einen Schritt vor den anderen, während ich mit Engelszungen auf sie einrede, sie ziehe und schiebe. Doch sobald sie im Stall ist, beginnt sie nervös hin und her zu tippeln. Ein Wunder, dass die Beine den riesigen, runden Bauch überhaupt tragen können. In den letzten zwei Wochen hat sie nochmal an Umfang zugelegt, trotzdem ist es mir im Nachhinein ein Rätsel, warum mir der Gedanke an eine Trächtigkeit nicht auf Anhieb gekommen ist. Runder Bauch, Wesensveränderung – so schwer war das Rätsel eigentlich nicht zu knacken. Jetzt ist es ganz offensichtlich, dass ein Baby auf dem Weg ist.

Dummerweise hat dieses Alpakababy sich keinen guten

Zeitpunkt ausgesucht, um auf die Welt zu kommen. Draußen wütet der Sturm immer wilder. Ich fröstele, als ich sein Heulen höre. Kaum habe ich das Stalltor hinter uns geschlossen, beginnt auch schon der Regen aufs Dach zu prasseln.

Der warme Duft von Stroh und Heu erfüllt hier drin die Luft. Staubkörnchen tanzen im Licht der Deckenleuchten. Gemütlich scharen sich die Alpakas in einer Ecke zusammen und fressen tiefenentspannt Heu aus der Futterraufe. Nur Jolly Roger läuft nervös hin und her, bleibt stehen, starrt mit gesenktem Kopf zu Boden und wird von einem Schauer geschüttelt, läuft wieder ein paar Schritte und rollt mit den Augen, so dass man das Weiße sieht.

Meine Hände zittern, als ich das Handy aus der Tasche krame und Samuel in meinen Kontakten suche. Die Telefonnummer der Tierarztpraxis ist unter meinen Favoriten gespeichert, seit ich weiß, dass Jolly Roger trächtig ist.

»Geh ran, na los!«, murmle ich vor mich hin, während ich ganz behutsam den Rücken der Stute tätschle.

Sie hat Schmerzen. Trotz der dichten Wolle merke ich, dass sie schwitzt. Ist das normal? Auf YouTube habe ich Videos von Pferdegeburten angeguckt, da flutschte das irgendwie fast von allein.

Irgendetwas stimmt nicht. Mein Bauchgefühl sagt es mir ganz deutlich. Irgendetwas läuft da nicht gut. Die Sorge schnürt meine Kehle zu, mir ist zum Heulen zumute, aus Angst um Jolly Roger.

Es piepst in der Leitung, dann wieder, dann noch einmal. Verdammt, wo ist dieser Tierarzt, wenn man ihn braucht? Gut, er könnte gerade mitten in einer Behandlung stecken, da hätte er schwerlich eine Hand frei fürs Telefon, aber müsste er nicht eine Sprechstundenhilfe oder so etwas haben?

Die paar Momente, in denen ich in der Leitung hänge, fühlen sich an wie eine Ewigkeit. Die Stute macht plötzlich die Beine ganz steif und ein weiterer Schauer geht durch ihren Körper. Tränen schießen mir in die Augen, ich presse die freie Hand auf meinen Mund. Mit der anderen drücke ich das Handy ganz fest gegen mein Ohr, als könnte ich so durch die Leitung kriechen und den verdammten Samuel schütteln, damit er endlich rangeht und uns hilft. Jolly Roger braucht ihn! Ich fühle mich so schrecklich hilflos. Was für ein scheußliches Gefühl das ist.

Endlich höre ich eine Stimme, vor Erleichterung hätte ich fast aufgeschluchzt. Aber das ist nicht Samuel. Ich habe die Brüder nicht oft gesehen, aber das ist eindeutig der Jüngste, Hudson.

»Tierarztpraxis Griffin, hallo.«

»Hudson? Bist du das? Hier ist Emma. Emma Reed. Ich muss dringend Samuel sprechen!«, bringe ich atemlos hervor.

»Äh. Sorry. Der ist gerade unterwegs, auf einer Farm ein gutes Stück entfernt. Kommt erst am späten Abend zurück.« Er klingt verpennt, als hätte ich ihn gerade aus einem Nickerchen gerissen. »Kann ich ihm was ausrichten?«

»Am späten Abend erst?« Meine Stimme klingt schrill vor Anspannung. »Das ist viel zu spät. Hat er nicht ein Handy dabei oder so?«

»Doch, klar, ich gebe dir seine Nummer. Aber wenn er mitten in der Arbeit steckt, kann er oft nicht rangehen. Und selbst wenn du ihn erreichst, sind es mehrere Stunden Autofahrt. Worum geht es denn?«

Die Region ist nicht gerade bekannt für Viehzucht. Die Hügel und Berge, die größtenteils von dichten Wäldern bedeckt sind, sind nicht optimal für große Rinderherden. Klar wird auch hier Vieh gehalten, aber längst nicht so häufig wie in anderen ländlichen Gegenden der Vereinigten Staaten. Aber natürlich muss Samuel heute auf einer Farm irgendwo im Nirgendwo sein. Ausgerechnet jetzt!

»Es ist ein Notfall. Hier muss es doch irgendeinen erreichbaren Tierarzt geben!«

Langsam scheint er zu kapieren, wie verzweifelt ich bin. »Hey, hey, Emma! Beruhige dich. Ja, es gibt einen anderen Tierarzt, aber … Shit, der alte Jo ist gerade im Krankenhaus.«

Ich vergrabe mein Gesicht in Jolly Rogers Löckchen und kneife die Augen fest zu. »Scheiße, Scheiße! Ich brauche hier einen verdammten Tierarzt.«

»Was ist denn los?« Jetzt klingt er eindeutig besorgt.

Aber bevor ich antworten kann, raschelt und rauscht es in der Leitung. Verdammt – bricht jetzt auch noch das verdammte Telefonnetz wegen des Gewitters zusammen? Dann bin ich hier komplett abgeschnitten von der Außenwelt und von jeder potenziellen Hilfe. Allein mit meinem Alpaka, das ein Fohlen bekommt und dem es überhaupt nicht gut geht. Alles, worauf ich zurückgreifen kann, ist mein YouTube-Wissen über Tiergeburten. Panik wallt in mir auf.

KAPITEL 18

Noah

»Was ist da los?« Finster ziehe ich die Augenbrauen zusammen und hechte auf meinen Bruder zu, der mit schlafzerzausten Haaren im Flur zwischen Wohnbereich und Tierarztpraxis steht und das Praxistelefon in der Hand hat. Die paar Worte, die ich gerade mit angehört habe, reichen mir. Ich reiße ihm das Telefon aus der Hand.

»Es ist Emma, es geht wohl um …«

»Das Alpaka? Emma, geht es um die Stute?«, rufe ich ins Telefon.

Ihre Stimme klingt, als würde sie mit den Tränen kämpfen. »Noah? Ich dachte schon, die Verbindung wäre unterbrochen. Es geht los, Noah. Jolly Rogers Fohlen kommt. Aber ich habe ein ganz schlechtes Gefühl. Da stimmt was nicht. Sie hat schlimme Schmerzen. Sie braucht einen Arzt, und es ist keiner erreichbar. Shit! Was mache ich denn? Ich muss aufhören, muss mich um das Alpaka kümmern.«

Das war's, mehr bekomme ich nicht zu hören. Sie hat einfach aufgelegt. Und will jetzt … Was? Das Alpakafohlen eigenhändig auf die Welt holen, wo es doch offenbar Komplikationen gibt?

»Hey, wohin willst du?« Hudson fährt sich mit der Hand durchs blonde Haar.

»Ist doch wohl klar, oder?«, erwidere ich gereizt, während ich in den Flur stapfe und mir Motorradjacke und Helm schnappe.

»Warte doch mal.« Er stellt sich mir in den Weg. »Da kommt gleich richtig was runter. Kein gutes Wetter für einen Ausflug. Und was willst du überhaupt machen? Du hast von Tiermedizin so wenig Ahnung wie ich. Willst du dem Alpaka das Pfötchen halten?«

»Den Huf, wenn schon.« Ich schiebe ihn beiseite und reiße die Tür auf. Der Sturm peitscht mir die ersten Regentropfen ins Gesicht. »Keine Ahnung, ob ich helfen kann, aber sie ist gerade offenbar ganz alleine dort drüben und in einer verdammt beschissenen Lage. Ich fahre rüber, du versuchst in der Zwischenzeit, Samuel zu erreichen.«

»Können wir endgültig festhalten, dass du sie magst?«, ruft er mir hinterher, als ich die Tür hinter mir zuknalle.

KAPITEL 19

Emma

Blitze durchzucken den Himmel, grelles Licht flackert durch die Ritzen der Holzwände in den Stall. Es donnert ohrenbetäubend laut. Die Alpakas drängen sich enger zusammen, eine verängstigte kleine Herde.

Jolly Rogers Lockenfell ist schweißgetränkt, ihr Körper bläht sich bei jedem heftigen Atemzug noch weiter auf. Steifbeinig und mit gesenktem Kopf steht sie da. Längst ist mein Gesicht tränenüberströmt, immer wieder bricht ein Schluchzen aus meiner Kehle, während ich dem Alpaka gut zurede und es streichle. Ich habe keine verdammte Ahnung, was ich tun soll. Alles, was ich machen kann, ist, für die Stute da zu sein und zu versuchen, sie zu beruhigen. Darum gebe ich mein Bestes, um nicht vollends die Nerven zu verlieren, sondern selbst ruhig zu bleiben, in der Hoffnung, dass sich das ein bisschen auf sie überträgt.

Sanft streichle ich ihren Bauch, der ganz hart ist. Dann stelle ich mich vor sie, kraule ihre Wangen. Sie schaut mir geradewegs in die Augen, als wollte sie mich um Hilfe bitten. Es zerreißt mir das Herz.

Ein Krampf schüttelt sie. Eine Wehe? Sie krümmt sich und ein Schmerzenslaut bricht aus ihr heraus, der mir durch Mark und Bein geht.

»Es tut mir so leid«, schluchze ich und hasse es, dass ich ihr nicht helfen kann.

Erst nehme ich das Geräusch gar nicht wahr, es geht im Donnergrollen unter. Ein Motorengeräusch! Mein Kopf schnellt hoch, als es mir endlich auffällt. Das tiefe Brüllen eines Motorrads.

Die Stalltür fliegt auf. Während Noah auf mich zustürmt, zieht er sich den Motorradhelm vom Kopf. Seine Jeans sind patschnass, von seiner schwarzen Lederjacke tropft Regenwasser. Er schaut mich nur kurz an, dann widmet er seine ganze Aufmerksamkeit Jolly Roger.

Ich bin so unendlich erleichtert, ihn zu sehen, dass ich beinahe erst recht losgeheult hätte. Er ist an meiner Seite, schaut das Alpaka an und murmelt ein paar Worte, von denen ich nicht weiß, ob sie das Tier oder mich beruhigen sollen. Auf jeden Fall hilft es, ich klammere mich an seine tiefe Stimme wie an einen Rettungsanker, und auch Jolly Roger wird ein kleines bisschen entspannter. Vertrauensvoll drückt sie den Kopf gegen ihn.

»Wie lange geht das schon?«, fragt er knapp, ohne mich anzuschauen.

»Ich …« Im ersten Moment weiß ich gar nicht, was ich darauf sagen soll. Es fühlt sich wie eine Ewigkeit an. Als müsste ich schon seit Anbeginn der Zeit hier mit meinem Alpaka ausharren, das sich quält. Ich schüttle meine Benommenheit ab und versuche, mich zusammenzureißen. »Eine knappe Stunde? Es ging los, kurz bevor es zu regnen angefangen hat. Da war sie plötzlich wie ausgewechselt. Hatte Schmerzen, war ganz nervös.«

Er nickt, schaut ernst drein. »Wenn man Samuel einmal braucht … Ich fürchte, wir sind hier auf uns gestellt. Bis er die Anrufe sieht und sich auf den Rückweg macht, ist hier alles gelaufen.«

Auf die eine oder andere Weise. Das spricht er nicht aus, aber es schwingt in seinem Tonfall mit. Entweder Jolly Roger schafft es aus eigener Kraft mit unserer unfachmännischen Unterstützung, oder ich muss morgen ein Alpaka beerdigen. Bei der Vorstellung zieht sich mein Herz so schmerzhaft zusammen, dass es einen Schlag aussetzt.

»Hey.« Noahs Stimme klingt erstaunlich sanft. Er legt einen Arm um meine Schultern und zieht mich an sich. Einen winzigen Moment lang glaube ich, seine Lippen an meiner Stirn zu spüren, aber es geht so schnell vorbei, dass ich nicht sicher bin, ob es nur eine versehentliche Berührung war. Oder ... hat er tatsächlich meine Stirn geküsst? »Was auch immer du gerade gedacht hast, denk nicht daran. Alles wird gut. Wir schaffen das, wir überstehen das«, sagt er ruhig.

Benommen nicke ich. Wer ist dieser Noah, der ohne zu zögern hierher rast, wenn ich Hilfe brauche? Der mich tröstet und schon wieder alles gibt, um einem Tier zu helfen?

Behutsam tastet er den Bauch der Stute ab. »Ich bin kein Arzt. Jetzt wünschte ich, ich hätte mir bei Samuel mehr abgeschaut. Jolly Roger scheint Probleme zu haben, das Fohlen rauszupressen.«

Mit der Hand übt er sanften Druck auf den Alpakabauch aus. Fasziniert und angespannt beobachte ich, was er macht, während ich Jolly Rogers Kopf kraule und sinnlose Silben vor mich hinmurmle, in der Hoffnung, ihr den Stress ein wenig zu nehmen.

Der Sturm rüttelt am Stall, als wollte er ihn einreißen. Regenmassen prasseln auf das Dach und gegen die Holzwände, das stetige Trommeln vermischt sich mit dem dumpfen Donnern des Gewitters und erfüllt die Luft mit einer düsteren Symphonie. Der Stall scheint unter dem Ansturm der Elemente zu beben, als würde die ganze Welt von der Wut des Himmels erschüttert. Die Blitze zucken weiter über den Himmel, ihre grellen Lichter werfen gespenstische Schatten.

Jolly Roger kämpft um ihr Leben, und um das ihres Fohlens. Tränen der Erleichterung schießen mir in die Augen, als ein winziges, nasses Lebewesen ins Stroh gleitet. Es ist da! Doch es bewegt sich nicht.

»Noah«, flüstere ich erstickt. Und wieder erdrückt mich die Hilflosigkeit beinahe. Ich bin für diese Tiere verantwortlich. Ich will alles tun, damit es ihnen gutgeht, und habe doch keine Ahnung, was ich dafür tun muss.

Sofort kniet Noah neben dem Fohlen. Während Jolly Roger lethargisch und schwer atmend dasteht und zu Boden starrt, nimmt er eine Handvoll Stroh.

»Es lebt«, sagt er leise.

»Oh Gott«, entfährt es mir. »Wirklich?« Auch ich knie neben dem Fohlen und wage kaum, es anzufassen. Lebt es wirklich? Es wirkt so zart und zerbrechlich, ganz reglos liegt es da. Es sieht aus wie tot. Aber jetzt merke ich auch, dass es sich ganz leicht bewegt und atmet.

»Normalerweise würde sie ihrem Instinkt folgen und tun, was zu tun ist«, murmelt er. »Das Fohlen ablecken, damit es trocken wird und warm bleibt. Es zum Aufstehen motivieren. Aber ich glaube, sie ist zu entkräftet. Wenn Samuel da wäre … Aber ich war auch schon bei ein paar Pferdegeburten dabei.«

Vorsichtig beginnt er, das kleine Tier mit dem Stroh abzureiben. Sofort tue ich es ihm gleich. Das Fohlen öffnet sein Maul und gibt ein leises Geräusch von sich, das Niedlichste, was ich jemals gehört habe. Ein Wimmern, das wie das Piepsen eines kleinen Vogels klingt.

Das ist der Moment, in dem auch Leben in Jolly Roger kommt. Sie hebt den Kopf, schaut ihr Baby aus ihren großen, sanften Augen an. Ich halte den Atem an. Und auf einmal ist alles so, wie es sein soll. Die Natur weiß, was sie tut. Jolly Roger beißt die Nabelschnur durch und beginnt ihr Fohlen sauber zu lecken. Noah und ich sind ganz langsam zurückgewichen, um sie nicht zu stören.

Ich weiß nicht, wohin mit meinen Gefühlen. Meine Wangen sind nass und mein Herz übervoll. Adrenalin rauscht immer noch durch meinen Körper, meine Kehle ist rau.

Noah. Ohne ihn hätte ich das nicht geschafft. Ohne ihn wäre das alles ganz anders ausgegangen.

Mein Körper handelt wie von selbst, ohne dass ich da selbst irgendetwas bewusst entscheide. Ehe ich einen klaren Gedanken fassen kann, werfe ich mich gegen ihn und schlinge meine Arme um seinen Körper.

»Danke«, murmle ich in sein Shirt.

Einen Moment lang ist er ganz starr. Ich merke, dass er sogar den Atem anhält. Dann atmet er langsam aus und schließt im selben Augenblick die Arme um mich. Sein Duft umfängt mich. Ich lehne mein Gesicht an ihn, ohne mich darum zu kümmern, dass ich Tränen und Mascara an sein Shirt schmiere. Wir sind ohnehin beide hoffnungslos verschwitzt, jetzt ist auch schon alles egal. Ich schließe die Augen, lehne mich weiter an ihn und habe auf einmal das Gefühl, dass diese Umarmung das Einzige ist, was mich noch auf den Beinen hält.

Was machen wir da eigentlich? Ich bin ihm so nah wie noch nie. Spüre seinen Körper an meinem. Seine Wärme und seine starken Arme. In dem Moment, als mir das alles bewusst wird, macht mein Herz einen so wilden Satz in meiner Brust, als wollte es mir aus der Kehle springen. Mir ist heiß und kalt zugleich. Erschrocken von meinen eigenen Emotionen, zucke ich zurück.

Sofort tritt auch Noah einen Schritt zurück, als würde er die Umarmung bereuen. Doch im klaren Grün seiner Augen liegt ein warmer Glanz. »Wir haben es geschafft, Emma.«

Weil ich nicht weiß, was ich sonst tun soll, strecke ich ihm die Faust entgegen. Echt jetzt, Emma? Die Ghetto-Faust? Was ist los mit mir? Jetzt wo die brenzlige Situation vorbei ist und die Anspannung langsam von mir abfällt, ist nur noch Mus von meinem Gehirn übrig. Ich will im Boden versinken.

Ein spöttisches Grinsen umspielt seine Mundwinkel, aber er sagt nichts, sondern macht ebenfalls eine Faust und stößt sie leicht gegen meine.

Immer noch toben draußen die Naturgewalten. Der Stall fühlt sich wie ein sicherer Ort an, bietet Schutz und Geborgenheit inmitten des Sturms. Die Alpakas kommen zur Ruhe, scharren im Stroh und machen einen zufriedenen Eindruck. Jolly Roger putzt liebevoll ihr Fohlen.

Wir bleiben hier bei den Tieren. Nicht nur, weil wir nicht die geringste Lust haben, bei dem Wetter zum Wohnhaus zu laufen, sondern vor allem, um sicherzugehen, dass bei der Stute und ihrem Baby alles okay ist. Wir halten Wache. Aber auf den Beinen kann ich mich jetzt wirklich kaum mehr halten, das letzte bisschen Adrenalin ist aus meinem Körper verschwunden, und ich bin schrecklich erschöpft.

Seite an Seite sitzen wir auf dem Boden und lehnen uns an die Stallwand. Der wohlige Geruch von Stroh und Heu ist beruhigend. Das leise Rascheln des Strohs und das gleichmäßige Malmen der Alpakas, die das Heu fressen, hat eine einlullende Wirkung. Ich lausche den Tieren und dem prasselnden Regen und mir sinkt der Kopf auf die Brust. Einmal, zweimal schrecke ich hoch, aber dann gewinnt die Müdigkeit. Ich schlafe ein.

*

Mein Kopf lehnt an Noahs Schulter. Erschrocken öffne ich die Augen. Ich weiß sofort, wo ich bin und wer da neben mir ist. Kein verwirrter Moment, in dem ich mich fragen muss, was da eigentlich los ist und ob mich jemand aus meinem Bett entführt hat.

Ich halte ganz still. Seine Atemzüge sind ruhig und gleichmäßig. Ist er auch eingeschlafen? Wie peinlich, dass ich mich im Schlaf an ihn gelehnt habe. Andererseits – wenn es ihm schrecklich unangenehm gewesen wäre, hätte er mich einfach weggeschoben. Aus Höflichkeit hat er das ganz bestimmt nicht ausgehalten.

Das Gewitter ist vorbei. Ich höre draußen sogar gedämpftes, leises Vogelgezwitscher.

Das ist jetzt der Moment, in dem ich den Kopf heben und aufstehen müsste. Das Ding ist nur, ich will nicht. Weil es sich merkwürdig richtig anfühlt, so nah bei Noah zu sein. Und weil dieser Moment vorbei ist und vermutlich niemals wiederkommt, wenn ich mich jetzt bewege. Ich würde gerne den Kopf drehen, um ihm ins Gesicht zu schauen und um festzustellen, ob er wach ist. Aber noch lieber will ich, dass alles einfach so bleibt, wie es gerade ist – nur noch ganz kurz. Noch für ein paar Sekunden will ich dieses Gefühl festhalten. Bei ihm fühle ich mich sicherer und wohler, als ich es für möglich gehalten hätte.

Also lasse ich die Augen geschlossen, atme tief ein und genieße seine Nähe, die irritierend und schön zugleich ist. Ein sachtes Flattern breitet sich in meinem Bauch aus.

KAPITEL 20

Noah

Ihr Kopf lehnt an meiner Schulter. Ich wage nicht, mich zu bewegen. Atme ganz ruhig, um sie bloß nicht zu wecken. Den Schlaf hat sie sich wirklich verdient, nach dem ganzen Stress mit dem Alpaka.

Aber das ist nicht der Grund, warum ich so still sitze. Nur noch für einen Moment will ich sie bei mir haben. Weil es schön ist, wenn wir mal nicht streiten. Und weil sich ihr Körper an meinem so warm und weich anfühlt.

Seit bestimmt fast einer Stunde sitzen wir so hier. Ich habe nicht geschlafen, habe Wache gehalten und Emmas leisen Atemzügen gelauscht.

Ein Rascheln weckt meine Aufmerksamkeit. Als ich vorsichtig den Kopf drehe, um zu sehen, woher es kommt, schnappe ich nach Luft. Ein warmes Gefühl breitet sich in meiner Brust aus, und ich kann gar nicht anders, als zu lächeln.

Emma beginnt sich zu regen, sie hebt den Kopf. Da, wo er gerade noch gelehnt hat, fühlt meine Schulter sich jetzt leer an – als würde etwas fehlen.

»Schau«, sage ich leise, »schau doch mal.«

»Oh«, kommt es aus ihrem Mund, staunend, ergriffen. So, wie auch ich mich fühle.

Behutsam stupst Jolly Roger das Fohlen immer wieder mit der Schnauze an. Auf wackeligen Beinen steht es auf, knickt wieder ein, versucht es gleich noch einmal. Und diesmal klappt es. Es macht ein, zwei staksige Schritte, steckt das Köpfchen unter Jolly Rogers Bauch und beginnt Milch zu trinken.

»Das ist so schön«, flüstert Emma neben mir.

Ich kann sie so gut verstehen. Mir geht es genauso. Es ist atemberaubend, die ersten vorsichtigen Schritte dieses kleinen Tieres mitzuerleben.

»Heulst du?«, frage ich trotzdem.

Sie boxt mich leicht in die Seite. »Idiot.« Ihre Stimme klingt dabei weich, sie kann den Blick genauso wie ich nicht von der Mutterstute und ihrem Baby abwenden.

Motorengeräusche nähern sich, dann das Geräusch zuschlagender Autotüren und rasche Schritte vor dem Stall.

»Emma?« Samuel klopft an die Tür.

»Ja«, erwidert sie leise, »wir sind hier drin.«

Direkt nachdem sie die Worte ausgesprochen hat, zuckt sie leicht zusammen, als wäre ihr erst jetzt bewusst geworden, dass wir hier aneinander gekuschelt sitzen. Fast erschrocken schaut sie zu mir und rappelt sich dann hastig hoch. Auch ich komme schnell auf die Beine. Als Samuel die Tür öffnet, sind wir gerade so auf die Füße gekommen. Goldenes Sonnenlicht strömt herein, die Luft riecht nach feuchten Blättern und nasser Erde.

Für einen Moment habe ich den Eindruck, dass Samuel die Augenbrauen überrascht hochzieht, aber im Gegenlicht ist das schwer zu beurteilen. Jedenfalls sagt er nichts dazu, sondern schaut sofort nach den Alpakas. Ein warmes Lächeln tritt auf sein Gesicht.

»Sorry, dass es so lang gedauert hat. Ich hab mich sofort auf den Rückweg gemacht, als ich mit der Arbeit fertig war und die ganzen Anrufe auf dem Handy gesehen hab. Aber wie ich sehe, ist ja auch so alles gutgegangen. Ein hübscher kleiner Hengst.«

Langsam, um das Tier nicht zu erschrecken, geht er auf es zu und beginnt, es zu untersuchen. Alles ist gut, Jolly Roger hat ein gesundes Fohlen zur Welt gebracht.

Und ich? Ich weiß nicht, wo mir der Kopf steht, als Emma sich jetzt mit Samuel über die Tiere unterhält und ich immer noch einen Hauch ihres Shampoos in der Nase habe.

KAPITEL 21

Emma

Noah. Er spukt mir im Kopf herum, ob ich will, oder nicht. Ich kann ihn nicht abschütteln. Als ich jemanden gebraucht habe, war er da. Seine Anwesenheit hat alles so viel besser gemacht. An seiner Schulter einzuschlafen, hat sich so gut angefühlt. So sicher und … einfach richtig.

Und da ist noch mehr … Die Erinnerung an seine Lippen an meiner Stirn, an diesen flüchtigen Kuss, der so schnell vorbei gewesen ist, dass ich gar nicht sicher bin, ob er wirklich passiert ist, und der jetzt doch meine Gedanken beherrscht.

Es ist nicht so, als hätte ich zu wenig zu tun und würde mir deswegen die ganze Zeit den Kopf zerbrechen. Im Gegenteil, ich habe alle Hände voll zu tun. Auf der kleinen Farm nimmt die Arbeit niemals ein Ende. Seit das Fohlen auf der Welt ist, ist sogar noch mehr zu tun. Dabei würde ich eigentlich am liebsten rund um die Uhr mit dem niedlichen, flauschigen Alpakababy kuscheln, das auf seinen langen Beinen ungeschickt über die Weide stakst und manchmal übermütige Sprünge macht.

»Du kommst ganz nach deiner Mama«, teile ich ihm mit. Genau wie Jolly Rogers ist sein Fell cremefarben und weich. Während sie aber einen dunkelbraunen Fleck wie eine Augenklappe hat, weist sein Gesicht einen ähnlichen Fleck unter dem Kinn auf. »Blackbeard. So sollst du heißen«, beschließe ich zufrieden.

Nachdem ich die Tiere gefüttert habe und ins Haus zurückgekehrt bin, klingelt es an der Tür.

Und für einen winzigen Moment wird mir eiskalt. Eine Klaue scheint meine Kehle zuzudrücken. Könnte er es sein? Adrian. Holt mich meine Vergangenheit jetzt doch ein?

Es gibt nicht mehr viele dieser Momente. Augenblicke, in denen ich zusammenzucke und mich vor meinem eigenen Schatten erschrecke, weil ich glaube, ihn gesehen zu haben. Nächte, in denen ich aus schlimmen Träumen hochschrecke, an die ich mich schon beim Aufwachen nicht mehr erinnern kann, deren Nachhall mich aber trotzdem zittern lässt.

Es wird besser, seit ich hier bin. In Sicherheit, an einem Ort, der unendlich weit weg vom Rest der Welt zu sein scheint. Weit weg von Adrian und meiner Vergangenheit. Und trotzdem ist jetzt mein erster Gedanke beim Klingeln: Was, wenn er es ist? Wenn er mich irgendwie gefunden hat?

Ein weiteres Klingeln reißt mich aus meinen ängstlichen Gedanken.

»Natürlich ist er es nicht«, murmle ich. »Reiß dich zusammen, Emma.«

Trotzdem spähe ich erst durch den Türspion – und sehe Noah. Sein Anblick vertreibt die Schatten. Wovor habe ich mich nochmal gerade gefürchtet?

Grinsend mache ich die Tür auf. »Lass mich raten. Du willst Blackbeard besuchen?«

»Blackbeard?« Er verzieht das Gesicht, als er kapiert. »Oh, nein! Bitte sag nicht, dass du das wehrlose Fohlen so genannt hast. Du hast echt ein Problem mit der Namensgebung. Weißt du das?«

»So passt es wenigstens zu seiner Mama. Das Piraten-Duo«, verteidige ich mich.

»Und die anderen? Captain Hook, Black Pearl, oder wie?«

»Quatsch. Das sind Hanni, Nanni, Bunny und Snow White.«

Er fasst sich an die Stirn. »Wow. Ich weiß nicht, was ich sagen soll. Eigentlich bin ich hier, weil ich dir einen Vorschlag machen wollte. Aber ich glaube, ich muss erst mal wieder nach Hause und mich von diesen Namen erholen.«

»Was ist eigentlich aus dem Kaninchen geworden?«, frage ich ohne auf seine Stichelei einzugehen.

Er wirkt auf einmal verlegen, als er sich durch die dunklen Locken fährt. »Ist noch bei uns und wird aufgepäppelt, bis es wieder ganz okay ist. Bringt Samuels Beruf so mit sich, bei uns sind immer wieder Tiere, die er verarztet hat und die wir pflegen, bis sie wieder richtig fit sind.«

»Erzähl mir nicht, du hättest ihm keinen Namen gegeben.« Lauernd sehe ich ihn an und verenge die Augen.

Er nuschelt etwas Unverständliches.

»Wie war das?«, flöte ich.

Er verdreht die Augen. »Du nervst. Na schön. Sie heißt Poppins. Mary Poppins.«

Das Lachen bricht förmlich aus mir heraus. Ich stütze mich auf die Oberschenkel und habe Tränen vor Lachen in den Augen. »Mary Poppins? Wirklich? Das fällt dir ein, wenn du dir einen Tiernamen überlegst? Und über mich machst du dich lustig?«

»Ja, ja, ist ja gut«, brummt er und will sich abwenden.

»Warte, nicht so schnell.« Ich schnappe mir seinen Ärmel und halte ihn daran fest. »Warum bist du eigentlich hier?«

Er schaut auf meine Hand an seinem Ärmel, dann in mein Gesicht. »Ich wollte fragen, ob du mit mir wandern gehen willst.«

Ich reiße überrumpelt die Augen auf. »Wieso?«

»Wie, wieso? Du guckst, als würdest du glauben, ich will dich verschleppen. Egal, es war nur eine Idee.« Gereizt schüttelt er meine Hand ab und ist schon auf halbem Weg zurück zu seinem Landrover.

Ich haste hinterher, überhole ihn und lehne mich an die Fahrertür des Landrovers, so dass er nicht einsteigen kann. Ich recke das Kinn herausfordernd vor und lege den Kopf schief. »Ich habe doch nur gefragt, warum.«

Er steht direkt vor mir, stützt sich mit einer Hand am Dach des Landrovers ab, direkt neben meinem Kopf. Heilige Scheiße, wie nah er mir schon wieder ist. Das wird langsam zur Gewohnheit – was nichts daran ändert, dass es mich total aus der Fassung bringt. Im Sonnenlicht schimmern seine Augen hell, fast wie grüner Turmalin. Seine dunklen Wimpern werfen Schatten auf seine Wangen.

»Weil ich gerne mit dir wandern gehen möchte, so einfach.« Um seine Mundwinkel zuckt es belustigt. Merkt er, wie es in mir gerade aussieht? Beim Anblick seiner Lippen muss ich wieder an diesen flüchtigen Moment im Stall denken, diesen federleichten Hauch eines Kusses. Und auf einmal überrollt mich der Wunsch nach einem richtigen Kuss mit solcher Wucht, dass ich fast aufkeuche.

Was macht er mit mir? Was soll das jetzt auf einmal? Warum drehen meine Hormone in seiner Gegenwart durch? Tut mir die viele frische Luft in den Adirondacks nicht gut?

Mühsam versuche ich, mich zu sammeln und ein paar klare Gedanken zusammenzukratzen. Irgendwie bringe ich ein selbstbewusstes Lächeln zustande. »Gut, lass uns wandern gehen. Gib mir fünf Minuten, dann kann es losgehen.«

KAPITEL 22

Emma

Mir fehlen die Worte, um auszudrücken, wie sehr ich meine neue Heimat liebe. Was die Natur in mir auslöst, die so wild ist, als wollte sie einen verschlingen, und so tröstlich, das sie einem für den Moment alle Sorgen nimmt.

Wir wollen auf einen der High Peaks steigen, den Plan hat Noah gefasst. Ich bin froh über meine guten Wanderschuhe und meine zumindest passable Kondition, denn andernfalls hätte ich keine Chance. Wir reden wenig, dafür ist der Weg zu anstrengend. Doch immer wieder schaue ich verstohlen zu ihm und staune darüber, mit welcher Selbstverständlichkeit er sich hier bewegt. Während ich ins Schwitzen gerate, ist ihm keine Anstrengung anzusehen – und dabei legt er ein ganz schönes Tempo vor.

»Dort drüben ist der Mount Marcy, der höchste Gipfel der Adirondack Mountains.« Er deutet in die Ferne. »Der Ausblick von dort ist unglaublich. Irgendwann zeige ich ihn dir.«

»Irgendwann? Gerade wolltest du noch unbedingt, dass ich so schnell wie möglich aus Berryfield abhaue, und jetzt schmiedest du Zukunftspläne?« Grinsend ziehe ich an ihm vorbei, während er für einen Moment sprachlos ist.

Unser Weg führt durch dichte Wälder, entlang eines malerischen Bachs und vorbei an üppigen Wiesen. Das Rauschen des Wassers und das Zwitschern der Vögel begleiten uns. Die Bäume – Rotfichten, Tannen, Buchen – bilden eine dunkle, fast blickdichte Wand. In ihrem Schatten wird es so kühl, dass ich fröstelnd den Reißverschluss meiner dünnen Sportjacke schließe.

»Frierst du?«, fragt Noah plötzlich unerwartet sanft und ist schon dabei, sein Kapuzensweatshirts auszuziehen.

»Ein bisschen«, lüge ich, obwohl mir beim Blick in seine Augen gerade eher wieder heiß wird.

Insgeheim stelle ich mir vor, wie er mir das Sweatshirt galant um die Schultern legt, wie ein Held in einem romantischen Liebesfilm. Aber natürlich macht Noah das nicht, er wirft mir das Sweatshirt einfach nur zu – so schnell, dass ich es kaum fangen kann. Doch es riecht nach ihm, hat diesen guten, verwirrenden Duft, der etwas mit meinem Herz macht, was einfach nicht gesund sein kann.

Wann ist das alles passiert? Wann habe ich aufgehört, ihn total ätzend zu finden und angefangen mich zu ihm hingezogen zu fühlen? Irgendwann, als er gezeigt hat, dass er nicht einfach ein unhöflicher Arsch ist, sondern jemand, auf den man zählen kann, wenn es darauf ankommt. Ich ziehe sein Sweatshirt über, in dem ich richtiggehend versinke, und schnuppere verstohlen daran.

Mit jedem Schritt werden die Bäume dünner und die Landschaft offener, bis wir schließlich die Baumgrenze erreichen und die felsige Berglandschaft vor uns liegt. Von einem Moment auf den anderen sind da nur noch Steine. Der Weg wird steiler und anspruchsvoller, während wir über Felsbrocken klettern und steile Anstiege bewältigen.

»Tut mir ehrlich leid, aber ich habe dein Shirt schon total

vollgeschwitzt«, ächze ich und suche mit den Füßen Halt an einem glatten Felsen.

»Schon okay, damit kann ich leben.«

»Weil du es ohnehin ständig Frauen leihst, mit denen du wanderst, und es gewohnt bist, dass es nach fremdem Schweiß riecht?«, rutscht es mir heraus. Als Sporttrainer bei den *Adirondack Adventures* führt er doch Tag für Tag Touristen durch die Natur, ganz sicher auch viele hübsche Frauen. Mein Blick bohrt sich in seinen breiten Rücken im grünen Shirt mit Adventures-Aufdruck.

Er lacht. »So ähnlich.«

»Echt jetzt?« Auf einmal riecht das Shirt nicht mehr so gut.

Sein Lachen wird lauter. »Natürlich nicht. Du bist die erste, der ich es leihe, okay? Die Touristen, die ich hier sonst herumführe, sind normalerweise besser vorbereitet und haben ausreichend warme Funktionsklamotten dabei.«

»Hey! Ich konnte nicht ahnen, dass du mich in die tiefsten Wälder entführst und dann über … über senkrechte Felsen jagst«, schnaube ich empört und versuche das Gleichgewicht zu bewahren, als es tatsächlich noch steiler wird.

Fast wäre ich gegen ihn gelaufen, so unvermittelt dreht er sich zu mir um und nimmt einfach meine Hand, um mich hochzuziehen.

»Aber im Ernst jetzt, geht es?«, fragt er ruhig und ganz ohne provokanten Tonfall. »Ich habe eine anspruchsvolle Route ausgesucht, weil sie zu einem wirklich schönen Ort führt, den ich dir gerne zeigen will. Wenn du keinen Bock mehr hast, sag Bescheid, okay? Dann drehen wir um.«

Ich lächle. »Kommt gar nicht in Frage. Jetzt will ich diesen wirklich schönen Ort sehen.«

Er lässt meine Hand nicht mehr los, hilft mir über steile Stellen. Ganz selbstverständlich, so als sei es das Normalste der Welt für uns, Händchen zu halten. Als wären wir Freunde oder sogar mehr als das. Viel mehr als nur zwei Leute, die zufällig im selben Ort leben und sich erst nicht einmal leiden konnten. Ich schaue auf seine Hand in meiner, auf seine breiten Schultern vor mir, und mein Herz pocht ganz sachte immer schneller.

»Wir haben es gleich geschafft.«

Und kurz nachdem er das gesagt hat, haben wir den Gipfel erreicht. Keuchend lehne ich mich gegen einen Felsen und atme tief durch, aber schon im nächsten Augenblick, als ich mich umdrehe und zurückschaue, verschlägt es mir den Atem.

Endlos weit kann ich übers Land blicken. Die Aussicht ist einfach überwältigend. Bis zum Horizont ist da nichts als Wildnis. Blendend blau spannt sich der Himmel über den Adirondacks, über deren Gipfel und grenzenlos weite Wälder.

Hoch aufragende Kiefern und Laubbäume wachsen weiter unten auf den Hängen in erfrischendem Grün. Tiefblaue Seen spiegeln den klaren Himmel wider und bieten einen spannenden Kontrast zu den umliegenden Berggipfeln. Sanfte Flüsse schlängeln sich durch Täler.

»Du müsstest das im Herbst sehen.« Noah spricht leise, als wollte er ganz instinktiv den Zauber des Moments nicht zerstören. »Dann sieht es aus, als stünde die ganze Welt in Flammen, soweit man blicken kann. Die Wälder leuchten dann in den wildesten Rot- und Gelbtönen.«

»Ich werde es im Herbst sehen.« Da ist kein Zweifel in meiner Stimme zu hören.

»Ich weiß.« Nachdenklich sieht er mich an, forschend, als sähe er beim Blick in meine Augen so viel mehr als nur ihre Farbe. Als könnte er mich ergründen. »Du bist eine seltsame Frau, Emma. Weißt du das?«

Es klingt nicht abwertend. Im Gegenteil. Als würde er aus irgendeinem Grund über mich staunen.

»Ich weiß«, sage ich einfach nur.

Die Luft ist mit einem Mal seltsam aufgeladen, sie scheint zu prickeln. Auf meiner Haut, in meiner Lunge. Gerade noch hat mich die Landschaft überwältigt, jetzt habe ich keinen Blick mehr dafür. Alles, was ich sehe, sind Noahs Augen, dieses klare Grün, das einen unwiderstehlichen Sog auf mich ausübt.

Seine Pupillen sind leicht geweitet. Er fühlt es auch, schießt es mir durch den Kopf. Er spürt auch, dass da etwas ist – spürt auch dieses Knistern.

Er macht einen Schritt auf mich zu. Jetzt steht er direkt vor mir. Im Rücken spüre ich schroffen Stein, der sich durch den weichen Stoff des Sweatshirts bohrt, aber das könnte mir nicht egaler sein. Wieder, wie vorhin am Landrover, hebt er einen Arm und stützt sich damit neben meinem Gesicht ab. Immer noch sieht er mich so an, auf diese forschende, staunende Weise. So als wüsste er nicht so recht, was er mit mir anfangen soll, und als gefiele ihm gleichzeitig, was er sieht. Dieser Blick jagt einen prickelnden Schauer durch meinen ganzen Körper, der sich tief in meiner Magengrube zu einem sanften Ziehen verdichtet.

Die Fingerspitzen seiner freien Hand gleiten langsam über meine Wange und scheinen glühende Spuren auf meiner Haut zu hinterlassen. Sie wandern zu meinem Mundwinkel und hinunter bis zu meinem Kinn, streifen sogar federleicht über meinen Hals. Um ein Haar hätte ich aufgeseufzt.

»Seltsam ist eigentlich nicht das richtige Wort«, murmelt er leise, mehr zu sich selbst als zu mir. »Besonders. Das bist du, Emma. Auf eine merkwürdige Art besonders.«

»Und du hast echt gar keine Ahnung, wie man Komplimente macht.« Ich fasse nach seiner Hand und halte sie da fest, wo sie gerade ist. An genau der Stelle zwischen meinem Hals und der Schulter. Spätestens jetzt steht die Luft zwischen uns endgültig in Flammen.

Ich reiße den Blick von seinen Augen los und lasse ihn zu Noahs Lippen wandern. Ich wüsste so gerne, wie sie sich anfühlen. Wie sie schmecken. Unwillkürlich beschleunigt sich meine Atmung – und ich merke, dass es ihm genauso geht. Er kommt noch näher, noch ein winziges Stück, ich kann seinen Atem auf meinen Lippen spüren. Jede Faser in meinem Körper sehnt sich danach, die restliche Distanz zwischen uns zu überwinden und ihn zu küssen. Hier und jetzt, ohne darüber nachzudenken, ob das etwas zwischen uns ändert. Ohne einen einzigen Gedanken an die Konsequenzen zu verschwenden. Weiterhin am Felsen lehnend, recke ich mein Kinn ein wenig vor, strecke mich ihm ein Stück weit entgegen.

Und so schnell, wie der Moment gekommen ist, ist er auch schon vorbei. Von einem Moment auf den anderen ist alles anders. Etwas verändert sich in Noahs Blick, seine Miene verschließt sich. Er zuckt zurück, stößt sich vom Stein ab und geht ein paar Schritte weg.

»Du willst sicher ein paar Fotos machen. Lass uns hier nur so eine Viertelstunde, zwanzig Minuten Pause machen. Der Rückweg ist weit, wir sollten nicht zu lange hierbleiben.«

Nicht unfreundlich, aber irgendwie sachlich. Ich reibe mir benommen über die Stirn und frage mich, was ich gerade falsch gemacht habe. Nichts, gar nichts. Was auch immer mit ihm plötzlich los ist, es kann nichts mit mir zu tun haben. Er war kurz davor, mich zu küssen, oder etwa nicht? Aber dann hat er offenbar plötzlich beschlossen, dass er das auf gar keinen Fall will. Unter überhaupt keinen Umständen. Muss ich das verstehen?

Während ich Fotos mache, verschnaufe und den Ausblick genieße, lehnt er sich an den Felsen, verschränkt die Arme vor der Brust und vermeidet es, in meine Richtung zu schauen. Der Wind weht ihm die Locken in die Stirn, sein Gesichtsausdruck ist schwer zu deuten. Ich gäbe eine Menge dafür, in diesem Moment seine Gedanken lesen zu können.

Auf dem Rückweg reden wir wenig, Noah scheint in seine eigenen Gedanken vertieft zu sein. Und ich habe auch einiges, worüber ich mir den Kopf zerbreche. Zum Beispiel, was ich mit dieser Anziehung anfangen soll, die dieser Typ plötzlich auf mich ausübt. Zu dumm, dass ich zu keinem Ergebnis komme.

Über der Farm geht bereits die Sonne unter, als wir dort ankommen. Die Alpakas kommen neugierig an den Zaun und erhoffen sich wohl ein Leckerchen.

»Es war schön«, sage ich leise und lege eine Hand auf den Zaun, dessen Holz auch jetzt bei hereinbrechender Dunkelheit noch sonnenwarm ist.

Noahs Lächeln ist so warm wie das Licht der untergehenden Sonne, auch wenn da jetzt eine zurückhaltende Note mitschwingt, die mir vorhin nicht so aufgefallen ist.

»Fand ich auch.«

Krampfhaft suche ich in meinem Kopf nach irgendetwas,

was ich noch sagen könnte, um den Abschied hinauszuzögern. Zumindest um ein paar Sekunden, das würde mir doch schon reichen.

»Wie geht es eigentlich Mary Poppins mittlerweile?«, frage ich das Erstbeste, was mir einfällt.

Er zögert kurz. »Wenn du magst, komm doch mal vorbei. Dann kannst du sie besuchen.«

Und ihn. Und seine Brüder. Mein Magen schlägt einen kleinen Purzelbaum in meinem Bauch.

»Morgen?«, schlägt er vor.

»Morgen«, bestätige ich schnell, bevor er es sich anders überlegen und die Einladung zurückziehen kann.

KAPITEL 23

Noah

Wie knapp das war. Wie verdammt beschissen knapp.

Ich wollte sie. Obwohl sie das Unvernünftigste ist, was mir in den Sinn kommen konnte, wollte ich sie auf einmal so sehr, dass ich mich beinahe hätte hinreißen lassen. Sogar als ich jetzt noch – einen Tag später – an ihre dunklen Augen, die leicht geöffneten Lippen und die weichen Haare denke, die der Wind vor ihr Gesicht und zwischen uns geweht hat, spüre ich diese Sehnsucht.

Sie ist nichts für mich. Gar nichts. Was soll der Blödsinn? Ich habe nicht nur meinen Brüdern, sondern auch mir selbst immer wieder erklärt, warum ich eine Frau wie Emma in meinem Leben überhaupt nicht gebrauchen kann. Und trotzdem … trotzdem hätte ich sie fast geküsst. Weil ich offenbar nur drei Gehirnzellen habe, die alle drei nicht wissen, was gut für mich ist.

Eiskaltes Wasser spritzt mir ins Gesicht – die kalte Dusche, die ich gebraucht habe, um mich aus meinen Grübeleien zu reißen. Die Urlauber, mit denen ich gerade im Schlauchboot unterwegs bin, kreischen erschrocken auf. Hastig konzentriere ich mich aufs Rafting, steuere das Boot durch die Stromschnellen, rufe der Gruppe Hinweise zu. Beim Wildwasser-Rafting darf ich mir keine Unachtsamkeit erlauben, das könnte für die Teilnehmer der Tour ernsthaft gefährlich werden. Geschickt navigiere ich uns durch die Schlucht und in ruhigere Gewässer.

Erst, als wir an einer seichten Stelle am Ufer Halt machen, wo die Gruppe sich erfrischen und ein bisschen planschen kann, erlaube ich meinen Gedanken, zu Emma zurückzukehren. Zu ihrer weichen Haut unter meinen Fingerspitzen, die von ihrer Wange bis hinunter zu ihrem Hals geglitten sind …

Nein, stopp. Entnervt stöhne ich auf, beuge mich vor und spritze mir kaltes Wasser ins Gesicht.

Noch dazu war ich so dumm, sie zu uns nach Hause einzuladen. Alles harmlos, solange ich nicht vergesse, dass zwischen uns nichts sein darf. Freundschaft, ja. Aber nicht mehr als das. Die Bruchlandung mit Harper hat mir für mein ganzes Leben gereicht.

Aber … ist Emma meiner Exfreundin wirklich so ähnlich, wie ich vom ersten Moment an denke? Habe ich nicht längst kapiert, dass sie die Schublade, in die ich sie anfangs gesteckt habe, in so ziemlich jeder Hinsicht sprengt?

Ich freue mich auf sie, das ist die Wahrheit. Ich freue mich darauf, sie heute Abend zu sehen.

KAPITEL 24

Emma

Ralph hat eine neue Macke. Im Alter wird man wunderlich, sagt man. Das scheint auch auf Autos zuzutreffen. Dieses hier hat jedenfalls eine ganze Menge Charakter und scheint von Tag zu Tag störrischer zu werden. Seit ich aus Versehen an den Lautstärkeregler gekommen bin, brüllt der Metal-Krach noch ohrenbetäubender aus den Boxen und lässt sich nicht mehr leiser machen. Eines Tages werde ich sie vielleicht mit einem Hammer zertrümmern müssen, ich sehe es schon kommen. Aber noch machen meine Nerven das tiefe, brüllende Röhren, die jaulenden Gitarren und aggressiven Beats erstaunlich gut mit.

Zumindest hilft die Musik gegen die Nervosität, die mich plötzlich überkommen hat, als ich mich auf den Weg zum Haus der Griffin-Brüder mache. Vorhin war ich noch einfach nur neugierig, darauf, wie sie leben, und darauf, Noahs Brüder besser kennenzulernen. Aber als es dann später Nachmittag war und somit an der Zeit loszufahren, habe ich plötzlich ein aufgeregtes Kribbeln im Bauch gespürt.

Das Haus ist nicht schwer zu finden. Die schmale Straße, auf die mich das Navi geleitet hat, führt geradewegs auf das Gebäude zu: ein dunkles Holzhaus direkt am Waldrand, wildromantisch gelegen und von wuchernden Sträuchern umrankt. Hier wohnen sie also. Ich parke meinen Wagen vor dem Haus, steige aus und sehe mich um.

Ein markerschütternd tiefes Bellen schallt mir entgegen und hallt vom Waldrand wider. Ein riesiger Hund springt mit gewaltigen Sätzen auf mich zu und wedelt dabei wie wild mit der Rute. Seine Zunge hängt aus dem Maul, seine ganze Körpersprache drückt Freude aus.

»Fionn, aus!«, brüllt Noah ihm hinterher. »Nicht so wild!«

Entzückt breite ich die Arme aus und kann mich nur mühsam auf den Beinen halten, als das Riesentier an mir hochspringt. Die Wucht wirft mich beinahe um, ächzend stemme ich mich dagegen und strubble gleichzeitig mit meinen Händen durch das raue, graue Fell.

»Du bist ja ein Süßer«, flöte ich und kichere, als mir die lange Hundezunge durchs Gesicht schlabbert.

Noah kommt mit großen Schritten herbei, greift den Hund am Halsband und will ihn von mir wegziehen. »Sorry. Alles gut? Hat er deinen Rock schmutzig gemacht? Er ist ein gutmütiger Bär, aber manchmal viel zu ungestüm.« Lauter und mit vorwurfsvollem Unterton fügt er hinzu: »Mein Bruder wollte eigentlich dafür sorgen, dass er im Haus bleibt und dich nicht gleich über den Haufen rennt.«

»Nicht schlimm«, versichere ich und kann gar nicht genug davon bekommen, den Hund zu streicheln. Meine Kleidung – ein ausgewaschenes Shirt, das ich in der Taille geknotet habe, und ein langer Flatterrock zu derben Boots – hat kein Vermögen gekostet, außerdem lassen sich Klamotten schließlich in die Waschmaschine stopfen. »Hundepfotenabdrücke werten jedes Outfit auf, oder?«

Lachend kommt Hudson aus dem Garten hinter dem

Haus, steuert auf mich zu und zieht mich kurzerhand in eine kräftige Umarmung. »So einen Musikgeschmack habe ich dir gar nicht zugetraut. Man hat den Krach schon aus einer Meile Entfernung gehört.«

Bevor ich irgendetwas erwidern kann, werde ich schon ins Haus bugsiert. Hudson übernimmt die Hausführung, Noah folgt mit einem amüsierten Schmunzeln auf den Lippen.

Beim Betreten fällt mir sofort die gemütliche Unordnung auf, die sich offensichtlich über die Jahre hier breitgemacht hat. In der Diele stapeln sich Wanderstiefel, Rucksäcke und Outdoor-Ausrüstung entlang der Wand, auf einem alten Holztisch beladen mit Post steht eine Schüssel mit Schlüsseln. Der Geruch von frischem Holz erfüllt die Luft. Sonnenlicht fällt durch die Fenster und taucht die dunklen Holzvertäfelungen in einen warmen Schein.

In die Küche werfe ich nur im Vorbeigehen einen Blick, ein rustikal-behaglicher Raum mit einem Monstrum von Ofen, der mit Holz befeuert wird. In der Spüle stapelt sich Geschirr, auf dem massiven Holztisch mit Sitzecke liegen Spielkarten.

Als wir weitergehen, schweift mein Blick über die Wände, die geschmückt sind mit alten Fotografien und Erinnerungsstücken. Bilder, die die Geschichte einer Familie erzählen. Neugierig bleibe ich vor einem davon stehen. Ein Skiausflug – alle auf dem Foto tragen Winterkleidung und Mützen, daneben stecken Skier und Stöcke im Schnee. Im Hintergrund offenbart sich ein wahres Winterwunderland, eine dicke Schneedecke liegt auf den Berghängen. Die Äste der dunklen Tannen und Fichten beugen sich unter der schweren, weißen Last.

Noah erkenne ich sofort, ein braungebrannter Teenager mit schlaksigen Armen, dessen braune Locken bis zum Kinn reichen und sich wild ringeln. Sein Grinsen reicht von einem Ohr bis zum anderen und erhellt sein ganzes Gesicht.

Der blonde Engel mit dem verschmitzten Lächeln und den unschuldigen blauen Augen, die übermütig funkeln – das muss Hudson sein. Wie alt mag er da gewesen sein? Dreizehn, vierzehn vielleicht? Man sieht ihm da schon an, dass er mal leichtes Spiel bei den Mädchen haben wird.

Samuel hat sich am stärksten verändert. Na schön, das mag daran liegen, dass er jetzt einen Bart trägt, was einfach jedes Männergesicht komplett verwandelt. Ich spreche da aus Erfahrung – als mein Vater mal seinen Vollbart abrasiert hat, habe ich ihn als kleines Kind nicht erkannt und bin heulend in mein Zimmer geflüchtet, als sei ein Teufel hinter mir her. Seitdem hat er niemals wieder gewagt, den Bart allzu sehr zu stutzen.

Aber das ist nicht der große Unterschied, der mir ins Auge sticht, als ich das Bild jetzt eingehend betrachte. Ich kenne Samuel ernst, zurückhaltend, mit einem melancholischen Ausdruck in den dunklen Augen. Nichts davon ist hier zu sehen. Er wirkt wie ein Draufgänger, der unbeschwert in die Kamera grinst. Was auch immer das für ein Schatten ist, den ich in seinem Blick wahrnehme, wenn wir uns treffen – er muss erst später auf sein Leben gefallen sein. Irgendwann, nachdem diese Aufnahme entstanden ist.

Hinter den drei Jungs steht ein glücklich lächelndes Paar. Eine wunderschöne Frau mit langen, weizenblonden Locken und himmelblauen Augen, und ein breitschultriger Mann mit dunklen Haaren und Augen, der den Arm stolz und beschützend um ihre Schultern legt. Zu fünft sehen sie aus wie die reinste Bilderbuchfamilie.

Mir fällt auf, wie wenig ich eigentlich über Noah und seine Familie weiß. Warum wohnen die drei Brüder allein hier in diesem großen Haus? Sind sie hier aufgewachsen? Wenn ja, dann würde ich doch eher vermuten, dass die Eltern nach wie vor hier wohnen und die Jungs früher oder später ausgeschwärmt wären.

»Unsere Eltern.« Noah ist neben mich getreten. Etwas in seinem Tonfall sagt, dass er nicht gerne über die Familie auf dem Foto sprechen will.

Ich zucke zusammen und schäme mich plötzlich dafür, dass ich so lange hingestarrt habe – es fühlt sich an, als sei ich damit zu weit in die Privatsphäre der Griffin-Brüder eingedrungen. Sie haben mich hierher eingeladen, das gibt mir aber noch lange nicht das Recht, rumzuschnüffeln und in ihrer Vergangenheit zu wühlen.

»Also, Emma.« Hudson scheint sich kein bisschen daran zu stören, sein Lächeln ist so strahlend, als hätte er eine eigene Sonne in sich. »Was willst du sehen? Die Praxis? Zu der geht es da lang. Samuel ist noch bei der Arbeit, der hat kurzfristig noch einen Patienten reinbekommen.«

In dem Moment öffnet sich die Tür, auf die er gerade gedeutet hat, und Samuel taucht auf. Er zieht sich die Latexhandschuhe aus und wirft sie in einen Eimer, der in der Ecke steht. Fionn steuert sofort auf Samuel zu, lehnt sich an ihn und schaut vertrauensvoll aus seinen klugen Hundeaugen zu ihm hoch. Sanft streichelt Samuel über den Kopf mit dem drahtigen Fell.

»Tut mir leid, dass es länger dauert. Hallo Emma, schön, dich zu sehen.« Wärme liegt in seiner Stimme. »Hoffentlich haben dir die beiden Chaoten nicht schon den letzten Nerv geraubt. Ich würde dich vor ihnen retten, aber ich muss nochmal zurück.« Mit dem Daumen deutet er hinter sich in die Praxisräumlichkeiten. »Eine Beißerei unter Hunden, ich muss eine Wunde nähen. Gebt mir eine halbe Stunde, dann bin ich bereit fürs Essen.«

Schon schließt er wieder die Tür hinter sich und ist verschwunden. Hudson reibt sich die Hände. »Na schön. Ich fahre mal los und kümmere mich ums Abendessen. Ich hoffe, du hast hier kein Gourmet-Menü erwartet, Emma. Wir sind alle drei keine großen Köche. Welche Pizza willst du?«

»Ähm ... Pepperoni?«

»Ich frage, ob sie Ähm-Pepperoni haben.« Er grinst mich an und stößt Noah in die Seite. »Zeig du ihr doch den Rest.«

Er zieht eine Lederjacke an, lässt den Schlüssel lässig um den Zeigefinger kreisen und tätschelt Fionn noch einmal den Rücken. Sobald er rausgegangen ist, röhrt der Motor seines Bikes auf.

Damit sind Noah und ich allein im Flur – und ich fühle mich auf einmal ungewohnt schüchtern. Ich muss daran denken, wie er zurückgezuckt ist, anstatt mich zu küssen. Wenn ich doch nur wüsste, was hinter seiner Stirn vorgeht.

Fragt er sich auch gerade, was ich denke? Er lehnt an der Wand, hat die Arme vor der Brust verschränkt und sieht mich nachdenklich an. Dann tritt ein Lächeln auf sein Gesicht und er schüttelt ganz leicht den Kopf, als müsste er sich selbst aus seinen Gedanken reißen.

»Du wolltest das Kaninchen sehen, stimmt's? Komm, da geht's lang.«

*

Wilde Blumen und Brombeeren ranken sich auf dem Stück Land zwischen Haus und Waldrand. Schweigend folge ich Noah vorbei an alten Gartenmöbeln, von denen der Lack abplatzt, und einem windschiefen Basketballkorb.

Als ich das Kaninchen sehe, tritt ein Lächeln auf mein Gesicht. Beim letzten Mal hat es zu Tode verängstigt und verletzt auf dem Asphalt gekauert. Jetzt hoppelt es durch einen großen Auslauf, der nach allen Seiten hin – auch nach oben – mit Maschendraht gesichert ist.

Ohne Noah anzuschauen, der neben mir ist, merke ich an seiner Stimme, dass er schmunzelt. »Man will es am liebsten streicheln, oder? Aber ich verkneife es mir, weil ich dem Kaninchen damit Angst machen würde. Es ist kein Haustier und soll auch keins werden. Die Wunde heilt gut, bald entlassen wir es wieder in die Freiheit.«

Ich hocke mich einfach auf den Boden und sehe ihm eine Weile zu, wie es durch seinen Auslauf hüpft. Langsam wird es frisch hier draußen, aber das kümmert mich nicht. Es macht mich glücklich, zu sehen, wie gut es dem Tier wieder geht. Es hätte mir das Herz gebrochen, wenn es an seinen Verletzungen gestorben wäre.

»Willst du mehr sehen?«

Klar will ich. Also folge ich Noah zu einer hohen Voliere, deren Rahmen aus Holz besteht, über dem dunkelgrüner Maschendraht gespannt ist und die sich so zwischen die Bäume schmiegt, dass sie fast unsichtbar ist. Ich suche zwischen den dichten Tannenzweigen und auf den Holzstangen im Gehege nach einem Bewohner, aber erst, als Noah mir einen Hinweis gibt, sehe ich das Tier.

Unwillkürlich halte ich den Atem an. Wie konnte ich ihn nur übersehen? Reglos sitzt ein gewaltiger Greifvogel auf dem Boden. Schneeweiße Federn ziehen sich über seinen Kopf und bilden einen starken Kontrast zum restlichen dunkelbraunen Gefieder. Seine Haltung ist leicht geduckt, er kauert über einem Kadaver – vielleicht war das mal eine große Ratte, das ist schwer zu beurteilen, denn der Vogel hat sein Opfer übel zugerichtet und seine langen Krallen in Fleisch und Fell versenkt. Am scharfen, gekrümmten Schnabel klebt etwas Rotes – Blut.

»Ein Weißkopfseeadler«, sagt Noah. »Samuel hat seinen gebrochenen Flügel verarztet. Ob er je wieder fliegen wird, ist noch unklar. Wenn nicht, muss er hierbleiben, denn wenn er nicht fliegen kann, kann er sich auch nicht ernähren und würde da draußen in der Natur qualvoll verhungern.«

Ich kann nur nicken, bringe keine Antwort zustande. Das Tier ist wunderschön und majestätisch. Aber … es hat auch etwas an sich, was mich an einen Menschen erinnert, den ich mir am liebsten aus dem Gedächtnis brennen würde. Dieser undurchdringliche, kühle Blick. Starr sieht der Adler mich an, und ich erschaudere. Das helle Gelbgold der Augen hat etwas Scharfes, Intensives an sich, als hielte er Ausschau nach Beute.

Adrians Augen sind nicht gelb wie die des Greifvogels, sondern eisblau. Doch in ihnen habe ich genau denselben lauernden, kalten Ausdruck gesehen. Adrian war das Raubtier – und ich die Beute.

Fröstelnd schlinge ich die Arme um mich und versuche, die Erinnerungen abzuwehren. Er kann mir nichts tun, nicht mehr. Hier findet er mich nicht.

»Ist dir kalt?«, fragt Noah leise. »Sollen wir wieder reingehen? Hudson dürfte gleich mit den Pizzen zurücksein, und Samuel ist bestimmt auch gleich mit seinem Patienten fertig.«

Ich nicke. Aber dass ich friere, liegt in erster Linie nicht daran, dass die Sonne hinter den Baumwipfeln versinkt und die Schatten länger werden. Ich schaffe es einfach nicht, meinen Blick vom Adler loszureißen.

KAPITEL 25

Noah

Manchmal verändert sich ihr Gesichtsausdruck so abrupt, als würden sich plötzlich dunkle Wolken vor die Sonne schieben.

Ich hätte gedacht, dass sie hier draußen bei unserem großen, alten Waldhaus inmitten der Natur, inmitten des Chaos und umgeben von wilden Tieren, wie ein Fremdkörper wirkt. Aber schon wieder hat sie mich überrascht. Wie schon im Pub fügt sich Emma auf fast selbstverständliche Weise hier ein, als würde sie einfach hierhergehören.

Der Saum ihres Hippierocks schleift durch den Schlamm, als sie sich hinhockt, um die Tiere besser betrachten zu können – erst das Kaninchen, dann den Adler. Normalerweise sprüht sie vor Energie, doch jetzt verhält sie sich instinktiv ganz ruhig, um die Wildtiere nicht zu erschrecken. Ich mag ihr Gespür für die Natur, ihre Einfühlsamkeit Lebewesen gegenüber. Ich … ja, ich mag einfach, dass sie sich den Adirondacks so verbunden fühlt, obwohl sie noch nicht lange hier ist. Ihr Draht zu diesem wilden Fleck Erde, der meine Heimat ist, schafft irgendwie auch eine Verbindung zwischen uns beiden.

Ich kann nicht anders, als sie zu anzusehen, während sie ihrerseits in Betrachtungen versunken ist. Und daran liegt es, dass ich den Moment mitbekomme, in dem ihre Stimmung umschlägt. So abrupt, als hätte man einen Schalter umgelegt. Ein Schatten huscht über ihr Gesicht, tritt in die sanften, braunen Augen, und sofort ist sie ganz weit weg.

Ich wüsste gerne, woran sie denkt, würde ihr Geheimnis gerne ergründen – und schaffe es nicht, mir selbst einzureden, sie wäre mir egal.

»Vermisst du New York nicht manchmal?«, platzen die Worte in dem Moment aus mir heraus, in dem ich eigentlich beschlossen habe, dass ihr Fragen zu stellen keine Option ist. Verdammt, ich bin einfach zu neugierig auf sie.

»Du meinst den Lärm und den Gestank?« Sie reißt den Blick vom Adler los, grinst mich an und erhebt sich aus der hockenden Position.

Ich zucke mit den Schultern. »Was weiß ich? Irgendwas muss ja daran gefallen, sonst würden da doch nicht so viele Menschen leben. Aber im Ernst, Emma, gibt es da keine Freunde, Familie, irgendjemand, der dir fehlt?«

Kaum merklich zuckt sie zusammen, ihr Grinsen verrutscht um eine Spur. »Warum? Hoffst du etwa noch immer, ich würde gleich wieder abhauen? Ich dachte, du hättest mittlerweile kapiert, dass das nicht passieren wird.«

»Darum geht es doch nicht. Ich will doch nur ...« Dich näher kennenlernen. Dich verstehen. »Ich bin nur neugierig.«

Kurz zögert sie und schlingt wieder die Arme um ihren schmalen Oberkörper. Wenn sie das tut, habe ich das Bedürfnis, sie zu wärmen. Mehr noch, sie zu beschützen, wovor auch immer. Aber etwas sagt mir, dass sie nicht beschützt werden und sich mir nicht anvertrauen will. Ich kann es ihr nicht verübeln. Obwohl sich die Dinge zwischen uns geändert haben, obwohl sich alles nach und nach verschoben und neu angeordnet hat, sind wir nicht gerade die engsten Freunde. Wir wissen doch kaum etwas voneinander.

»Ehrlich gesagt, nein. Meine Eltern sind schon vor Jahren nach Europa ausgewandert, für enge Freundschaften hat mir der Job keine Zeit gelassen, und nachdem ich den gekündigt habe, hat mich nicht mehr viel in der Stadt gehalten. Schön, die Cinnamon Rolls im Café um die Ecke und die Bar mit den besten Mimosas die Straße runter fehlen mir ein kleines bisschen. Ist deine Neugier damit gestillt?« Ihr Blick ist ganz offen, ihr Grinsen ein bisschen frech, als sei damit alles gesagt und als gäbe es gar keinen Grund, weiter nachzuhaken. Aber ich merke einfach, dass da viel mehr ist. Dass sich hinter ihren Worten eine ganz andere Wahrheit verbirgt, an die ich nicht rankomme, weil Emma sie nicht mit mir teilt.

Sie boxt mich leicht gegen den Oberarm und lacht. »Du guckst so verwirrt. Glaubst du mir nicht? Es ist die Wahrheit, die Cinnamon Rolls dort waren wirklich zum Niederknien. Und jetzt komm schon, beim Gedanken an Essen knurrt mir der Magen. War das nicht gerade ein Motorrad? Wenn wir uns nicht ranhalten, lassen uns deine Brüder nichts von den Pizzen übrig.«

Also folge ich ihr zurück ins Haus und frage mich, ob ich mir das nur eingebildet habe, oder ob diese Schatten wirklich da waren, die sich so schnell in Luft aufgelöst haben, wie sie aufgetaucht sind.

KAPITEL 26

Emma

Im Wohnzimmer dominiert ein großer Kamin aus Stein den Raum, umgeben von bequemen Sofas und Sesseln, die von Jahren des Gebrauchs gezeichnet sind. Auf dem Boden liegen weiche Teppiche und Felldecken, die eine behagliche Atmosphäre schaffen. Ein Stapel von zerlesenen Büchern und tiermedizinischen Fachzeitschriften liegt auf einem rustikalen Couchtisch. Trotz des Chaos', das in allen Zimmern herrscht, strahlt das ganze Haus eine unglaubliche Gemütlichkeit aus.

Samuel sitzt in einem Lehnsessel aus abgenutztem, cognacfarbenem Leder, Hudson hat sich auf die Couch geflätzt, ich sitze im Schneidersitz auf dem Teppich und nutze den Sofarand als Rückenlehne. Jeder von uns hat einen Pizzakarton auf dem Schoß und beißt in fetttriefende Pizzastücke mit reichlich Belag und Käse. Für Fionn muss das phantastisch duften, der Wolfshund hat sich neben mir ausgestreckt und den großen Kopf auf meinem Knie abgelegt. Jedes Mal, wenn ich ein Pizzastück an den Mund hebe, schaut er mich treuherzig an und schmatzt lautstark.

Nur Noah hat es sich nicht sonderlich gemütlich gemacht. Er lehnt im Türrahmen und bringt irgendwie das Kunststück zustande, in dieser Haltung seinen Pizzakarton zu balancieren und gleichzeitig zu essen. Offen gestanden ist mir diese Distanz ganz recht, denn zu viel Nähe zu ihm bringt mich nur durcheinander. Außerdem muss ich an die scheinbar so harmlose Frage denken, die er mir gestellt hat. Ich habe mich redlich bemüht, das Thema schnell und unverfänglich abzuhandeln. Ist mir das gelungen? Das Letzte, was ich will, ist, dass er nachbohrt und in der Vergangenheit stochert. Es gibt einen Grund, warum ich eine Mauer zwischen der Gegenwart und der Vergangenheit errichtet habe. Was war, ist abgeschlossen, und ich habe nicht vor, zurückzublicken.

»Wie kommt es, dass ihr zu dritt hier wohnt?«, spreche ich die Frage aus, die sich mir aufdrängt, seit ich die Familienbilder gesehen habe.

Sie tauschen einen Blick aus. Samuel ist es schließlich, der auf seine ruhige, bedächtige Art antwortet: »Das ist das Haus, in dem wir aufgewachsen sind. Unsere Eltern sind verunglückt. Es war eine schwere Zeit, wie man sich vielleicht vorstellen kann. Hudson war da gerade mal sechzehn, und es war ein hartes Stück Arbeit, die Behörden davon zu überzeugen, dass er hier zu Hause trotz allem gut aufgehoben ist und in keine Pflegefamilie musste.«

»Als wäre das alles nicht hart genug für uns gewesen«, wirft Noah zornig ein. »Dann mussten wir uns auch noch mit so etwas herumschlagen.«

Verbitterung spricht aus seinen Worten, die Erinnerung scheint immer noch schmerzhaft zu sein. Er lässt das Pizzastück sinken, und leise wie ein Geist erhebt sich Fionn, schleicht die paar Schritte zu ihm und schnappt ihm den Leckerbissen aus der Hand.

»Oh. Das muss schrecklich gewesen sein«, sage ich betroffen. Ich will mir das gar nicht vorstellen. »Das tut mir sehr leid.«

Hudson streckt die Beine aus. »Wir haben es ja überstanden. Jedenfalls leben wir seither hier, in dem Haus, das wir geerbt haben. Für Samuel ist es optimal, weil hier genug Platz für die Praxis ist. Und Noah und ich … Wir sind wohl einfach bequem.« Er lacht. »Lasst uns lieber über die wirklich wichtigen Dinge reden. Am Samstag spielen Astral Avenue im Pub. Ich glaube, wir sind uns einig, dass wir uns das alle nicht entgehen lassen.«

Fragend schaue ich ihn an. »Astral Avenue? Ist das eine Band?«

»Die großartigste Indie-Band aller Zeiten. Sage ich, weil der Gitarrist, Ron, ein Kumpel von mir ist und mir den Kopf abreißt, wenn ich die Jungs nicht in den Himmel lobe.« Hudson lässt ein erstaunlich großes Stück Salamipizza in seinem Mund verschwinden und kaut genüsslich. »Eine mittelmäßige, unbekannte, aber hochmotivierte Band. Das ist die objektivere Beschreibung.«

»Riley organisiert immer wieder kleine Gigs im Pub«, erklärt Noah. »Bands aus der Umgebung spielen da. Alle paar Wochen oder Monate, wie es sich eben ergibt. Mal Rock, mal Country … Und jedes Mal ist der Laden gerammelt voll.«

Hudson grinst. Im Mundwinkel hat er etwas Tomatensoße. »Natürlich. Hier gibt es halt sonst nicht so viel Spannendes, was man abends unternehmen kann.« Er schaut zu seinem ältesten Bruder rüber: »Und Samuel, wag es nicht, das wieder für ein Buch auf der Couch sausen zu lassen.«

Samuel schmunzelt. »Ich muss gucken. Wenn ich nicht zu kaputt vom Tag bin, lasse ich mich blicken.«

Verstohlen sehe ich Noah an. Irgendwie hoffe ich, dass er mich fragen wird, ob ich mit ihm ins *Oak & Ivy* gehe. Für einen Moment glaube ich sogar, dass er es tun wird. Er schaut mich unschlüssig an, unsere Blicke begegnen sich, und durch meinen Magen geht ein kleiner Stromstoß.

Als Noah nichts sagt, stupst Hudson mich leicht an. »Du musst natürlich auch kommen, Emma. Wenn du eine richtige Einwohnerin von Berryfield sein willst, darfst du dir das nicht entgehen lassen.«

Ich schlucke die Enttäuschung runter. »Klar, ich bin dabei!«

KAPITEL 27

Emma

Stroh hängt in meinen Haaren, ich rieche nach Stall. Als ich die Handykamera starte, um das wohl fünfzigtausendste Foto vom entzückenden Fohlen zu machen, ist aus Versehen die Frontkamera aktiviert, ich blicke in mein eigenes Gesicht und kippe bei dem Anblick fast um. Leider nicht, weil ich so umwerfend aussehe.

»So kann ich heute nicht in den Pub. Angeblich wird ganz Berryfield da sein, da sind sich die Griffin-Brüder und Lottie einig«, erzähle ich den Alpakas. Das mit den Selbstgesprächen habe ich ganz gut in den Griff bekommen, denn wenn man mit einem Tier spricht, zählt das schließlich nicht als Selbstgespräch. Dafür müssen sich die armen Flauschis jetzt meine endlosen Monologe anhören.

Blackbeard stakst auf mich zu und legt vertrauensvoll sein Kinn mit dem dunklen Fleck in meine Handfläche. Ich kraule es, dann verabschiede ich mich für heute von meiner kleinen Herde. So kann ich mich unmöglich im Pub blicken lassen, erst muss ich im Bad Schadensbegrenzung betreiben.

Der Stallmuff verschwindet im Abfluss der Dusche, das warme Wasser löst die Verspannungen in meinen Schultern, die von der körperlichen Arbeit herrühren. Ich merke, wie mein Körper sich verändert. Bemerke leichte Ansätze von sichtbaren Muskeln, wo früher alles weich war. Fürs Gym habe ich mir selten Zeit genommen, hier hingegen komme ich um Bewegung nicht herum, sie ist Teil meines Alltags. Ich fühle mich stärker – und das nicht nur physisch. Ich muss lächeln, als mir das bewusst wird. Seit ich hier bin, ruhe ich mehr in mir, fühle mich einfach stabiler und verwurzelter, und das ist ein verdammt gutes Gefühl. Jetzt schon ist Berryfield für mich das, was New York eigentlich nie so richtig war: mein Zuhause.

Ich summe vor mich hin, während ich – in ein Badetuch gewickelt und mit nassen Haaren – durch meinen Kleiderschrank gucke. Es hat Spaß gemacht, die Partykleidchen hier auszuführen und damit zum Gesprächsthema zu werden, aber wenn ich ehrlich bin, passen sie eigentlich wirklich nicht hierher, und auch nicht so richtig zu mir. Zeit, ein neues Zuhause für sie zu finden. Statt also einen hautengen Paillettentraum vom Kleiderbügel zu nehmen, schlüpfe ich in ein locker geschnittenes schwarzes Kleid, ziehe eine übergroße, abgewetzte Jeansjacke mit Patches darüber und bin fertig, bin bereit für den Abend und so voller Vorfreude, dass ich kaum stillhalten kann.

Was größtenteils daran liegt, dass ich so gespannt auf die Band bin und mich darauf freue, viele der Leute zu treffen, die ich mittlerweile in der Kleinstadt kennengelernt habe. Und vielleicht auch ein klein bisschen daran, dass ich Noah wiedersehen werde.

*

Ich habe das *Oak & Ivy* noch nie so voll erlebt. Schon draußen, wo die Leute zusammenstehen, plaudern und lachen, höre ich die Musik: eingängige Indie-Rock-Melodien und eine kratzige Stimme, der typische Garagenband-Sound, echt und unverfälscht. Ganz Berryfield und alle umliegenden Ortschaften müssen sich hier versammelt haben, Hudson hat nicht zu viel versprochen. So viele Leute sind hier, drängen sich im schummrigen Innenraum, sitzen an der Bar, stehen vor der kleinen, improvisierten Bühne oder tanzen zur Musik. Bier, Wein und Cider werden ausgeschenkt, die Stimmung ist entspannt, geradezu ausgelassen.

»Emma!« Lottie hat mich schon entdeckt, steuert freudestrahlend auf mich zu und zieht mich in eine herzliche Umarmung. »Hey, ist es zu fassen? Riley hat den Billardtisch für heute tatsächlich rausschaffen lassen, um …« Sie muss brüllen, trotzdem geht der Rest ihres Satzes in der lauten Musik unter.

»Um was?«, schreie ich zurück. Was der Band möglicherweise an Talent fehlt, macht sie mit Enthusiasmus und Lautstärke wett.

»Um Platz zu schaffen für die Meute hier.« Sie macht eine große Bewegung und lacht. »Aber was soll ich denn hier, ohne meinen geliebten Tisch? Na ja, dann eben tanzen statt Billard. Kommst du mit?«

»Gleich! Ich hole mir schnell was zu trinken, ich komme gleich nach.«

Sie nickt, drückt mich noch einmal und mischt sich unter die Tanzenden. Ich bahne mir einen Weg zur Bar, wo mich Riley sofort bemerkt, obwohl so viel los ist. Als er lächelt, blitzen seine Lippenpiercings im schwachen Licht. »Das Übliche?«

Wenn man diese Frage gestellt bekommt, weiß man, dass man wirklich dazugehört. Ich erwidere sein Grinsen, nicke und rutsche auf einen Barhocker, der zum Glück in dem Moment freigeworden ist. »Hey, du hast da ja was Neues.« Ich deute auf sein Tattoo, das sich aus dem Kragen seines schwarzen Shirts und über den Hals schlängelt: Tentakel? Eine dünne, transparente Folie bedeckt die schwarze Tinte in der Haut.

Er tippt mit dem Finger daran, während er mir mit der anderen Hand einen Apple Cider über die Theke schiebt. »Stand schon lange auf der Liste. Nummer fünfundzwanzig«, brüllt er mir zu.

»Hä? Das soll die Nummer fünfundzwanzig darstellen?« Vergeblich versuche ich verschnörkelte Zahlen in den Linien zu entdecken.

Er prustet vor Lachen und schüttelt den Kopf. »Mein fünfundzwanzigstes Tattoo.«

»Was?« Ich reiße die Augen auf. »Erzähl doch nichts. So viele Körperteile hat man doch gar nicht. Wie willst du bitte so viele Tattoos auf deinem Körper unterbringen?«

Sein Lächeln wird breiter und eindeutig schmutzig, er zieht eine der metalldurchbohrten Augenbrauen hoch. »Willst du dich selbst davon überzeugen?«

»In voller Pracht? Ich bin nicht sicher, ob ich das will«, glucke ich.

Dieses wölfische Grinsen ist gefährlich. Riley ist auf rebellische Weise gutaussehend. Ich kann mir vorstellen, dass da viele Frauen schwach werden – ich allerdings nicht.

»Natürlich nur aus wissenschaftlichem Interesse. Um dich selbst davon zu überzeugen, welche Körperteile man alle tätowieren kann und wie viele Tattoos auf einen Körper passen«, schlägt er vor und beugt sich über die Theke zu mir herüber.

Plötzlich steht jemand direkt neben mir. Ich spüre seine Präsenz und weiß schon, bevor ich den Kopf zu ihm drehe, wer es ist. Die feinen Härchen auf meinen Unterarmen stellen sich auf, und auf meiner Haut breitet sich ein sachtes Prickeln aus.

»Wie wäre es, wenn du nicht im Ort wilderst, sondern dich eher an die Urlauberinnen hältst, die hier vorbeikommen?«, grollt Noah. Beim Klang seiner Stimme spüre ich ein leichtes, angenehmes Ziehen in der Magengrube.

Lachend hebt Riley beide Hände. »Schon gut, verstanden. Ich hab das Gefühl, Emma hätte sich ohnehin nicht von mir abschleppen lassen. Außerdem hätte mich meine Schwester dafür verprügelt, so wie sie mich gerade anschaut.« Er geht hinter der Theke in Deckung.

»Exakt.« Mit einem strahlenden Lächeln stellt sich Lottie auf der anderen Seite neben mich. »Nach Strich und Faden vermöbelt hätte ich dich, wie damals als Kind, wenn du doof warst.«

»Eine große Schwester ist ein Fluch«, ruft Riley aus seiner Deckung.

»Meine Freundinnen sind tabu, das haben wir doch geklärt«, trällert Lottie fröhlich.

»Jaha, das weiß ich doch.« Vorsichtig kommt sein Kopf wieder zum Vorschein. »Bitte keine Schläge.«

Scherzhaft droht sie mit der flachen Hand. »Mein Lieber, mir tut das mehr weh, als dir.« Und zu mir sagt sie: »Ich kann nichts dafür, dass mein Bruder so ein Schwerenöter ist.«

Ich muss grinsen, als ich die beiden so höre. Anfangs wäre ich nicht auf die Idee gekommen, dass sie verwandt sein könnten, weil sie so unterschiedlich aussehen: die braungebrannte, vitale Lottie, an deren Körper jede Zelle vor Fitness strotzt, und der schlaksige hochgewachsene Riley mit der hellen Haut, der sicherlich nicht viel Zeit draußen im Sonnenschein verbringt und offenbar am liebsten jedes Fleckchen seines Körpers mit Tinte oder Metall verschönert. Aber wenn man sie miteinander erlebt, bekommt man die typischen Kabbeleien unter Geschwistern zu sehen und zu hören.

Amüsiert drehe ich mich zu Noah um, lehne mich mit dem Rücken an die Theke und sehe ihn an. Mist, muss er immer so gut aussehen? Im Halbdunkel liegt ein geheimnisvoller Schimmer im Grün seiner Augen. Er ist heute ganz in Schwarz gekleidet, trägt zur Jeans im Used-Look einen Gürtel und ein Shirt. Dadurch leuchten seine Augen noch mehr. Gab es echt eine Zeit, in der ich kein Fan von Dreitagebärten war? Der Schatten um sein Kinn verleiht ihm eine verwegene Ausstrahlung, die jetzt meine Knie weich werden lässt.

Da ist sie wieder, diese atemraubende, kribbelnde Nervosität, die mich in seiner Gegenwart manchmal befällt. Ich lächle dagegen an. »Also seid ihr zwei zu meiner Rettung geeilt, du und Lottie? Glaubst du, ich brauche jemanden, der auf mich aufpasst?«

Bei seinem Lächeln verdichtet sich das Kribbeln in meinem Magen. »Nicht im Geringsten. Ehrlich gesagt war ich einfach nur eifersüchtig, als ich dich mit ihm gesehen habe. Sorry.«

Eifer ... was? Und das haut er einfach so raus? Kein einziger dieser Buchstaben ergibt Sinn, jedenfalls nicht in der Kombination. Mir fehlen die Worte. Ich versuche immer noch, diese Information zu verarbeiten, während er einfach sanft nach meiner Hand greift und mich vor die Bühne zieht, wo getanzt wird.

*

Meine Füße scheinen den Boden nicht zu berühren. Wir sind mitten in der Menge, um uns herum bewegen sich heiße, verschwitzte Körper. Die Musik pulsiert durch meine Adern, mein Körper folgt dem Takt wie von selbst. Ausgelassen drehe ich mich im Kreis, hebe die Arme über meinen Kopf, lasse mich von der eingängigen Indie-Musik einfach mitreißen. So wie alle um mich herum … Und so wie Noah.

Warum dachte ich nochmal, er wäre kein guter Tänzer? In dem kurzen Moment, als er meine Hand gehalten und mich zur Bühne geführt hat, ist mir dieser Gedanke durch den Kopf geschossen. Fälschlicherweise, wie ich jetzt erkenne. Dieser Mann kann sich einfach bewegen, ob in der Natur, oder beim Tanzen.

Ich gröle den Chorus mit, vermutlich hoffnungslos falsch, aber das spielt überhaupt keine Rolle. Noah lacht und tut es mir gleich. Zu zweit sind wir die schlechteste Indie-Cover-Band. Ich habe so viel Spaß, dass ich erst gar nicht bemerke, dass *Astral Avenue* einen langsameren Song angestimmt haben. Alle ringsumher hören auf, wild zu tanzen, stehen oder schunkeln langsam hin und her und schauen zur Bühne, nur ich hüpfe noch wie ein durchgeknallter Flummi auf und ab. Kichernd taumle ich gegen Noah – und finde mich in seinen Armen wieder.

Er hört nicht auf zu tanzen, seine Bewegungen passen sich dem langsameren Rhythmus an. Seine Hände finden den Weg auf meine Hüften, und mir stockt der Atem. Während ich mich noch benommen darauf einzustellen versuche, was hier gerade passiert, ist mein Körper einen Schritt weiter und hat die Regie übernommen. Meine Arme legen sich wie von selbst auf Noahs Schultern.

Alle anderen Menschen um uns herum scheinen sich zu verflüchtigen, lösen sich in einem bedeutungslosen Nebel aus Farben und Formen auf. Nur Noah nehme ich wahr, seinen Geruch, sein Gesicht, seinen Mund, seine Augen, seine Hände auf meinen Hüften, sein Blick auf meiner Haut. Die raue Stimme des Sängers, der rohe Sound von Gitarre, Bass und Drums – das alles macht diesen Moment perfekt.

Mein Herz, das im Gleichklang mit dem Bass wummert. Der Boden, der unter meinen Füßen zu vibrieren scheint. Die Art, wie wir einander immer näher kommen, fast unmerklich, Stück für Stück. Wie die Distanz zwischen uns schmilzt. Die Locken, die Noah in die Stirn fallen. All das gibt mir das Gefühl, in einem seltsamen, aber wunderschönen Traum festzustecken.

Ich gebe dem Impuls nach und fahre mit der Hand durch seine Haare, um zu fühlen, ob sie so weich sind, wie sie aussehen. Ja, das sind sie. Noahs Pupillen weiten sich, was mir nicht entgeht, weil mein Blick wie gebannt an seinem hängt, keiner von uns sieht weg.

Ich weiß nicht, was dann passiert. Wie es geschieht. Wer den ersten Schritt macht, wer die Distanz überwindet. Was ich weiß, ist, dass in meinem Kopf, meiner Brust, meinem Bauch ein Feuerwerk aus bunten Funken explodiert, als Noahs Lippen meine berühren.

Ich schnappe nach Luft, atme alle Emotionen auf der Welt gleichzeitig ein, bis ich glaube, jeden Moment explodieren zu müssen. Noahs Mund auf meinem macht etwas mit mir, verwandelt das Blut in meinen Adern in flüssiges Feuer. Seine Lippen streichen über meine, seine Zungenspitze stößt gegen meine. Ich lasse mich ganz in den Kuss fallen, erwidere ihn, löse mich darin auf und will nie wieder etwas anderes spüren. Nur noch dieses überwältigende Verlangen, dieses Brennen in meiner Brust und diese Lippen, die meine liebkosen.

Meine Hände vergraben sich in seinen Locken, seine Hände liegen immer noch auf meinen Hüften und pressen mich enger an ihn. Langsam tanzen wir weiter. Die Bewegung, während ich ihn so nah bei mir spüre, bringt mich fast um den Verstand. Ich würde es gerne vor mir selbst leugnen, aber ich stehe unglaublich auf diesen Mann.

Alles ist anders, als es bisher war. Dieser Moment gehört uns. In diesem Augenblick gibt es nur ihn und mich, alle klaren Gedanken lösen sich auf. Für einen winzigen Moment besteht die Welt nur aus diesem Kuss.

Als sich unsere Lippen zögerlich voneinander lösen, erinnere ich mich daran, dass ich atmen muss. Wow. Rau strömt die Luft in meine Lunge, und in dem Moment kehren alle Geräusche ungefiltert zurück, die gerade noch zu einem leisen Hintergrundrauschen geworden waren. Laute Musik, lautes Stimmengewirr ringsumher.

Ungläubig schaue ich hoch zu Noah und versuche zu realisieren, was wir da gerade getan haben. Auch sein Blick ist eine einzige Frage. Jemand rempelt mich von der Seite an, die Band hat etwas Schnelles, Punkiges angestimmt, und die Leute springen wild herum.

»Ich brauche mal frische Luft«, bringe ich hervor.

»Geht mir genauso.« Noahs Murmeln höre ich nur, weil er immer noch direkt bei mir steht.

Ich drehe mich um und schiebe mich durch die Partymenge in Richtung Tür. Dabei merke ich, dass Noah mich abschirmt, so dass ich nicht noch einmal angerempelt werde. Im letzten Moment fange ich in der Menge Lotties Blick auf. Sie starrt mich an, was mir sofort klar macht, dass sie den Kuss gesehen haben muss, oder zumindest unseren eng umschlungenen Tanz. Ich muss daran denken, dass sie und Noah mal ein Paar waren. Angeblich war das nie etwas Wichtiges und keiner von beiden hängt der Vergangenheit noch nach, aber da gab es auch diesen einen Moment, als ich mit Lottie darüber gesprochen habe und sie den Eindruck gemacht hat, als wäre für sie doch nicht alles hundertprozentig erledigt. Das schlechte Gewissen versetzt mir einen Stich.

*

Die Nachtluft ist weich und samtig, immer noch warm vom sonnigen Tag. Sie umfängt mich wie eine Umarmung und legt sich angenehm auf meine Haut. Hier draußen ist die Musik nur noch leise und gedämpft zu hören, das Zirpen der Grillen übertönt sie fast vollständig.

Wir sind ganz allein hier draußen, nur wir zwei, alle anderen sind im Pub. Auf meinen Lippen spüre ich noch Noahs Kuss.

Schweigend gehen wir ein paar Meter. Kies knirscht unter unseren Füßen, dann federn weiches Moos und Erdboden unsere Schritte ab. Wir setzen uns auf eine Bank, und ich schaue hoch zum klaren Himmel.

»So viele Sterne wie hier habe ich in New York niemals gesehen«, sage ich leise. »Ich könnte ewig hier draußen sitzen, hochblicken und sie zählen.«

Noah räuspert sich. »Ich ...« Und dann sagt er es ganz schnell, als hätte er sich einen Ruck gegeben und wollte jetzt alle Worte gleichzeitig rausbringen. »Bin froh, dass du hierhergezogen bist.«

Wie anders das vor kurzem noch geklungen hat. Alles hat sich geändert. Mir ist schwindelig, weil das alles so schnell gegangen ist.

»Ich auch«, erwidere ich. Aus so vielen Gründen bin ich froh. Und gerade ist noch einer dazugekommen.

Ich weiß nicht, was ich sagen soll. Worüber redet man nach so einem Kuss? Es fühlt sich an, als hätte ich noch nie zuvor geküsst. Und ganz bestimmt bin ich nie zuvor auf so eine Weise geküsst worden. Das Feuer, das Noah in mir entfacht hat, glimmt in meinem Körper. Mir fehlen die Worte, ich fühle mich scheu und beklommen und gleichzeitig schwebe ich im siebten Himmel.

Ihm scheint es ähnlich zu gehen, also schweigen wir. Als ich ihn verstohlen von der Seite anschaue, bemerke ich den nachdenklichen Ausdruck auf seinem Gesicht.

»Sehen wir uns morgen?«, fragt er dann ganz unvermittelt.

Mein Herz macht einen Sprung. »Wieso nicht?«, versuche ich lässig zu erwidern, aber alles in mir ruft: Nichts lieber als das!

KAPITEL 28

Emma

Die Natur ist für uns beide der Ort, an dem wir Frieden finden, an den wir uns zum Nachdenken zurückziehen und an dem wir glücklich sind. Darum versteht es sich irgendwie ganz von selbst, dass wir auch am nächsten Tag zu einer Wanderung aufbrechen.

Ich habe gerade die Alpakas gefüttert und aus dem Stall auf die Weide gelassen, als ich das mittlerweile vertraute Geräusch von Noahs Landrover höre. Mein Herz pocht schneller. Letzte Nacht habe ich kaum Schlaf gefunden, in Gedanken war ich noch ganz im Pub und bei unserem Kuss.

»Na los, spring rein. Wir nehmen auf keinen Fall deine Karre. Nach dem Bier gestern kann ich den Krach nicht vertragen.« Er grinst.

Ralphs Problem mit dem nicht zu regulierenden Radio ist längst im Ort bekannt. Sobald ich die Fenster runterkurble, beschalle ich die Straßen mit harter Heavy-Metal-Musik. Dafür, dass Noah nicht bei mir mitfahren will, habe ich also Verständnis.

»Hey, wie wäre es, wenn wir direkt hier starten?«, schlage ich vor. Immerhin ist die Farm traumhaft gelegen. Zahlreiche Wege schlängeln sich von hier aus tief in die Wildnis. Längst habe ich noch nicht alle erkundet.

Er nickt, schließt seine Autotür, kommt auf mich zu. Und ich finde mich in jenem seltsamen Zustand wieder, in dem man keine Ahnung hat, welche Begrüßung jetzt angebracht ist. Soll ich ihm um den Hals fallen und ihn küssen? No way, er selbst macht nämlich gar keine Anstalten, mich an sich ziehen zu wollen, sondern schaut mir nur entgegen. Also die Hand schütteln oder ein High-Five geben? Geht gar nicht. Ein Kuss auf die Wange? Kommt mir auch nicht richtig vor. Ich gebe mir einen Ruck und setze zu einer Umarmung an – in dem Moment, in dem er die Arme vor seiner Brust verschränkt. Autsch. Mir schießt das Blut in die Wangen. Wie unangenehm!

Wie seltsam jetzt alles zwischen uns ist. Fast frage ich mich, ob ich den Kuss gestern nur geträumt habe. Was soll denn diese Distanz plötzlich?

»Es ist schön, dich zu sehen«, sagt er, und ich habe den Eindruck, hinter diesen Worten liegt noch mehr, was er aus irgendeinem Grund nicht ausspricht. Zumindest ist sein Lächeln warm und echt.

Ich atme die Verlegenheit weg und erwidere das Lächeln. »Ich freue mich auch. Ich kontrolliere nur noch schnell das Tor, dann können wir los.«

Der Vormittag begrüßt uns mit erfrischender Klarheit. Die Luft ist mild und ein leichter Morgennebel hängt über den Wipfeln, während die ersten Sonnenstrahlen langsam durch die Baumkronen dringen. Ich liebe diese frühen Morgenstunden, wenn die Natur gerade erst erwacht. Das Zwitschern der Vögel erfüllt die Luft, und das leise Plätschern eines nahegelegenen Bachs begleitet uns auf unserem Weg.

Wir schlagen nicht den Pfad ein, den ich bei meinen Alpaka-Wanderungen üblicherweise wähle. Mit den Tieren und Urlaubern gehe ich meistens immer die gleiche Runde – ein einfacher, breiter Weg, für den man nicht sonderlich sportlich sein muss, und den man in einer Stunde bei moderater Gehgeschwindigkeit mit Fotopausen gut bewältigen kann. Ich überlasse Noah die Wahl der Route. Mittlerweile kenne ich mich hier zwar auch schon viel besser aus, aber er ist hier aufgewachsen, hat sein ganzes Leben hier verbracht. Die Adirondacks sind ein Teil von ihm, er findet sich hier blind zurecht und zeigt mir Ecken, die ich ohne ihn nie finden würde.

»Riley hat dann übrigens noch nach dir gefragt, nachdem du weg warst«, merkt er an, während wir tiefer in einen Wald vordringen und die Schatten uns verschlucken.

Das ist das Erste, was er sagt, seit wir aufgebrochen sind. Nach diesem Kuss will ich eigentlich nichts lieber, als einfach Noahs Hand ergreifen, aber irgendwie scheint er jetzt distanzierter zu sein als davor.

Ich muss grinsen. »Vielleicht hätte ich sein Angebot annehmen sollen. Hätte mich ja schon interessiert, wie er fünfundzwanzig Tattoos auf seinem Körper untergebracht hat.«

Es war nur ein Scherz, natürlich, aber Noah zuckt zusammen. »Hast du denn …« Er räuspert sich. »Nur aus Neugier, bist du denn interessiert an Riley?«

Mein Puls steigt. Gestern im Pub – die Bemerkung, dass er eifersüchtig wäre – das war wohl nicht nur so daher gesagt?

»Er ist ein netter Kerl«, sage ich gedehnt und kann mir ein Grinsen nicht verkneifen, als ich sehe, dass Noah kurz die Lippen aufeinanderpresst.

»Ja, schon klar. Und viele sagen, er sieht wohl auch ganz

gut aus.« Er versucht sich nichts anmerken zu lassen, aber seine Stimme verrät ihn. Beinahe hätte ich gelacht, ich kann mich gerade noch zurückhalten. Denkt er echt, ich hätte Interesse an Riley? Auf jeden Fall scheint ihn das massiv zu stören.

»Kann man so sagen«, erwidere ich. »Allerdings ist er nicht mein Typ.«

Ein Aufatmen neben mir. »Und wer ist so dein Typ?«

Plötzlich hält er abrupt inne und hebt eine Hand. Kurz trifft sein Blick meinen, dann schaut er zum Waldrand. Angespannt folge ich seinem Blick. Was hat er gesehen? Einen Bären? Ist da womöglich mein allererster Schwarzbär, den ich zu sehen bekomme?

Tatsächlich tritt ein gewaltiges Tier aus dem Wald. Der Sonnenschein, der zwischen den Zweigen hindurch fällt, malt ein Muster aus Licht und Schatten auf dichtes, braunes Fell. Kein Bär – ein Elch! Mit angehaltenem Atem betrachte ich das majestätische Tier, das durch das Unterholz streift, sein imposantes Geweih hoch erhoben. Ich weiß, dass Elche riesig sind, aber zum ersten Mal einen aus der Nähe zu sehen, flößt mir eine gehörige Portion Respekt ein. Eine Weile beobachten wir ihn, bevor er lautlos wieder im Wald verschwindet.

Ich atme auf. »Wow. Wunderschön.«

»Es ist ein Erlebnis. Jedes Mal.« Noahs Augen leuchten.

Hat er seine Frage vergessen, die er gestellt hat, bevor der Elch aufgetaucht ist? Er fragt nicht noch einmal, das große Wildtier hat mir eine Antwort erspart. Aber in mir weiß ich, wie die Antwort lauten würde, wenn ich gnadenlos ehrlich und offen wäre: Noah ist mein Typ, auch wenn ich das bis vor kurzem nie gedacht hätte.

Die Bäume lichten sich, und eine malerische Lichtung tut sich vor uns auf, beinahe kreisrund und von dunklen Tannen umringt. Unzählige wilde Blumen blühen auf der Wiese, der Duft der Blüten liegt süß in der Luft, und das Summen von Bienen erfüllt die Stille des Waldes. Jenseits der Lichtung tut sich ein steiler Abgrund auf, dessen felsiger Hang einen krassen Kontrast zur lieblichen Lichtung bildet – doch dahinter erstrecken sich grüne Wälder und sanfte Hügel bis zum Horizont. Diese Widersprüche zählen zu den Dingen, die ich an den Adirondacks so beeindruckend finde und die ich so liebe. Dieses Raue und Weiche, das Wilde und Sanfte in der Landschaft. Diese Schönheit der Natur, die einem gefährlich werden kann, wenn man nicht aufpasst.

Der Vormittag ist mittlerweile weiter fortgeschritten, angenehm warm scheint die Sonne herab. Die Gräser sind so hoch, dass einige von ihnen meine Fingerspitzen streifen, als ich die Hände hängen lasse und langsam über die Wiese gehe. Spontan lasse ich mich einfach fallen, strecke mich auf dem Rücken aus und verschränke die Arme hinter dem Kopf. Der Blumenduft wird noch stärker, er erfüllt meine Lunge und lässt mich tiefer atmen. Der Boden unter meinem Rücken ist sonnenwarm.

Ein Schatten fällt auf mein Gesicht, Noah beugt sich über mich. »Alles okay bei dir?« Amüsiert grinst er auf mich herunter.

»Alles bestens«, seufze ich und klopfe einladend auf den Boden neben mich. Eine aufgescheuchte Hummel sucht empört brummend das Weite.

Kurz zögert er, dann legt er sich neben mich. Der laue Wind treibt die Wolken über den Himmel, in verschiedenen Formen und Schattierungen, von der Vormittagssonne sanft beleuchtet. Ich bin ein Teil der Natur, die Natur ist ein Teil von mir. Die Adirondacks haben mein Herz. Meine Seele atmet die Schönheit dieser Gegend ein.

Gräser kitzeln meine Wangen, als ich den Kopf zu Noah drehe. »Du hast mal gesagt, du kennst Leute wie mich. Wie hast du das gemeint?« Die Worte haben sich irgendwie in meinem Kopf festgesetzt.

Er seufzt. »Das hast du dir gemerkt? Es war nur eine dumme Bemerkung.«

Meine Neugier ist geweckt, ich rolle mich auf die Seite, stütze mich auf meinen Unterarm und lege mein Gesicht in die Handfläche. So kann ich ihn besser anschauen.

»Ja, ziemlich dumm. Extrem dämlich sogar. Kann man so sagen.« Ich ziehe die Augenbrauen hoch. »Also, jetzt hau schon raus. Das klang so, als gäbe es eine Geschichte dazu. Hat es mit einer Frau zu tun?«

Ich habe ins Blaue geraten, aber seine Reaktion verrät mir, dass ich voll ins Schwarze getroffen habe. Ein Schatten huscht über sein Gesicht. Er legt seine Unterarme so über sein Gesicht, dass seine Augen verdeckt sind. Ich sehe nur sein Kinn, die Nase und seinen Mund – und muss schlucken, als ich mich daran erinnere, wie sich diese Lippen auf meinen angefühlt haben.

»Ja, natürlich.« Er seufzt. »Es ist keine spannende Geschichte. Sorry, falls du das hoffst, aber sie ist weder aufregend, noch ungewöhnlich.«

»Ich will sie trotzdem hören«, sage ich leise. »Wenn du sie mir erzählen magst.«

Er zuckt mit den Schultern, nimmt die Arme vom Gesicht. »Warum nicht? Ist schnell erzählt, weil es da gar nicht viel zu erzählen gibt. Ich war ein verliebter Idiot. Bis über beide Ohren verschossen in eine Frau aus New York, die hier aufgetaucht ist. Harper. Ich fand sie unglaublich aufregend. Anders als die Mädchen aus Berryfield, einfach spannend eben. Wir haben uns Hals über Kopf ineinander verliebt. Ich war der glücklichste Idiot der Welt, und ich dachte, sie wäre genauso glücklich. Eine Weile war sie das wohl auch. Sie hat spontan ihr altes Leben in New York hingeschmissen und ist nach Berryfield gezogen. Ich konnte kaum glauben, dass sie so etwas für mich tut, und gleichzeitig habe ich sie für ihre Spontanität bewundert. Wir haben uns eine kleine Wohnung gesucht, weil sie natürlich nicht zu uns dreien ins große Haus ziehen wollte. Ich habe mich bemüht, ihr die Welt zu Füßen zu legen.«

»Aber das hat nicht ausgereicht, es hat nicht gehalten«, vermute ich beklommen und kann mir plötzlich vorstellen, warum ich Noah an diese Harper erinnert habe. Eine Frau aus New York, die spontan alle Brücken hinter sich abreißt und hier neu anfängt? Das muss ihm ja bekannt vorkommen.

»Sieht so aus, als wäre ich ihr zu langweilig gewesen.« Er klingt auf einmal verbittert. »Ganz Berryfield war ihr zu langweilig. Ihre Begeisterung hat schnell nachgelassen. Erst war sie ganz entzückt, wie sie immer betont hat. Davon, wie niedlich der Ort ist, und dass sich an jeder Ecke ein Postkartenmotiv findet. Wir galten hier im Ort als das Traumpaar.« Auch in seinem Lachen schwingt diese Verbitterung mit. »Nur dumm, dass ihr dieses Postkartenidyll, von dem sie so geschwärmt hat, bald nicht mehr ausgereicht hat. Oder … dass ich ihr einfach nicht mehr ausgereicht habe. Sie war so geschickt im Lügen, dass ich lange Zeit gar nichts mitbekommen habe. Sie hatte Affären, mehrere gleichzeitig, und hat immer so plausible Ausreden dafür gefunden, warum sie so oft weg war und sogar außer Haus übernachtet hat, dass ich nicht einmal misstrauisch geworden bin. Sie hat ehrenamtliche Tätigkeiten vorgeschoben, und ich habe sie noch dafür bewundert, wie sehr sie sich einsetzt. Bis alles mit einem riesengroßen Knall aufgeflogen ist, als Hudson ihr mal hinterhergefahren ist. Komischerweise war er der Einzige, der bei ihr das richtige Bauchgefühl hatte. Es gab keine ehrenamtliche Tätigkeit. Dafür eine Reihe von Liebhabern, die alle nichts voneinander wussten.«

»Wow. Ganz schön mies«, bringe ich hervor.

Er zuckt mit den Schultern. »Sie hat es damit erklärt, dass Berryfield ihr einfach zu klein wäre. Das Leben, das ich ihr bieten könnte, sei ihr zu eng. Sie käme nun mal aus der Stadt und sei eben mehr gewohnt. Und so schnell, wie sie hier aufgetaucht ist, war sie auch wieder verschwunden. Ich bin zurückgeblieben. Immer noch als ein Idiot, aber als einer, der nicht mehr so naiv war wie zuvor, dafür aber mit gebrochenem Herzen.«

Vorsichtig lege ich meine Hand auf seine. »Das tut mir leid. Das muss so hart gewesen sein.«

Er schmunzelt, aber sein Schmunzeln fällt traurig aus. »Schon okay. Jedem wird mal das Herz gebrochen. Das gehört wohl leider dazu, oder? Herzen sind dafür gemacht, immer wieder zu heilen. Das macht sie aus.«

»Vermutlich«, erwidere ich nur leise. In meiner Kehle sitzt ein Kloß, der mir das Sprechen schwer macht, weil ich daran denken muss, was meinem Herzen angetan wurde.

Er verschränkt seine Finger mit meinen. Sofort schießt mein Puls in die Höhe und mir wird warm, sehr warm.

»So. Geschichte gegen Geschichte.« Sein ernster Gesichtsausdruck macht einem Lächeln Platz. »Gibt es bei dir auch dramatische, peinliche, schreckliche Expartner-Storys?«

»Sorry, da muss ich passen«, antworte ich wie aus der Pistole geschossen. Mein Herz hämmert, und ich muss alle Selbstbeherrschung aufbringen, um mein Pokerface zu bewahren. »Nichts dergleichen. Ich hatte wenig Zeit für Beziehungen, und die paar, die ich hatte, gingen völlig unspektakulär und einvernehmlich zu Ende, weil wir uns auseinandergelebt haben.«

Lügen. Nichts als Lügen. Aber die Wahrheit kann ich ihm nicht erzählen, die kann ich nicht aussprechen, will nicht einmal daran denken.

Lügen, die er schluckt. Zu meiner Erleichterung hakt er nicht nach, sondern nimmt meine Aussage so hin.

Immer noch sind unsere Finger verschränkt. Mit dem Daumen streichelt er sanft über meinen Puls. Die leichte, kreisförmige Bewegung jagt einen wohligen Schauer durch meinen Körper.

»Dann bin ich froh, dass du so etwas nicht durchgemacht hast. So etwas macht etwas mit einem, für das man sich selbst nicht leiden kann. Ich war nie eifersüchtig. Und würde behaupten, ich hatte nie große Vorurteile gegenüber Fremden. Aber nachdem Harper mir gezeigt hat, dass man niemandem trauen kann … Das hat etwas verändert. Zumindest hat sie mir auch etwas beigebracht: dass ich mich nie wieder auf etwas einlasse, was nicht auf gnadenloser Ehrlichkeit beruht. Jede hässliche Wahrheit ist schöner, als vom Partner oder von der Partnerin belogen zu werden. Sie war eine gute Lügnerin, aber ich habe es ihr auch leicht gemacht. Ich habe mich bereitwillig belügen lassen und alle Warnsignale übersehen, weil ich ihr glauben wollte. Das mache ich so nie wieder.«

Er sagt das mit so einer Überzeugung, dass ich ihm glaube – das ist das, worauf er seitdem bei Beziehungen achtet: Ehrlichkeit und Offenheit. Damit er nicht wieder so schmerzhaft auf die Nase fällt. Da hat jemand seine Lektion gelernt.

Und ich zucke zusammen, als ich das höre. Er hat sich mir geöffnet, hat mir von seiner schmerzhaften Trennung erzählt. Und ich? Kann diese Ehrlichkeit nicht erwidern. Er spielt mit offenen Karten, ich halte meine verdeckt. Er spricht darüber, wie wichtig Offenheit ist, und ich verheimliche ihm meine Geschichte, meine Beweggründe, hierher zu kommen. Er hat nicht die geringste Ahnung, dass mein Umzug aufs Land mehr als ein naiv spontaner Hippiegedanke war. Dass ich hier nicht nur eine idyllische Alternative zum stressigen Großstadtleben suche. Sondern dass das alles für mich eine Flucht ist. Das ist und bleibt mein Geheimnis. Ich schäme mich dafür, so etwas Wichtiges zurückzuhalten, unmittelbar nachdem er erzählt hat, was ihm Ehrlichkeit bedeutet.

»Noah, ich …«, beginne ich zaghaft und höre dann auf zu sprechen, weil ich nicht weiß, was ich sagen soll.

»Ich mag dich, Emma.« Er sagt es mit einer ruhigen Selbstverständlichkeit, die sich unglaublich gut anfühlt. »Es tut mir leid, dass ich dich in eine Schublade gesteckt habe, ohne dich zu kennen. Ich lag völlig falsch. Das hast du bewiesen, obwohl du mir gar nichts beweisen musst.«

»Ich mag dich auch«, flüstere ich. Ob das zwischen uns etwas werden kann? Ich will es gerne glauben, aber gerade weiß ich gar nichts. Die Zeit wird es zeigen. Ich will es auf mich zukommen lassen.

Er zieht mich an der Hand, die immer noch in seiner liegt, näher an sich heran. Bereitwillig lasse ich mich zu ihm sinken, mein Kopf ruht in seiner Halskuhle. Gemeinsam betrachten wir die vorbeiziehenden Wolken, in denen ich Bilder und Gesichter erkenne. Versonnen spielen Noahs Finger mit meinen Haaren. Ich will mich ihm so gern nah fühlen, aber wie soll ich ausblenden, dass zwischen uns eine Kluft besteht, die ich selbst aus Lügen und Schweigen erschaffe?

KAPITEL 29

Emma

»Es war so toll. Am liebsten würde ich Nanni mit nach Hause nehmen.« Begeistert krault die junge Brünette das Lockenfell des Alpakas.

Ihr Freund, der Hanni bei der Wanderung geführt hat, lacht. »Und die wohnt dann auf der Dachterrasse?«

»Man wird ja wohl noch träumen dürfen«, seufzt sie sehnsüchtig.

Ich muss lachen. »Träumen ist nie verkehrt. Bei mir hat das ganze Alpaka-Thema auch so ähnlich angefangen, aber ich habe den Traum ganz schnell Realität werden lassen.«

»Sag ihr das nicht«, fleht der junge Mann mit gespielter Verzweiflung. »Ich würde ihr zutrauen, dass sie morgen im Internet recherchiert und wir übermorgen ein Alpaka zu Hause haben.«

Wir sind gerade von einer Wanderung zurückgekommen. Vier Tiere waren dabei – Hanni, Nanni, Bunny und Snow White. Das Piraten-Duo ist natürlich auf der Farm geblieben, Blackbeard ist noch zu klein für solche Wanderungen, und Jolly Roger muss geschont werden. Solange die Stute ihr Fohlen säugt, denke ich gar nicht daran, sie für die Wanderungen einzusetzen.

Trotzdem war es heute eine große Gruppe. Vier Leute

konnten je ein Alpaka führen, aber es gibt auch die Möglichkeit, einfach als Begleitperson mitzulaufen. Alle hatten eine gute Zeit, was mich, wie jedes Mal, unheimlich freut. Die Alpaka-Wanderungen kommen noch besser an, als ich erwartet hätte. Jetzt ist die Stimmung toll, als wir auf die Farm zurückkommen und jeder nochmal die Möglichkeit hat, seinem Lieblingstier ein paar Leckerbissen zu verabreichen oder sich mit ihm fotografieren zu lassen. Die Leute wollen sich gar nicht von meinen flauschig weichen Alpakas trennen, was ich sehr gut nachvollziehen kann.

»Danke nochmal, es war toll. Wir empfehlen euch auf jeden Fall weiter«, verabschiedet sich schließlich die letzte Teilnehmerin.

»Habt ihr gut gemacht«, versichere ich meinen Tieren, als die Touristen alle weg sind und wir die Farm wieder für uns haben. Ich führe sie auf die Weide, wo sie sich einen entspannten Abend mit viel frischem Gras redlich verdient haben.

Gutgelaunt summe ich vor mich hin, als ich die Geschirre und Führstricke verstaue und anschließend eine Schubkarre mit Heu fülle, um die Heuraufen frisch zu befüllen.

Als ich knirschenden Kies höre, drehe ich mich um. Das klang ganz nach Schritten. Vielleicht ist einer der Touristen zurückgekommen, weil er etwas vergessen hat oder doch noch ein letztes Foto von den Alpakas machen will. Mit einem freundlichen Lächeln auf den Lippen sehe ich mich um – und erblicke niemanden. Gähnende Leere herrscht da, auch in der Einfahrt.

Aber ich bin mir ganz sicher, dass ich etwas gehört habe. Das habe ich mir nicht eingebildet!

»Hallo?«, rufe ich laut. »Ist da jemand?«

Nichts, keine Antwort. Da ist niemand. Zumindest niemand, den ich sehen kann.

Schlagartig hat die Sonne an Kraft verloren und mir wird kalt. Nervös scanne ich mit meinem Blick die Bäume und das Haus ab. Steht da vielleicht jemand im Schatten verborgen? Jemand, den ich auf den ersten Blick übersehen habe?

»Hallo? Wer ist da?« Ich bemühe mich so gut ich kann, meine Stimme stark und selbstbewusst klingen zu lassen. Unbeschwert, als hätte ich gar keine Angst und würde nichts Böses erwarten. Doch die Worte kommen eine Spur zu hoch aus meinem Mund, und zwischen den Silben hört man meine aufsteigende Panik vibrieren.

Da ist nichts. Er ist nicht da. Adrian kann überhaupt nicht hier sein. Er hat keine Ahnung, wo ich bin.

Und doch war da dieses Geräusch, dieses Knirschen. Panik steigt wie eiskaltes Wasser weiter in mir hoch und droht jeden klaren Gedanken wegzuspülen. Meine Hände beginnen zu zittern und sind schweißnass.

»Emma, du drehst durch«, flüstere ich und balle die Hände so fest zu Fäusten, dass sich die Nägel schmerzhaft in meine Handflächen bohren. »Reiß dich zusammen. Es ist nicht das erste Mal, dass du dir das einbildest.«

Aber zu wissen, dass das nur in meinem Kopf ist, hilft mir jetzt gerade beschissen wenig. Die Angst sitzt als stacheliger Kloß in meiner Kehle und erstickt mich fast. Schwer atmend und mit weitaufgerissenen Augen schaue ich mich um. Ein Blick in meinem Rücken! Ich spüre ihn so deutlich wie eine kalte Berührung. Keuchend drehe ich mich um und sehe – wieder nichts.

Ich muss hier weg. Mitten auf der weitläufigen Farm, umgeben von unzähligen Bäumen, hinter denen sich jemand verstecken und mich beobachten könnte, halte ich es nicht länger aus. Mit aller Macht hindere ich mich daran zu rennen, sondern zwinge mich, in ganz normalem Tempo auf das Wohnhaus zuzugehen. Doch auf den letzten Metern verlässt mich die Selbstbeherrschung, ich sprinte los. Meine Hand zittert so sehr, dass ich den Schlüssel erst nicht ins Schloss bekomme und ihn schließlich sogar fallen lasse. Klirrend landet er auf dem Boden.

»Shit!«, wimmere ich und schaue noch einmal über meine Schulter zurück, bevor ich mich nach dem Schlüssel bücke. Es können nur Sekunden gewesen sein, doch es fühlt sich an wie eine Ewigkeit. Als ich die Tür endlich aufbekomme und ins Haus stolpere, bin ich schweißgebadet und habe Tränen in den Augen.

Ich knalle die Tür hinter mir zu, sperre zweimal ab und lege die Sicherheitskette vor. Dann erst lehne ich mich mit dem Rücken dagegen und rutsche langsam daran runter, bis ich auf dem Boden sitze. Ich schlinge die Arme um meine Beine, lege die Stirn auf die Knie und warte darauf, dass sich mein jagender Puls und die raue Stoßatmung beruhigen.

Sicherheit. Ich bin in Sicherheit. Hier in meinem geliebten Haus kann mir wirklich nichts passieren. Der wohlige Duft, der auf seltsame Weise an den des Meeres erinnert, hüllt mich tröstlich ein.

Ich hasse es so sehr. Ich hasse es, dass er dieses Häufchen Elend aus mir macht, obwohl er nicht einmal da ist. Sogar aus der Ferne hat er diese Macht über mich.

Keine Ahnung, wie lange ich da hocke. Irgendwann schaffe ich es, aufzustehen und mit schleppenden Schritten die Treppe hochzugehen. Obwohl ich am ganzen Körper von kaltem Schweiß bedeckt bin, habe ich jetzt keine Kraft zu duschen. Stattdessen lasse ich mich einfach nur ins Bett fallen, ziehe mir die Decke über den Kopf und rolle mich ganz klein zusammen.

Adrian. Der Mann, den ich in einem Anfall geistiger Umnachtung für meinen Traummann gehalten habe und der sich kurz darauf als Albtraum entpuppt hat, der mich seitdem nicht mehr loslässt.

Ich erinnere mich an den Tag, an dem ich ihn zum ersten Mal gesehen habe, als wäre es gestern gewesen. Der Abend in der Bar mit Freundinnen, leicht angetrunken und völlig ausgelassen. Ein Blick aus eisblauen Augen, der meinem begegnete.

Mit seinem Charisma hat er mich auf Anhieb in seinen Bann gezogen. Der erfolgreiche Geschäftsmann, weltgewandt, intelligent und charmant. Ich weiß noch genau, wie beeindruckt ich von ihm war. Und wie ungläubig, als er an mir Interesse gezeigt hat.

Wir haben die ganze Nacht miteinander getanzt und getrunken. Als meine Freundinnen in ein Taxi gestiegen sind, um nach Hause zu fahren, sind wir weiter, von einer Szene-Bar in die nächste, gezogen. Die Nacht war erfüllt von Schweiß, Hitze, Alkohol und Pheromonen – und endete in einem Hotelzimmer, das mich vor Luxus förmlich erschlug.

Damals fühlte ich mich wie in einem Traum. Wie in einem dieser Filme, in denen sich ein Millionär in eine ärmliche graue Maus verliebt und ihr die Sterne vom Himmel holt. Weder war Adrian ein Millionär, noch war ich arm oder eine graue Maus, trotzdem fühlte es sich in dem Moment so an. Als er mich in der freistehenden Badewanne mit Blick auf die Skyline nahm – zum ersten Mal in dieser Nacht – konnte ich mein Glück nicht fassen.

Wenn etwas zu gut scheint, um wahr zu sein, ist es höchstwahrscheinlich auch nicht wahr. Diese Lektion wurde mir kurz danach auf brutale Weise eingebläut, und ich trage die Konsequenzen noch immer. Ich wünschte, ich könnte durch die Zeit zurückreisen und der naiven, verblendeten Emma von damals zuschreien, dass sie rennen soll, was das Zeug hält, ohne zurückzuschauen, weil sie nämlich keinen Traumprinzen gefunden hat, sondern ein Raubtier, das sie zur Beute auserkoren hat.

KAPITEL 30

Emma

Ein paar Dinge habe ich über Berryfield mittlerweile gelernt.

Erstens: So verschlafen und ruhig die Kleinstadt die meiste Zeit über auch wirkt – sobald es etwas zu feiern gibt, erwacht der ganze Ort zum Leben.

Zweitens: Die Leute hier nutzen jede Gelegenheit, um zu feiern. Was auch immer. Heute ist es ein Markt auf dem Hauptplatz und den umliegenden Straßen, der zum Event aufgeplustert wird.

Es hat Lottie nicht viel Mühe gekostet, mich zu überreden, heute mit ihr hierher zu kommen. Ich war sofort Feuer und Flamme. Gemeinsam schlendern wir über den Platz und bleiben alle zwei Meter stehen, um irgendjemandem Hallo zu sagen, den sie kennt. Und wie sich das für eine Kleinstadt gehört, kennt sie natürlich so ziemlich jeden. Allerdings bin ich selbst mittlerweile auch voll und ganz hier angekommen und sehe an jeder Ecke bekannte Gesichter.

Jo, der zweite Tierarzt neben Samuel, der mittlerweile aus dem Krankenhaus entlassen wurde und mit Krücken und eingegipstem Fuß herumhumpelt. Seine Frau Dorothy hat einen zauberhaften Blumenladen in einer der kleinen

Nebenstraßen in der Nähe des Hauptplatzes. An einem der Corndog-Stände sehe ich Sarah und David Turner in der Schlange, die gemeinsam die kleine Buchhandlung betreiben.

Dann ist da Emily Parker, die auf den ersten Blick so still und zurückhaltend ist, deren gemalte Bilder aber vor Farben und Lebensfreude nur so sprühen. Sie wohnt in einer kleinen Hütte am Stadtrand, in der sie auch ihr Studio eingerichtet hat, wo sie vor allem Landschaftsbilder malt, die sie mit leuchtenden Farben oder mit abstrakten Elementen verfremdet. Als ich neulich auf Instagram über ihren Account gestolpert bin, habe ich gesehen, dass ihre Werke in lokalen Galerien und Kunsthandwerksläden zu finden sind. Sie schenkt mir ein scheues, aber warmes Lächeln.

Marc Thompson ist der Besitzer und Chefkoch des beliebten Restaurants *The Mountain View*. Nicht gerade ein hipper Szeneladen, sondern schlicht und ergreifend ein Diner, aber das Ambiente ist gemütlich, und es gibt dort saftige Burger, die bekannten Adirondack-Blue-Potatoes und wunderbare Pancakes mit Ahornsirup. Als wir jetzt an ihm vorbeischlendern, begrüßt er uns beide gutgelaunt und erkundigt sich nach den Alpakas.

»Meine Macy will das Fohlen unbedingt mal sehen. Kann sie vorbeikommen?«

»Klar, jederzeit«, antworte ich lächelnd. Seine zwölfjährige Tochter ist ganz verrückt nach den Alpakas.

Lottie hakt sich bei mir unter. »Und dabei war er früher einer von denen, die dumm herumgeunkt und Scherze über Schwarzbär-Attacken gemacht haben«, gluckst sie. »Du hast es echt allen hier gezeigt. Jetzt macht niemand mehr Witze über dich und deine kleine Herde.«

»Vielleicht sind sie nur enttäuscht, dass ich noch immer nicht von Bären oder Pumas verschlungen worden bin«, mutmaße ich. »Damit hätte ich es auf jeden Fall in den Berryfield-Anzeiger geschafft.«

Sie schubst mich. »An deine Alpakas traut sich doch kein Bär ran, die würden jedes Raubtier in die Flucht spucken. Ehrlich, es freut mich, dass dein Konzept so gut aufgeht.«

Das tut es wirklich. Alle Kritiker, die meine kleine Farm und die Wanderungen für eine Schnapsidee gehalten haben, sind mittlerweile still. Die Touristen lieben die Alpakas, und auch die Leute aus Berryfield können sich dem Charme meiner flauschigen Farmbewohner nicht entziehen.

Lottie und ich schlendern die Hauptstraße entlang, die gesäumt ist von kleinen Geschäften und gemütlichen Cafés, die zum Verweilen einladen. Hier findet man charmante Buchläden, Kunstgalerien und handwerkliche Boutiquen, die lokale Kunsthandwerke und Produkte anbieten. Berryfield ist die reinste Bilderbuchstadt: klein und gemütlich, aber trotzdem gibt es hier alles, was das Herz begehrt. Die Architektur der Gebäude ist geprägt von rustikalem Charme und traditionellem Stil, der perfekt in die umliegende Landschaft passt. Die meisten Häuser sind aus Holz gebaut, mit malerischen Veranden und liebevoll gepflegten Gärten, die von Blumen und Sträuchern gesäumt sind. Ein Ort, der es einem unheimlich leicht macht, sich zu Hause zu fühlen.

»Emma?« Lottie schaut geradeaus, während sie mich anspricht. »Sag mal ... was läuft da denn zwischen euch?«

Ich schlucke. Jetzt ist es also so weit – ich habe mich schon gefragt, wann sie das Thema anschneiden wird. Immerhin hat sie mitangesehen, wie wir uns hemmungslos im

Pub geküsst haben. Jetzt kann ich nur hoffen, dass sie das nicht allzu schlimm findet. Immerhin ist er ihr Ex, auch wenn beide gern betonen, dass das gefühlt Jahrhunderte her ist. Stört es sie? Wenn das so ist, lässt ihre Miene überhaupt nicht darauf schließen. Sie wirkt einfach nur neugierig.

»Ehrlich gesagt, weiß ich das auch nicht so genau«, murmle ich. »Lässt du, es ist kompliziert, als Antwort gelten?«

»Auf gar keinen Fall, so einfach lasse ich mich nicht abspeisen. Noah ist nicht der Typ, der einfach so rumknutscht, wenn es nichts zu bedeuten hat. Sonnyboy Hudson? Oder mein, ähm, promiskuitives Bruderherz? Klar, bei denen muss man jederzeit mit so was rechnen. Die lassen beide nichts anbrennen. Wenn die mal die eine küssen und am nächsten Tag die andere, dann ist das für diese Schwerenöter ein ganz normales Verhalten. Aber Noah? Nein, der ist nicht so. Vor allem seit …« Sie beißt sich auf die Unterlippe.

Aber ich kann mir vorstellen, wovon sie spricht. »Seit der Sache mit Harper?«, frage ich leise.

Jetzt schaut sie mich doch von der Seite an und zieht überrascht die Augenbrauen hoch. »Er hat dir von ihr erzählt?«

»Sollte er nicht?«

Sie zuckt mit den Schultern. »Es ist nur … Das ist ein Thema, über das er wirklich nicht gerne spricht. Wenn er dir freiwillig davon erzählt hat, muss er dich wirklich gernhaben.«

Ein warmes Gefühl breitet sich in meiner Magengrube aus, und auf einmal scheinen meine Füße beim Laufen kaum mehr die Pflastersteine zu berühren. Es hat also wirklich etwas zu bedeuten, dass er sich mir anvertraut hat.

Sie schnauft. »Also hör jetzt auf zu grinsen wie ein Honigkuchenpferd und weih mich ein, ja? Hallo? Ich als gute, wenn nicht gar allerbeste Freundin habe doch wohl ein Recht auf die volle, nackte Wahrheit. Noah brauche ich gar nicht erst zu fragen, der ist bei so was verschlossen wie eine Auster.«

Ich seufze. »Ist ja gut. Es ist nur ... Ich weiß auch nicht genau, wo wir beide stehen. Wir haben uns geküsst. Aber es ist nicht so, als wären wir jetzt ein Paar oder so. Wir ... lassen es ruhig angehen, denke ich. Er ist vorsichtig. Was ich verstehen kann, nach dem Mist mit seiner Ex.«

Langsam nickt Lottie. »Ja, so kann man das sagen. Das hat ihn wirklich übel mitgenommen. Er war am Boden zerstört, ich habe mir in der ersten Zeit wirklich Sorgen gemacht. Wir alle haben das. Das Miststück hat sich nicht einmal entschuldigt, sondern ist einfach mit dem Nächsten durchgebrannt und zurück nach New York gegangen. Noah ist nicht versessen drauf, so eine Nummer nochmal zu erleben.«

»Und ich ... Na ja, ich bin ehrlich gesagt auch nicht mit dem Plan hergekommen, mich direkt in eine Beziehung zu stürzen. Der Umzug, dieses ganze neue Leben hier, das reicht mir erstmal an Action.«

Abgesehen davon, dass ich selbst ein Päckchen mit mir herumtrage, das es mir verdammt schwer macht, jemandem so richtig zu vertrauen, und von dem ich niemandem etwas erzählen kann und will. Noah nicht, Lottie nicht. Nach Adrian werde ich den Teufel tun, mein Herz nochmal vorschnell zu verschenken.

Kurz schweigt Lottie, dann schubst sie mich wieder. »Dich hat es ganz schön erwischt, oder?«

Mir steigt die Röte in die Wangen, ich bringe im ersten Moment kein Wort heraus und nicke nur schnell. Erst nach ein paar Sekunden antworte ich: »Das heißt aber nicht, dass was daraus wird. Weder von meiner, noch von seiner Seite. Wirklich, keine Ahnung. Ich denke, wir lernen einander einfach mal besser kennen und sehen, wohin die Sache führt. Vielleicht zu gar nichts. Wahrscheinlich sogar. Keiner von uns ist so richtig bereit für mehr als Freundschaft.«

»Emma … Ich habe nur eine Bitte. Ist mir auch egal, ob ich jetzt wie eine besorgte Mami oder wie eine beschützerische große Schwester klinge. Tu ihm nicht weh, okay? Noah hat kein zweites Drama verdient, das eine war mehr als genug«, bringt sie ganz schnell hervor und winkt dann mit einem strahlenden Lächeln einem Bekannten zu, den sie gerade entdeckt hat.

Auf dem Hauptplatz wurden unzählige Stände aufgebaut, an denen alles Mögliche angeboten wird: Kunsthandwerk, Klamotten, Lebensmittel aus der Region, Schmuck. Vor allem ganz viele Leckereien. Es duftet nach fettigem Gebäck, kandierten Früchten und salzigem Butterpopcorn. Überall finden sich die Beeren wieder, die hier in der Region so üppig wachsen: Es gibt sie als Topping, Dip und Marmelade.

»Schau, da sind sie!« Lottie zieht an meinem Arm und steuert auf die Kirche aus dem neunzehnten Jahrhundert zu, die in der Mitte des Platzes steht und in deren Schatten der Rest der Truppe wartet, mit der wir verabredet sind: Riley, den ich tatsächlich zum ersten Mal außerhalb seines geliebten Pubs sehe, Hudson – und Noah. Bei seinem Anblick kribbelt es sofort wieder in meinem Bauch, aber ich versuche, mir nichts anmerken zu lassen. Irgendwie schafft er es, das schlichte weiße Hemd, das er heute anstelle eines Outdoor-T-Shirts oder Kapuzen-Sweatshirts trägt, unvergleichlich lässig wirken zu lassen.

»Da sind sie!«, ruft Riley uns entgegen und breitet die Arme aus. »Na endlich. Dann können wir ja jetzt etwas zu Essen suchen. Wir sind schon am Verhungern.«

»Ja, ja. Wir haben uns auch total auf euch gefreut. Übrigens habt ihr Samuel vergessen. Weiß ja nicht, ob euch das aufgefallen ist.« Grinsend versetzt Lottie ihrem Bruder einen leichten Faustschlag gegen die Schulter, bevor sie erst Hudson und dann Noah umarmt.

Ich kann nicht anders – ich schaue genau hin, als sie die Arme um Noah legt. Ich bekomme die Frage, ob da noch Gefühle zwischen den beiden sind, einfach nicht aus meinem Kopf. Aber jetzt finde ich, dass die beiden ganz normal freundschaftlich miteinander umgehen. Nichts lässt darauf schließen, dass da vor vielen Jahren mal mehr war. Ihre Umarmung mit Noah wirkt genauso harmlos wie die mit Hudson. Sieht so aus, als hätte ich mir umsonst Gedanken gemacht.

»Samuel arbeitet länger, es ist noch ein Notfall reingekommen. Ihr kennt ihn ja, er versperrt die Tür niemals für einen vierbeinigen Patienten, der Hilfe braucht. Ihr müsst also mit uns Vorlieb nehmen.« Hudson zieht mich in eine Bärenumarmung, in der ich ganz versinke. »Emma. Schön, dich zu sehen. Also, worauf hast du Appetit?«

»Sagt mal, seid ihr alle nur zum Essen hier?«, frage ich schmunzelnd und befreie mich aus seinen Armen.

»Klar!«, erwidern alle wie aus einem Mund und brechen dann in Gelächter aus.

Ich traue mich nicht, Noah zu umarmen, weil ich nicht wieder wie eine Idiotin dastehen will, wenn er die Arme verschränkt oder sonst irgendetwas tut, um mich abblitzen zu lassen. Aber diesmal legt er sanft die Arme um mich. Meine Wange streift seine, ganz leicht kratzt sein Bart über meine Haut, und mir wird heiß, weil ich an unseren Kuss denke. Meine Hormone drehen fast durch, und am liebsten hätte ich ihn hier und jetzt einfach wieder geküsst, vor aller Augen. So viel zu meinem Plan, es ruhig angehen zu lassen. Mein Körper sieht das völlig anders. Noah hält mich einen Moment länger fest, als es nötig gewesen wäre. Warm streift sein Atem mein Ohr, und mein Puls schießt durch die Decke.

Wir mampfen uns einmal quer durch die Essensstände, teilen uns überbackene Nachos mit Bohnen und Dips, in Käsesoße ertränkte Pommes, fettige Corndogs und Waffeln mit Beeren. Danach versacken wir an einem Stand, der sich an die Granitfassade der Kirche schmiegt, direkt unterhalb des markanten Glockenturms, und an dem alle möglichen Sorten von Met angeboten werden. Die meisten beinhalten, wie könnte es anders sein, wilde Blau- oder Himbeeren.

»Wie wäre es mit einer Runde Never-have-I-ever?«, schlägt Hudson vor.

»Jaaa, lasst uns spielen«, johlt Lottie überschwänglich. Nach ein, zwei Bechern Met sind ihre Wangen schon gerötet.

»Kennst du das Spiel, Emma?«, erkundigt sich Riley.

»Pfff, na klar. Sehe ich so aus, als wäre ich in einem Kloster aufgewachsen?« Empört plustere ich mich auf.

»Ich weiß nicht. Ein Trinkspiel? Wir sind doch keine Teenies«, brummt Noah, aber er ist eindeutig überstimmt.

»Ich hab noch nie ... nackt in einem See oder Fluss oder im Meer gebadet«, macht Riley den Anfang.

Lottie lacht. »Glaubst du ja wohl selber nicht. Wer hat das denn bitte noch nie gemacht?«

»Ähm, ich«, muss ich gestehen und lasse meinen Becher sinken.

Alle anderen prosten sich zu und trinken. Auch Noah leert seinen Becher und bestellt direkt die nächste Runde.

Verblüfft starre ich sie alle an. »Echt jetzt? Ist das hier ein Ding? Ihr zieht euch einfach aus und springt ins Wasser? Ohne Badeklamotten?«

Riley kichert. »Du bist so süß und unschuldig. Hast du das echt noch nie gemacht?«

»Glaub mir, wenn ich splitterfasernackt mitten in New York in den Hudson River gesprungen wäre, hättet ihr das sogar hier in Berryfield in der Zeitung gelesen.«

»Ist ein Argument. Ich will als Nächste!« Lotties Augen funkeln vor Enthusiasmus, dann starrt sie plötzlich ins Leere. »Moment. Ich hab's gleich. Lasst mich nur kurz überlegen.«

»Während du nachdenkst, könnte ich ja schon ...«, beginnt Hudson.

Sie boxt ihn in die Seite. »Untersteh dich! Ich bin dran. Nicht drängeln. Ich habe noch nie ... Ach, verdammt. Mir fällt nichts ein. Hudson, du kannst.«

Er lässt den Becher mit seinem Blaubeer-Met langsam kreisen und schwenkt die Flüssigkeit darin. »Ich habe noch nie ...« Sinnierend blickt er in den Honigwein. »Traurig, aber wahr. Ich hatte noch nie einen Dreier.« Demonstrativ stellt er seinen Becher auf dem Stehtisch ab.

Riley legt den Kopf in den Nacken und trinkt einen großen Schluck.

Lottie grinst breit, setzt ihren Becher an die Lippen und

trinkt auch, von großem Gejohle und ungläubigen Blicken begleitet.

»Was, echt?« Staunend starre ich sie an. So experimentierfreudig war ich noch nicht. »Von Riley habe ich das ja erwartet, aber von dir? Wie war es?«

»Hey, was soll das heißen?«, protestiert Riley und schiebt die Unterlippe, deren zwei Metallringe an Vampirzähne erinnern, schmollend vor. »Emma, was hast du für ein Bild von mir?«

Lottie lacht mich an. »Sorry, so funktioniert das Spiel nicht. Keine weiteren Infos. Und jetzt weiter. Also: Ich habe noch nie … noch nie … Karaoke gesungen.«

Da kann ich mithalten. Der Honigwein hinterlässt einen intensiven, süßen Geschmack auf meinen Lippen und meiner Zunge. Grinsend denke ich an die feuchtfröhlichen Karaoke-Abende in der Stadt, wenn ich mit Freundinnen gefeiert und Balladen und Rock-Klassiker geschmettert habe.

Wie erwartet, trinken auch die anderen. Jeder von ihnen hat sich schon mal beim Karaoke blamiert.

Außer Noah. Der zuckt nur mit den Schultern und schüttelt den Kopf.

»Was? Das müssen wir unbedingt ändern.« Ich will leicht gegen seine Schulter schubsen, aber der Alkohol zeigt Wirkung, ich rutsche an der Schulter ab, und stolpere einen Schritt auf ihn zu.

»Was wird das denn?«, fragt er grinsend und fängt mich auf.

Wieder finde ich mich in seinen Armen wieder. Der Alkohol steigt mir zu Kopf, mein Gesicht fühlt sich warm an und ich fühle mich federleicht. Irgendwie finde ich das alles gerade total komisch und muss kichern.

»Du musst mit mir Karaoke singen gehen!«, trällere ich fröhlich und merke, dass ich dabei leicht lalle. »Kann doch nicht wahr sein, dass du das noch nicht gemacht hast.«

»Na schön, wir können das gerne nachholen«, raunt er nah an meinem Ohr. Sein Atem kitzelt meine Haut, seine Stimme ist gefährlich leise und rau, sie bringt etwas tief in mir zum Klingen. »Du hast aber auch Nachholbedarf. Ich komme zum Karaoke mit, wenn du nackt schwimmen gehst.«

Schlagartig bleibt mir das Kichern im Hals stecken. Meine Augen werden groß, ich blicke zu ihm hoch. War das ein Scherz? Sofort flackern Bilder vor meinem inneren Auge auf. Bilder von einem mondbeschienenen Bergsee, dessen Oberfläche silbrig glänzt. Und von Noah, der sich aus seiner Kleidung schält, mir einen Blick zuwirft und ins Wasser eintaucht. Meine Phantasie gesteht ihm einen unglaublichen Körper zu, in meiner Vision ähnelt er einem jungen griechischen Gott. Allerdings ist das, was ich bisher von seinem Körper erahnen konnte, auch gar nicht allzu weit weg von dem Bild, das sich jetzt in meinem Kopf verselbständigt. Ich denke, so unrealistisch ist es nicht. Mein Mund wird trocken, und meine Knie sind auf einmal so weich, dass ich froh bin, mich für einen Moment an Noah lehnen zu können.

»Klingt nach einem Plan. Gruppenausflug an den See!«, ruft Riley, und das Bild in meinem Kopf zerspringt. Hastig weiche ich einen Schritt zurück, damit es nicht zu seltsam und auffällig wirkt, wie wir hier stehen.

»Komm schon, Emma. Damit bist du dran.« Lottie erhebt ihren Becher. »Überleg dir was.«

»Oh. Ja. Ich habe noch nie ... noch niemals ...« Während

ich nachdenke, lasse ich den Blick schweifen. Wie viele Leute hier sind – und allesamt sind gut gelaunt. Jenseits der Dächer sieht man die Berge. Ein Knall lässt mich zusammenzucken, an der Schießbude hat jemand ein Luftgewehr abgefeuert. Mein Kopf schnellt herum – und da sehe ich ihn. Inmitten der jubelnden Gruppe, die ein großes Plüschtier entgegennimmt, steht er reglos da und starrt mich einfach nur an.

Es ist, als hätte man einen Eimer mit Eiswasser über meinem Kopf ausgeleert. Schlagartig bin ich stocknüchtern, als wäre jeglicher Alkohol aus meinem Blut verschwunden. Der Blick aus eiskalten, blauen Augen bohrt sich in meinen.

Wie ein Kaninchen vor der Schlange stehe ich da, vor Schreck gelähmt und zu keiner Bewegung fähig. Adrian. Wie ist das möglich? Wie hat er mich gefunden? Ein hysterisches Schluchzen steckt in meiner Kehle fest und kommt nicht heraus.

»Erde an Emma? Hallo?« Lotties Stimme holt mich mit einem Schlag in die Realität zurück.

Der Mann drüben am Schießstand sagt etwas zur Frau neben ihm. Sobald er sich bewegt, verfliegt die Illusion. Es ist nicht Adrian. Nur jemand, der ihm ähnlich sieht. Meine Phantasie hat mir ein Albtraumbild vorgegaukelt: sein attraktives, kaltes Gesicht mit den emotionslosen Reptilienaugen.

»Emma?« Noah versucht gar nicht erst, die Sorge in seiner Stimme zu verbergen. »Alles okay? Was ist los?«

Ich schaffe es, meinen Blick von dem Fremden loszureißen, der mich völlig grundlos in Angst und Schrecken versetzt hat. Noahs Stirn ist gerunzelt, sein Blick ist ernst.

»Was ist passiert?«, fragt er noch einmal, als ich nicht irekt antworte.

»Nichts«, bringe ich krächzend hervor.

Seine Augen verdunkeln sich. Er zieht mich sanft ein Stück von den anderen weg und spricht leise, so dass das Gespräch unter uns bleibt. »Das sieht nicht nach nichts aus. Du kannst mit mir reden. Wie soll ich dir sonst helfen?«

Immer noch laufen heiße und kalte Schauer über meinen Körper, und mein Brustkorb fühlt sich an, als würde er von einer festen Eisenklammer zusammengedrückt. Ich kann kaum atmen, mir ist schwindelig. Mein Kopf hat kapiert, dass es falscher Alarm war – dass das gar nicht Adrian gewesen ist. Aber mein Körper ist immer noch in Panik und geflutet von Adrenalin.

»Ich sage doch, alles ist okay. Mir geht es gut«, fauche ich heftiger als geplant und entreiße ihm meinen Arm.

Er kann mir nicht helfen. Niemand kann das, nicht einmal die Polizei hat es getan.

Ich muss hier weg, sofort. Adrian ist nicht hier, aber trotzdem fühle ich mich nicht sicher. Alles in mir schreit danach, abzuhauen und mich in Sicherheit zu bringen, in mein gemütliches Haus mit dem heimeligen Duft nach Holz und Meer. Ich will mich verstecken, die Tür abschließen und ins Bett flüchten. Jetzt, sofort.

Er ist verletzt, ich sehe es ihm an. Irritiert verzieht er den Mund, seine Augen sind fragend. Aber ich kann jetzt nicht bleiben, kann nichts erklären. Mein Fluchtinstinkt kickt so richtig rein.

Noch einmal versucht er, mich aufzuhalten – greift nach meiner Hand, doch ich ziehe sie weg. »Warte doch mal«, bittet er.

Aber ich kann das jetzt einfach nicht. Unmöglich. All meine Gedanken sind auf Flucht ausgerichtet, darüber hinaus kann ich an gar nichts denken. Ich murmle irgendeine Entschuldigung, eine Ausrede, was auch immer – im nächsten Atemzug habe ich schon wieder vergessen, was ich gesagt habe.

Mit gesenktem Kopf bahne ich mir einen Weg an den Ständen und Marktbesuchern vorbei. Der Geruch von Süßigkeiten, Alkohol und Fettgebäck, der mir gerade noch das Wasser im Mund hat zusammenlaufen lassen, verursacht mir jetzt Übelkeit. Hinter mir ruft Lottie etwas, aber ich kann sie nicht verstehen, in meinen Ohren wird alles zu einem wilden Rauschen. Dann ist da Rileys Stimme, aber auch die ignoriere ich.

Nur weg.

Am Parkplatz holt Noah mich ein, als ich gerade mit zitternden Fingern in meiner Handtasche nach dem Autoschlüssel krame. Er stellt sich mir in den Weg und breitet die Arme aus – fast ein wenig so, als wollte er ein panisches Tier beruhigen. »Okay. Komm mal runter. Verrätst du mir, was auf einmal los ist?« Er bemüht sich um einen ruhigen Tonfall, doch ich höre die Nervosität darunter.

»Nein. Bedaure«, presse ich knapp hervor. Kalter Schweiß bedeckt meine Haut. Die Panik wird immer stärker. Ich will weg, endlich hier weg. »Ich sage doch, alles ist gut.« Kann er das nicht verdammt nochmal akzeptieren? Grob schiebe ich ihn beiseite, um an meine Autotür zu kommen. Er überragt mich und ist wesentlich stärker als ich, darum ist es eigentlich so, als würde ich versuchen, einen Berg zu verschieben – aber er lässt sich von mir wegbugsieren.

Fast geschafft. Ich rutsche hinters Steuer. All meine ängstlichen Instinkte schreien mir zu, dass ich endlich abhauen muss. Abhauen und mich verstecken. Immer schneller und flacher geht mein Atem, bis mir schwindelig wird.

Aber Noah hält die Tür fest, dass ich sie nicht zumachen kann. Er beugt sich zu mir herein. Ich nehme seinen Duft wahr, der sogar jetzt, in diesem Moment absoluter Panik, ein leichtes Kribbeln in meinem Bauch zaubert – ohne die Angst jedoch vertreiben zu können. Im Halbdunkel hier auf dem Parkplatz schimmern seine Augen fast silbergrau anstelle des intensiven Grüns. »Ich lasse dich doch jetzt nicht einfach wegfahren. Nicht so. Was auch immer da gerade passiert ist, rede mit mir. Ich bin da.«

Keine Chance. Das Letzte, was ich will, ist die grausamen Dinge in Worte zu fassen und sie damit noch realer werden zu lassen. Sobald ich den Zündschlüssel herumdrehe, dröhnt ohrenbetäubende Musik los. Mein Körper übernimmt die Kontrolle, mein Fuß tritt das Gaspedal durch.

»Fuck«, brüllt Noah auf und springt zurück, als ihm die Autotür aus der Hand gerissen wird.

Ich schaue nicht in den Rückspiegel, als ich Gas gebe und nach Hause rase, als wären alle Dämonen der Hölle hinter mir her.

*

Der Wind rauscht ums Haus. In meinem Schlafzimmer riecht es nach Apfeltee, der auf dem Nachttisch steht und mittlerweile mit Sicherheit längst kalt ist. Ich habe es noch geschafft, eine Tasse aufzubrühen und mir dabei einzureden, mit heißem Tee sähe die Welt gleich anders aus.

Bullshit. Wem will ich etwas vormachen? Wenn ein Umzug meine Ängste nicht weggezaubert hat, schafft ein dämliches Heißgetränk das erst recht nicht. Ich habe keinen Schluck runtergebracht, bin ins Bett gekrochen und liege seither reglos auf der Seite, den Blick starr auf die Wand gerichtet.

Für einen schrecklichen Moment dachte ich wirklich, der Mann, der mir so große Angst einjagt, hätte mich gefunden. Noch immer wirbelt die Panik wie ein Sturm durch mich hindurch.

Ich habe mich Noah gegenüber scheußlich bekommen. In keiner Weise hat er das verdient. Das Mindeste, was ich ihm nach der Szene schulde, ist eine Erklärung. Aber die kann ich ihm nicht liefern.

Adrian ist ein Schreckgespenst aus der Vergangenheit. Jeder Gedanke an ihn, jedes Wort über ihn, würde ihn weiter in die Gegenwart zerren. Alles, was ich will, ist die Schatten abzuschütteln und eine dicke, hohe Mauer zu bauen, die das Monster aus der Vergangenheit fernhält.

Wie soll Noah das verstehen? Er hat überhaupt keine Ahnung. Ich lasse ihn im Dunkeln tappen und fühle mich dabei grässlich.

Ich mag ihn. Ich mag ihn wirklich gerne. Und ich würde dem, was sich zwischen uns entwickelt hat, sehr gern eine Chance geben. Aber wie soll das gehen, wenn ich mich nicht richtig auf ihn einlassen kann? Wenn ich Geheimnisse habe und ihn anschnauze, wenn er mir helfen will, sind das gelinde gesagt suboptimale Bedingungen. Fuck. Ich bin drauf und dran, alles zu ruinieren, bevor es richtig begonnen hat.

Unser Gespräch kommt mir in den Sinn. Er hat sich mir geöffnet, hat ganz ehrlich mit mir über sein gebrochenes

Herz gesprochen und darüber, was für ihn in einer Beziehung zählt: Aufrichtigkeit. Das Gegenteil davon, was ich ihm bieten kann. So beschissen ich mich dabei auch fühle, ich kann ihm einfach nicht von Adrian erzählen. Bei der bloßen Vorstellung, die Wunden aufzureißen, die ich notdürftig mit Pflaster abgedeckt habe, wallt die Panik stärker in mir auf, und ich kann kaum atmen.

Mir ist bewusst, dass es in der Kleinstadt immer noch Gerede über mich gibt, auch wenn ich mich mittlerweile behauptet und mir einen Platz in der Gemeinschaft erkämpft habe. Es wirkt einfach seltsam auf die Leute, dass ich scheinbar grundlos und ganz spontan alle Zelte in der Stadt abgebrochen und mein altes Leben hinter mir zurückgelassen habe. Auch Noah muss sich darüber wundern, natürlich. Ich gebe alles, um es so aussehen zu lassen, als wäre das alles wirklich nur eine spaßige Schnapsidee gewesen und als wäre ich eben übermäßig spontan – und als wäre das auch der einzige Grund für meinen Umzug und den Kauf der Alpakas. Mir ist es hundertmal lieber, man hält mich für verrückt, als dass irgendjemand die Wahrheit ahnt. Das, was sich unter der Oberfläche verbirgt, ist mein Geheimnis – meine Bürde.

Ich liebe die Momente, in denen meine neue Heimat mich vergessen lässt, was gewesen ist. Und verfluche Augenblicke wie diesen, in denen alles über mich hereinbricht und ich alles nochmal durchlebe. Ich gerate in einen Gedankenstrudel, werde immer tiefer hineingesogen, kann mich nicht daraus befreien. Unbarmherzig zieht es mich hinab, bis ich nichts anderes mehr denken und sehen kann. Und ganz unten, in der dunkelsten Tiefe, lauert Adrian auf mich und starrt mir aus eiskalten Augen entgegen.

KAPITEL 31

Noah

»Was hast du ihr gesagt?« Hudson wendet seelenruhig die Koteletts auf dem Grill, die auf einer Seite schon pechschwarz sind. »Ich wollte auf dem Markt nicht vor den anderen fragen, hab gedacht, es wäre dir vielleicht peinlich. Aber da musst du ja irgendeine richtig üble Sache rausgehauen haben, so wie sie abgerauscht ist.

»Gar nichts habe ich gesagt«, erwidere ich gereizt. Nichts, was ihren plötzlichen Ausbruch erklären könnte. Die Frage habe ich mir seit gestern geschätzte tausend Mal selbst gestellt. Habe ich irgendwas falsch gemacht? Ich kann mir beim besten Willen nicht vorstellen, dass irgendetwas, das ich gesagt oder getan habe, daran schuld sein kann. »Und du machst gerade Briketts aus dem guten Fleisch.«

»Das nennt man Röstaromen, mein Lieber.« Er lässt die Grillgabel in der Hand kreisen. »Und wenn du ihr nichts Bescheuertes gesagt hast, warum ist sie dann so plötzlich abgehauen?«

Ich lehne mich im klapprigen Gartenstuhl zurück, der dabei bedrohlich knarrt, und wische mir frustriert mit beiden Händen übers Gesicht. »Wenn ich das wüsste, könnte ich aufhören, mir den Kopf darüber zu zerbrechen. Keine Ahnung. Sie ist auf einmal erstarrt, als hätte sie irgendwas gesehen oder gehört. Von dem Moment an war sie kaum mehr ansprechbar. Verdammt, es war, als hätte sie einen Geist gesehen.«

Ich kann die Erinnerung an den Moment nicht abschütteln. Gerade noch hatte ich sie in meinen Armen, sie hat gekichert, war aufgedreht und gutgelaunt, und ich habe mich beim Wunsch ertappt, sie nie wieder loszulassen. Und kurz darauf war alles schlagartig anders. Der Ausdruck auf ihrem Gesicht ...

Es ist nicht das erste Mal gewesen, dass sie so plötzlich verändert war. Aber so extrem war es noch nie. Was auch immer es war, sie hätte mit mir darüber reden können. Stattdessen hat sie mich angeschnauzt, als hätte ich ihr weiß Gott was angetan, und ist geflüchtet.

Alle Koteletts sind gewendet, Hudson schlendert zu mir und setzt sich ebenfalls. »Warum machst du eigentlich so ein Geheimnis darum, dass du sie magst? Kann doch ohnehin jeder sehen. Und spätestens nachdem ihr im Pub rumgeknutscht habt, weiß es ganz Berryfield.«

»Was willst du von mir hören? Soll ich von ihr schwärmen wie ein kleiner Schuljunge, der zum ersten Mal verknallt ist, und mir ihren Namen auf den Oberarm tätowieren lassen?«

»Oder auf die Stirn. Riley kennt da bestimmt die passende Adresse.« Hudson verdreht die Augen. »Nö, eigentlich frage ich mich nur, warum du nicht einfach sagen kannst, dass du sie gut findest.«

»Na, weil ich noch nicht weiß, ob ...«

»Ob sie die Frau ist, die du heiraten wirst, mit der du acht Kinder bekommst und ein Haus baust, in dessen Garten ein Golden Retriever herumläuft? Schockierende Neuigkeiten, Noah: Das ist scheißegal. Das musst du erstmal noch gar nicht wissen. Wenn du sie magst, dann schau, dass du das Ganze geraderückst. Was auch immer du verbrochen hast.«

»Ich habe nichts verbrochen«, belle ich, mittlerweile wirklich ungeduldig. Fionn, der gerade noch hoffnungsvoll neben dem Grill gedöst hat, kommt mit angelegten Ohren und eingekniffener Rute herangeschlichen. Leiser knurre ich: »Ich habe verdammt nochmal nichts verbrochen. Irgendetwas stimmt nicht, aber ich habe nichts getan.«

Ungerührt streckt Hudson die Beine aus, die in zerrissenen, hellblauen Jeans stecken, und macht sich ein Bier auf. »Wie auch immer. Rede mit ihr. Finde heraus, warum sie abgehauen ist. Und mach nicht immer sofort dicht, sobald es schwierig wird, nur weil du Schiss hast, dass es so wird wie bei Harper. Nochmal schockierende Neuigkeiten: Nicht jede Frau ist wie deine Ex.«

»Ich weiß nicht, ob du der Richtige für Beziehungstipps bist.«

»Wer, wenn nicht ich? Übung macht den Meister.«

»One-Night-Stands zähle ich jetzt eigentlich nicht als Beziehungen.«

Samuel kommt aus dem Haus und streichelt Fionn, der sich sofort gegen sein Bein lehnt und vertrauensvoll zu ihm aufblickt. Es zischt, als er sich eine Dose Cola aufmacht. »Worum geht's?«

»Um Noahs Liebste«, erwidert Hudson wie aus der Pistole geschossen.

»Ah, Emma.« Ein warmherziges Lächeln tritt auf Samuels Gesicht.

Ich presse mir Daumen und Zeigefinger gegen die Nasenwurzel. Warum ist sie eigentlich neuerdings Gesprächsthema Nummer eins in unserem Haus? Seit wann ist jeder so besessen von ihr? Ich spare es mir, darauf zu beharren, dass wir kein Paar sind. Hier hört mir ohnehin keiner zu.

Irritiert schaut Samuel zwischen Hudson und mir hin und her. »Ärger im Paradies?«

Genüsslich breitet Hudson die Fakten vor unserem ältesten Bruder aus. »Du bekommst gar nichts mit, wenn du immer nur arbeitest.«

Während Hudson erzählt, wie Emma gestern plötzlich das Weite gesucht hat, gehe ich die paar Schritte zum Kaninchengehege und versuche, das Gespräch auszublenden. »Kannst du mir erklären, was mit ihr los ist, Poppins?«, murmle ich vor mich hin.

Vom Kaninchen ist keine Antwort zu erwarten, es hoppelt ein paar Schritte über die Wiese und knabbert an einem Löwenzahn.

Wie Emma mich angesehen hat ... Dieser Blick war wie eine Ohrfeige – als könnte sie es nicht erwarten, von mir wegzukommen.

»Sie ist was Besonderes«, merkt Samuel an, als ich zu ihnen zurückschlendere. »Ich kann verstehen, dass du dich zu ihr hingezogen fühlst.«

»Besonders«, seufze ich. »So kann man es nennen. Ich ... ein bisschen bewundere ich sie, um ehrlich zu sein. So kompromisslos alle Brücken zum alten Leben abzubrechen, einfach neu anzufangen, sich so vieles selbst beizubringen ... Dazu gehört was. Vielleicht auch eine Spur Wahnsinn.«

»Bewundern«, schnaubt Hudson. »Es ist doch viel mehr als das. Du stehst auf sie.«

»Ja, verdammt«, schnauze ich ihn an. »Wenn dein Lebensglück davon abhängt, mir die Worte aus der Nase zu ziehen – ja, natürlich stehe ich auf sie. Und wie.«

»Schön, dann ist ja alles klar«, meint Hudson pragmatisch. »Dann fährst du jetzt zu ihr und findest raus, was mit ihr los ist.«

»Ich sage es ungern, aber der Zwerg hat recht.« Samuel wirft mir den Autoschlüssel zu. Kurz entgleisen mir die Gesichtszüge. Er hat von Anfang an gewusst, worum es ging und worauf das hier hinauslaufen würde.

»Die Rolle als Kuppler steht euch nicht«, behaupte ich finster.

Aber die Wahrheit ist, mir war die ganze Zeit schon klar, dass ich mich auf den Weg zu Emma machen würde. Ich kann das nicht so stehenlassen, sondern muss herausfinden, was sie plötzlich so erschreckt hat, und ob ich etwas falsch gemacht habe. Sie hat gewirkt, als hätte sie einen Geist gesehen: kreidebleich mit aufgerissenen, dunklen Augen. Natürlich muss ich mit ihr reden, das Thema lässt mir ohnehin keine Ruhe. Warum ich es bisher hinausgezögert habe? Vielleicht, weil ich ein verdammter Feigling bin und die ganze Angelegenheit mit Emma so unberechenbar ist und mich so weit aus meinem üblichen Trott herausreißt, dass ich die Orientierung verloren habe. Die Adirondacks, meine Routen, mein Alltag – das alles kenne ich blind. Aber Emma ist Neuland. Und manchmal habe ich das Gefühl, wenn ich mich zu weit vorwage, könnte ich mich darin so vollständig verlaufen, dass ich den Weg zurück nicht mehr finde.

KAPITEL 32

Emma

Heute ist die Hitze schon morgens so drückend, als stünde ein Gewitter bevor. Der Himmel ist völlig klar und die Sonne scheint aus voller Kraft, aber da liegt etwas in der Luft, ein unangenehmes Prickeln. Auch die Alpakas scheinen es zu spüren, sie wirken nervös, schauen immer wieder zum Himmel und ihre Ohren zucken dabei. Die geplante Wanderung für heute habe ich abgesagt und die Urlauber auf morgen vertröstet, weil meine Tiere nicht in der Verfassung sind zu arbeiten.

Oder … oder das ist nur eine Ausrede. Vielleicht bin ich einfach nicht in der Verfassung. Vielleicht fühle nur ich mich nicht imstande, zu funktionieren und zu lächeln und in Gesprächen mit anderen Menschen zu bestehen.

Ich stehe hinter dem Zaun, die Unterarme auf den oberen Balken gestützt, meinen Kopf darauf gelegt. Die Sonne knallt mir viel zu heiß auf den Rücken und wahrscheinlich bekomme ich am Nacken schon Sonnenbrand, aber ich schaffe es nicht, mich von den Alpakas loszureißen, die mir gerade ein bisschen Frieden schenken.

Als ich ein sich näherndes Auto höre, schaue ich nicht auf. Ich weiß auf Anhieb, wer da kommt. Mein Herz schlägt höher, als wäre das der einzige logische Reflex auf Noahs

Anwesenheit – doch gleichzeitig zieht sich mein Magen schmerzhaft zusammen. Ich habe keine verdammte Ahnung, was ich ihm sagen soll. Schweigen ist keine Option. Die Wahrheit ist allerdings auch keine.

Er stellt sich neben mich, seine Arme ruhen neben meinen auf dem Holzzaun. Gerade so nah, dass ich die Wärme seiner Haut zu spüren glaube, ohne ihn wirklich zu berühren. Als ich den Kopf hebe und durchs grelle Sonnenlicht zu ihm hoch blinzle, haut mich das grüne Flirren in seinen Augen fast um. Wie kann man nur so gut aussehen? Das Verlangen, alle Sorgen zu vergessen, ihm einfach um den Hals zu fallen und ihn zu küssen, rollt wie eine Woge über mich hinweg. Wenn er mich festhielte – könnte ich dann nicht einfach alle Ängste vergessen?

Vielleicht, aber nur für den Moment. Es wäre wie ein Pflaster auf einer schlecht heilenden Wunde, das nicht lange halten würde. Und Noah will keinen Kuss, er will Antworten.

»Das Kleine macht sich gut«, sagt er, den Blick geradeaus auf die Weide gerichtet. Dorthin, wo das Alpakafohlen gerade ein paar waghalsige Sprünge macht und dann zu seiner Mutter stakst, um zu trinken.

Ich nicke und beiße kurz die Zähne fest zusammen, bevor ich antworte. »Kommt ganz nach Jolly Roger. Genauso willensstark und stur.«

Ungesagte Worte flimmern zwischen uns in der Luft. Es drängt mich so sehr danach, mich ihm anzuvertrauen und offen mit ihm zu sprechen. Verkrampft verschränke ich meine Finger ineinander und schaue nun auch nach vorne zu den Tieren – und spüre sofort Noahs forschenden Blick von der Seite auf meinem Gesicht.

Fuck. Ich würde es ihm so gern sagen und das Thema, das zwischen uns steht, damit aus der Welt schaffen. Aber ich kann einfach nicht. Da ist eine Sperre in mir, eine Mauer, hinter der ich das Schreckgespenst Adrian versuche in Schach zu halten. Und während ein Teil von mir mit der ganzen Wahrheit herausrücken will, um die Kluft, die mein Schweigen zwischen Noah und mir entstehen lässt, zu überwinden, sträubt sich ein anderer Teil mit aller Macht dagegen, den Namen meines Monsters auch nur in den Mund zu nehmen.

»Emma ...«

Ich fahre zu ihm herum. »Ich weiß, was du fragen willst. Tu es nicht. Alles ist in Ordnung, okay? Mehr kann ich dazu nicht sagen.«

Es tut mir weh zu sehen wie enttäuscht er ist. Er hat es nicht verdient, dass man so mit ihm umgeht. Er macht sich ernsthafte Sorgen um mich, und ich kann hundertprozentig verstehen, warum er jetzt hier ist. Seine Miene verschließt sich, die tiefgrünen Augen verdunkeln sich und ich merke, dass sein Kiefer angespannt ist. Jedes Wort, das er von seiner Ex erzählt hat, habe ich noch ganz deutlich im Kopf. Ebenso die Verletzung, die aus seinem Tonfall geklungen hat, kann ich jetzt noch spüren. Kann ich ihm da verübeln, dass er mich jetzt so misstrauisch anschaut? Mit diesem Blick, der sich durch meine Haut bohrt und mich mitten ins Herz trifft.

Beschwichtigend hebt er die Hände und dreht mir die Handflächen zu. »Schon gut. Ich hör auf zu fragen.« Er ringt nach Worten. »Ich ... Okay. Lass uns einfach ganz offen reden und keine dummen Spielchen spielen.« Er klingt auf einmal unendlich erschöpft. »Du verheimlichst mir etwas.

Ist dein gutes Recht, du schuldest mir gar nichts. Aber so kann ich das nicht. Nach der Sache mit Harper habe ich mir geschworen, dass ich keine bösen Überraschungen mehr erleben werde. Sofern das irgendwie in meiner Macht steht, werde ich es verhindern. Und dazu zählt, dass ich nichts mit einer Frau anfange, die mir von vornherein nicht die Wahrheit sagt, über … worüber auch immer. Keine Ahnung, was das zwischen uns ist, was wir da begonnen haben … Aber ich kann damit nicht weitermachen, wenn ich dich nicht einmal richtig kennenlernen kann.«

»Verstehe ich. Und … Dann denke ich, es wäre besser, wir beenden das, was auch immer es sein mag«, erwidere ich steif und habe noch nie etwas so wenig gemeint, wie ich es gesagt habe.

Er stößt sich mit einer abrupten Bewegung vom Zaun ab, tigert zwei Schritte weit weg, und ich glaube schon, er geht zurück zum Auto, da dreht er sich auf einmal um, schnellt auf mich zu, packt mich an beiden Schultern. »Fuck, Emma, ist das dein Ernst? Werfen wir jetzt echt alles weg? Dich zu küssen …« Er bricht mitten im Satz ab, fährt sich ruppig mit der Hand durch die Haare. Sein Atem ist heiß auf meiner Haut. Sein Blick bohrt sich in meinen, ich kann mich nicht von ihm losreißen und erwidere ihn. Unwillkürlich geht mein Atem schneller. Im Grün seiner Augen tobt ein Sturm.

Einen verrückten Moment lang glaube ich, er wird mich gleich küssen. Gleich wird er die Distanz überwinden und ich werde seine Lippen auf meinen spüren, heiß und fest, fordernd und verzehrend. Mit aller Macht drängt es mich zu ihm hin.

Aber die Kluft zwischen uns, die ich eigenhändig gegraben habe, ist zu tief und mich lähmt die Angst so sehr, dass ich keine Chance habe, darüber zu springen.

Einen Moment lang starrt er mich noch an, die Luft zwischen uns ist geladen und der Eindruck, ein Gewitter stünde bevor, verstärkt sich. Nur einen Herzschlag lang scheint er noch darauf zu warten, dass ich mir einen Ruck gebe. Vergeblich.

Abrupt wendet er sich ab, murmelt einen Fluch und stapft zu seinem Auto. Als der Motor aufheult, merke ich, dass meine Hände zittern. Der Landrover rast davon, und ich lehne immer noch am Zaun, unfähig, mich zu bewegen.

Wie schnell das ging. Wie schnell man etwas kaputt machen kann, das noch nicht einmal richtig begonnen hat, aber im Begriff war, zu etwas heranzuwachsen. Ein paar Geheimnisse und ein paar harte Worte haben ausgereicht, um die Gefühle, die vorsichtig gekeimt sind und durch unsere Küsse aufgeblüht sind, zu ersticken.

Es ist okay, versuche ich mir zu sagen. Vermutlich ist es besser so. Ich weiß, dass ich auf die Leute hier in Berryfield wie ein unbeschwerter Sonnenschein wirke, aber ich habe nun mal diese riesige Baustelle. Solange ich die nicht bewältigt habe, sollte ich gar nicht erst darüber nachdenken, etwas mit irgendeinem Mann anzufangen. Schon gar nicht mit einem wie Noah, der selbst sein Päckchen zu tragen hat.

Langsam und ohne einen Ton von mir zu geben, lasse ich mich zu Boden sinken und sitze im hohen Gras. Eines der Alpakas stupst von hinten mit der weichen Nase gegen meinen Rücken.

»Ich weiß«, murmle ich. »Ich habe es vermasselt. Ich habe das alles so richtig vermasselt.«

Die Hitze hier draußen ist nicht auszuhalten. Ich kontrolliere nochmal, dass die Tiere genug Wasser haben, dann ziehe ich mich ins Haus zurück. Obwohl ich verschwitzt bin und mein Nacken jetzt schon vom Sonnenbrand spannt, habe ich plötzlich Gänsehaut am ganzen Körper.

KAPITEL 33

Noah

Scheiß auf das alles. Scheiß auf Emma. Ich hätte mich auf meinen ersten Instinkt verlassen und mich von ihr fernhalten sollen.

Leute wie sie bringen nur Chaos nach Berryfield. Zumindest in dieser einen Hinsicht habe ich sie richtig eingeschätzt. In mein Leben hat sie ein verdammtes Chaos gebracht, das ich überhaupt nicht gebrauchen kann.

»Fuck«, knurre ich und schlage mit der flachen Hand aufs Lenkrad. »Fuck. Idiot. Du verdammter Idiot.«

Aus den Lautsprechern dröhnt Musik – ausgerechnet ein Heavy-Metal-Song, der mich an Emma und ihr Auto erinnert. Hastig drehe ich die Lautstärke runter.

Ich verstehe sie nicht. Mehrmals habe ich mich grundlegend in ihr getäuscht. Die naive Städterin, der Großstadt-Hippie, der keine Ahnung von der Realität hat? Das war nur der erste Eindruck, unter dem bald die nächste Schicht zum Vorschein gekommen ist: die überraschend tatkräftige, starke, naturverbundene Emma, die sich nicht zu schade ist, sich die Hände schmutzig zu machen und der ich zutraue, ganze Berge zu versetzen. Aber auch dieses Bild beginnt zu bröckeln. Was ist darunter? Was für Geheimnisse trägt sie mit sich herum?

Das alles ist zu viel. Ich muss einsehen, dass ich sie überhaupt nicht kenne. Schicht über Schicht, und unter jeder, unter die ich blicke, kommt eine weitere zum Vorschein, die sich wenig später ebenfalls als Illusion entpuppt. Wer ist Emma? Wer ist die Frau, die ihr ganzes Leben so spontan austauscht, wie andere Leute ihre Unterhosen wechseln?

Ich habe nie mitbekommen, dass sie mit Leuten aus New York Kontakt hat. Sie muss dort doch Freunde gehabt haben. Sie sagt, die Bekannten dort haben ihr nichts bedeutet – aber ist das nicht eine leuchtende Red Flag, wenn jemand so gar keine Bindungen zu haben scheint?

Egal. Sie sollte mir ganz egal sein. Ich muss aufhören, mir den Kopf über sie zu zerbrechen.

Dass sie mir etwas verheimlicht, geht mir unter die Haut. Es lässt mich an damals denken, an Harper, und an die Affären, die sie mir verheimlicht hat. Ich glaube nicht, dass es bei Emmas Geheimnissen um so etwas geht. Aber allein die Tatsache, dass sie so unberechenbar und verschlossen ist, macht es mir unmöglich, ihr zu vertrauen. Ich habe mich in etwas verrannt, und es ist höchste Zeit, die Richtung zu ändern.

»Und?« Hudson wackelt mit den Augenbrauen, als ich durch die Tür ins Haus stürme.

»Ihr seid als Kuppler gefeuert«, herrsche ich ihn an.

Samuel kommt mit einer Kaffeetasse aus der Küche. »Autsch. Auch einen?« Er schwenkt die Tasse, wobei etwas über den Rand und auf den Ärmel seines dunkelgrauen Henleyshirts und auf den Boden schwappt.

»Nein, ich brauche was Stärkeres«, knurre ich, dränge mich an ihm vorbei zum Kühlschrank und nehme ein Bier heraus. Aber kaum, dass ich es aufgemacht habe und mir der Geruch in die Nase steigt, habe ich schon keine Lust mehr darauf und stelle die Flasche offen zurück in den Kühlschrank.

»Willst du ...«, beginnt Samuel.

»Nein«, falle ich ihm ins Wort, »ich will nicht darüber reden. Und ich will nicht nochmal zu ihr fahren, falls du das vorschlagen wolltest.«

Hudson verdreht die Augen. »Jetzt sei doch nicht so zickig. Wir wollen nur helfen. Nicht unsere Schuld, dass unsere weisen Ratschläge bei dir nicht auf fruchtbaren Boden fallen.«

Bevor ich aufbrausen kann, wirft Samuel mit seiner ruhigen, bedachten Art ein: »Ich dachte einfach, dass es dir guttäte, wieder eine Frau in deinem Leben zu haben, statt es dir zu gemütlich in der Rolle des mürrischen Langzeitsingles zu machen, denn ...«

Hudson zwinkert und ergänzt: »...denn diese Rolle hat unser großer Bruder für sich reserviert.«

Unbeirrt fährt Samuel fort. »Denn nimm es mir nicht übel, Noah, aber du wirkst einsam.«

Ich lehne mich an die Arbeitsplatte, auf der sich wie üblich schmutziges Geschirr stapelt, presse die Lippen zusammen und starre vor mich hin. Ja, klar bin ich manchmal einsam. Das ist nichts, wogegen der Chaos-Haushalt mit meinen Brüdern hilft. Es ist auch nicht die Einsamkeit, die sich von Treffen mit Freunden vertreiben lässt. Weil es nicht die Art von Verbindung ist, die mir fehlt und die ich mir wünsche.

Eine Frau in meinem Leben. Aber keine wie Emma, die wie ein fröhliches Regenbogen-Butterblümchen daherkommt, die sich aber überhaupt nicht einschätzen lässt.

Die Frau, mit der eine Beziehung für mich funktionieren würde, muss bodenständig und vernünftig sein. Fest verwurzelt in den Adirondacks, so wie ich. Ein offenes Buch.

Eine wie Lottie. Der Gedanke ist auf einmal da und steht mir glasklar vor Augen.

Wie oft haben alle möglichen Leute im Ort Anspielungen gemacht, gesagt, was für ein Traumpaar wir doch damals gewesen seien und ob es nicht vielleicht ein Comeback geben könnte? Sogar meine Brüder haben mich immer wieder darauf angesprochen. Immer habe ich das ganz weit von mir gewiesen.

Es hat einmal nicht geklappt. Aber das ist eine Ewigkeit her, wir haben uns seither beide stark verändert. Sind erwachsen geworden.

Ich denke an Lottie, ihr herzliches Lächeln, ihre warmen, dunklen Augen. Die Art, wie sie sich manchmal über die kurzgeschnittenen Haare fährt, dann den Kopf in den Nacken wirft und aus voller Kehle lacht. An durchgequatschte Nächte und Abenteuertouren quer durch die Adirondack Mountains. Daran, dass sie mir nach dem Mist mit Harper eine Schulter zum Ausweinen geboten hat.

Sie ist großartig. Aber ist da mehr? Auf einmal kann ich das nicht mehr mit Sicherheit ausschließen. Spinne ich jetzt? Oder könnte da wirklich etwas sein?

Wie sieht Lottie das? Sie sagt, für sie ist das zwischen uns ebenso abgeschlossen wie für mich, und ich glaube ihr. Allerdings fallen manchmal Blicke, die jetzt, wo ich darüber nachdenke, Zweifel in mir wecken ... Was, wenn da von ihrer Seite doch noch mehr ist? Wenn zwischen uns Potenzial für einen zweiten Anlauf ist? Könnte ich mir bei der Charaktergenerierung in einem Computerspiel eine Frau konfigurieren mit allen Eigenschaften, die mir wichtig sind – das Ergebnis wäre Lottie.

Samuel starrt mich an. »Was denkst du gerade?«, fragt er misstrauisch.

Hudson reißt den Tiefkühlschrank auf. »Bestimmt denkt er auch gerade an Pizza. Stimmt's, Noah? Das ganze Geschwätz über Frauen macht hungrig. Das nimmt hier in letzter Zeit echt Überhand.«

Ich verzichte darauf, ihn darauf hinzuweisen, dass das ›ganze Geschwätz‹ größtenteils von ihm ausgeht, weil er sich in den Kopf gesetzt hat, Emma und ich müssten unbedingt ein Paar werden.

»Ich habe gerade beschlossen, Lottie um ein Date zu bitten«, sage ich, schnappe mir den Autoschlüssel und verlasse das Haus, bevor sie mich als verrückt bezeichnen können.

*

Ich finde Lottie im Gemüsegarten, den sie rund ums Greenhouse angelegt hat. Sie kniet in einem Beet, versinkt förmlich im wuchernden Gewächs, zwischen Mangold und Sommerkürbis, und hantiert geschickt mit Unkrautharke und Gartenschere. Beim Sport oder bei Unternehmungen mit Freunden ist sie so oft laut, extrovertiert, lacht viel. Hat zu allem eine Meinung, die sie selbstbewusst vertritt.

Jetzt ist sie ganz leise, ganz eins mit sich und der Natur. Ein Ausdruck tiefen Friedens liegt auf ihrem Gesicht, so dass ich bei ihrem Anblick unwillkürlich lächeln muss. Die Ruhe, die über diesem Ort liegt, berührt mich. Auf dem Kopf trägt sie als Sonnenschutz einen Strohhut, der gar nicht zu ihrem sonstigen Stil passt und den sie wahrscheinlich auf irgendeinem Flohmarkt ergattert hat.

Vor dem *Bed & Breakfast* haben es sich zwei Gäste auf Liegen gemütlich gemacht und dösen friedlich in der Sonne. Zwei andere kommen gerade mit Mountainbikes von einer Tour zurück, stellen die Räder ab und verschwinden im schönen Holzhaus. Die Pension läuft gut, und das zu Recht. Was Lottie hier auf die Beine gestellt hat, ist beachtlich. Ich bin stolz auf sie, auf meine beste Freundin, und hoffe, dass sie das weiß.

Sie schaut hoch, wischt sich mit dem Handrücken Schweiß von der Stirn und grinst mir vergnügt entgegen. Ihre dunklen Augen funkeln.

»Mister Griffin! Du kommst gerade im perfekten Moment. Als hätte ich dich herbestellt. Hier, nimm. Du kannst in der Ecke dort hinten anfangen, ich hier. Es wäre aber reizend, wenn du diesmal nicht die Karotten, sondern das Unkraut killst.«

Ich schneide eine Grimasse, als sie mir Gartenwerkzeug in die Hände drückt. »Stets zu Diensten, Herrin.«

Jetzt muss ich sie fragen. Muss ins kalte Wasser springen. Wir sind seit gefühlt tausend Jahren befreundet, kennen einander schon unser ganzes Leben, und man sollte meinen, wir können über alles reden. Aber die Frage, die ich ihr jetzt stellen will, steckt mir wie ein übergroßer Kaugummiklumpen in der Kehle fest. Ich gebe mir einen Ruck und hoffe inständig, dass das hier kein Fehler ist. »Eigentlich wollte ich dich fragen, ob du mit mir ausgehen willst.«

»Klar! In den Pub? Da findet heute ein Dart-Turnier statt.« Sie klopft sich unbeschwert den Schmutz von den weiten Jeans. »Aber es geht erst um acht los, bis dahin hast du also reichlich Zeit, mir im Garten zu helfen. Viele, viele Stunden wunderbarster Gartenarbeit.«

Sie versteht nicht, was ich meine. Wie könnte sie auch? Nur eine sehr begabte Hellseherin könnte ahnen, dass mein dummer Kopf in den letzten paar Stunden eine Hundertachtzig-Grad-Wende beschlossen hat und auf einmal etwas für möglich hält, was er seit Jahren kategorisch ausgeschlossen hat.

Ich spreche die Worte aus, die theoretisch die Macht haben, meine beste und längste Freundschaft unwiederbringlich zu zerstören. Alles in mir hofft, dass mein Vorschlag kein zerbombtes Schlachtfeld hinterlässt.

»Das meine ich nicht«, sage ich ruhig. »Ich dachte an ein Date. Nur du und ich.«

Ihre Gesichtszüge entgleisen, die volle Bandbreite ihrer Emotionen zeichnet sich darauf ab, wie in einem Daumenkino flackert ein Gesichtsausdruck nach dem anderen auf. Sekunden, die sich zur Ewigkeit aufblähen, weil ich keine verdammte Ahnung habe, in welche Richtung das Pendel ausschlagen wird.

Ungläubig starrt sie mich an, reißt die Augen auf, öffnet den Mund. Und bricht dann in schallendes Gelächter aus.

»Ein Date!«, japst sie und klopft sich auf die Oberschenkel. »Der war gut.«

Mit regloser Miene warte ich ab, während sie sich vor Lachen biegt. Irgendwann beruhigt sie sich, das Lachen verstummt.

»Oh. Du meinst das ernst, oder?«

Ich nicke.

»Fuck. Noah. Woher kommt das auf einmal? Ich meine, wir sind seit hundert Jahren getrennt. Seit einer Ewigkeit nur Freunde. Und auf einmal kommst du mit so was um die Ecke?« Sie lässt die Arme hängen, der Wind trägt ihr den Strohhut vom Kopf. Ihre dunklen Augen verengen sich. Sie durchschaut mich mit Leichtigkeit, niemand kennt mich so wie meine beste Freundin. Nicht einmal meine Brüder. »Das hat irgendwas mit Emma zu tun, oder? Seit sie hier ist, ist alles anders. Du bist anders, Noah.«

Ich mache mir nicht die Mühe, es zu leugnen. Tief atme ich durch und verschränke die Arme vor der Brust, bevor ich antworte. »Ich habe viel nachgedacht in letzter Zeit. Ja, auch wegen Emma. Sie hat mich aus diesem ...«

»Einsiedlerdasein?«, wirft sie hilfreich ein.

»Meinetwegen. Dann hat sie mich eben aus meinem Einsiedlerdasein rausgeholt. Das mir übrigens nicht schlecht gefallen hat, weil es alles so viel einfacher gemacht hat. Seither mache ich mir Gedanken, die ich mir nicht machen will.«

Jetzt verschränkt Lottie auch die Arme vor der Brust. Misstrauen tritt in ihren Blick, und obwohl ich es ihr nicht verübeln kann, sticht es wie eine feine Nadel. »Und einer dieser Gedanken betrifft mich. Uns.«

Ich nicke. »Wie oft haben wir seit damals gesagt, dass zwischen uns nichts ist und nie mehr etwas sein wird? Zueinander, zu uns selbst und zu jedem, der uns darauf angesprochen hat? Können wir uns da eigentlich sicher sein?«

Sie presst die Lippen zusammen. Die Luft scheint abzukühlen, obwohl die Sonne immer noch mit voller Kraft scheint.

»Du Arsch«, platzt es auf einmal aus ihr heraus. »Du hast Schluss gemacht, weil du dir absolut sicher warst, dass es zwischen uns nicht klappt. Weißt du, wie weh das getan hat? Und in der ersten Zeit war es verdammt hart, fröhlich zu lächeln und dir eine Freundin zu sein, während ich mir gewünscht habe, mehr zu sein.«

Alles in mir zieht sich zusammen. Ihre Worte schlagen ein wie eine Bombe, unter mir scheint sich der Boden aufzutun.

Sie hat doch immer behauptet, alles wäre gut. »Du hast gesagt ...«, bringe ich schwach hervor.

»Natürlich habe ich das gesagt«, faucht sie mich an. »Was hätte ich denn bitte sonst sagen sollen? Bitte, lieber Noah, sei aus Mitleid weiter mit mir zusammen, auch wenn du nur eine Schwester in mir siehst? Ich wollte dich nicht verlieren, wollte lieber eine Freundin sein, als gar nichts. Und es war dann ja auch okay, nach einer Weile. Das Leben ist weitergegangen. Du hast wieder gedated, ich ja auch. Als die Sache mit Harper losging, habe ich dir aufrichtig alles Gute gewünscht, auch wenn ich bei ihr kein gutes Bauchgefühl hatte. Ich wollte, dass es für dich klappt. Und ich habe mich auch neu verguckt, auch wenn dabei nichts Dauerhaftes rumgekommen ist. Aber ohne Mist, ich habe mich lange gefragt, ob das zwischen uns nicht doch Potenzial gehabt hätte. Ob wir nicht doch zusammen hätten glücklich werden können. Manchmal frage ich mich das immer noch.«

Betroffen schaue ich sie an. Sie hat recht, ich bin ein Arsch. Ich habe ihr jedes Mal geglaubt, wenn sie mich angelacht und dabei versichert hat, alles wäre cool zwischen uns. Vielleicht nur, weil ich es glauben wollte, weil es so viel unkomplizierter war. »Ich hatte keine Ahnung. Tut mir so leid, Lottie.«

»Natürlich hattest du keine Ahnung, woher auch? Ich habe in der ersten Zeit nach unserer Trennung meine schauspielerischen Fähigkeiten entdeckt, von denen ich gar nicht wusste, dass sie in mir schlummern.« Sie grinst humorlos. »Wie gesagt, nach der ersten Phase war es auch in Ordnung. Ich finde, wir geben ein verdammt gutes Duo ab – als Freunde. Und jetzt musst du plötzlich mit so einer Aussage, so einem Vorschlag, um die Ecke kommen und alles durcheinanderwirbeln.«

Schweigend schaue ich sie an, weil mir die Worte fehlen. Ihre dunkelbraunen Augen funkeln mich an. Ich hoffe so sehr, dass ich nicht alles zwischen uns kaputt gemacht habe. Dass ich mit meinem Vorschlag unsere Freundschaft nicht zerstört habe. Die Luft scheint sich in meiner Lunge auszudehnen, ich kann sie nicht ausatmen.

»Schön«, murmelt Lottie plötzlich. »Ein Date also. Jetzt gleich. Bringen wir es hinter uns. Aber nicht so.« Sie schaut an sich hinunter, an ihren alten Jeans mit den Erd- und Grasflecken an den Knien und dem ausgewaschenen Shirt, das von der Gartenarbeit verschwitzt ist. Dann zupft sie an meinem Adirondack-Adventures-Shirt. »Wenn, dann machen wir das richtig. Wir machen uns hübsch, wie man das für ein Date macht.« Ihr Grinsen trifft mich unerwartet. »Führ mich aus, Herr Griffin. Mach es richtig. Gib dir Mühe. Zieh dir was Schickes an, hol mich dann wieder hier ab. Lass uns keine Zeit verlieren. Je schneller wir die Sache aus der Welt geschafft haben, auf die eine oder andere Weise, desto besser.«

Ich salutiere. »Zu Befehl, Ma'm.«

Als ich mich abwende und zum Auto zurückgehen will, hält sie mich am Ärmel fest. »Warte. Was ist mit Emma?«

Sobald dieser Name fällt, bildet sich ein Kloß in meiner Kehle. Ich habe keine richtige Antwort darauf. »Ehrlich?

Ich weiß es nicht genau. Ich habe verdammt viel für sie empfunden, aber das zwischen uns klappt nicht. Sie ist nicht die, die sie zu sein scheint. Sie hat irgendwelche Geheimnisse, und solange sie darüber nicht mit mir redet, habe ich keine Ahnung, wer sie wirklich ist.«

Kurz hält Lottie meinen Ärmel fest, ohne etwas zu sagen, und ich rechne schon damit, dass sie unser Date jetzt absagen wird.

»Bis gleich«, sagt sie leise. »Komm nicht zu spät, Herr Griffin, das gehört sich nicht bei einem offiziellen Date.«

KAPITEL 34

Emma

Das Wasser in der Badewanne ist lauwarm. Alles darüber hinaus wäre an diesem schwülen Sommertag auch unerträglich. Bis knapp unter die Nase tauche ich darin ein, so dass ich gerade noch atmen kann. Rutsche noch tiefer und spüre, wie das Wasser über meinem Kopf zusammenschlägt. Öffne die Augen, atme aus und sehe Luftblasen aufsteigen. Mit aller Macht versuche ich, gar nichts zu denken, Leere in meinem Kopf zu schaffen. Es gelingt mittelmäßig. Bestenfalls vier von zehn Punkten auf der Kopfleere-Skala.

Dabei liebe ich diese Badewanne, genauso wie das mühsam renovierte Bad, in dem ich jetzt keine Angst mehr haben muss, mir beim Duschen die nackten Füße an gesplitterten Fliesen aufzuschneiden, und überhaupt das ganze Haus, das viel mehr ein Zuhause für mich ist, als mein Apartment in New York es je war. So viel Schweiß und Herzblut stecken schon in diesem Gebäude, der ganzen Farm. Ich habe Stunde um Stunde hart gearbeitet, geschwitzt, geflucht. Mir Wissen angeeignet, um möglichst viel selbst erledigen zu können, und jeden nötigen Dollar zusammengekratzt, um den Rest von Firmen erledigen zu lassen. Alles, um mir hier einen Rückzugsort zu schaffen, an dem ich mich vor meinem alten Leben verstecken kann.

Nur, dass ich die Dämonen in meinem Kopf weiterhin herumtrage und sie auch hierher mitgenommen hab. Den Dämon. Alles, was ich jetzt noch tun kann, ist, ihn unter einer dicken Schicht aus Schweigen und Verdrängung zu vergraben.

Das Klingeln des Handys dringt gedämpft durch das Wasser an meine Ohren. Ich tauche auf und angle ächzend nach dem Telefon, das auf einem Hocker neben der Wanne liegt. Fast wäre es mir aus den nassen Händen gerutscht. Irritiert ziehe ich die Augenbrauen hoch, als ich den Namen auf dem Display sehe: Hudson hat mich noch nie angerufen, ebenso wenig wie ich ihn. Er ist nur mal drangegangen, als ich in der Tierarztpraxis angerufen habe, und als Kontakt habe ihn eigentlich nur abgespeichert, weil er Teil der WhatsApp-Gruppe ist, zu der Lottie mich hinzugefügt hat.

An seinem Tonfall merke ich sofort, dass irgendwas nicht in Ordnung ist. Er druckst herum. »Emma, das ist jetzt echt unangenehm.«

»Raus mit der Sprache. Keine Angst, mich haut so schnell nichts um.«

»Weißt du, dass Noah ein Date mit Lottie hat?«, feuert er die Worte so schnell raus, dass die Silben ineinander übergehen. »Er ist gerade los, um sie abzuholen.«

»Oh.« Nur das bringe ich schwach heraus.

»Shit. Du wusstest es nicht? Tut mir leid, dass ich die blöden News überbringe. Ich dachte nur, du willst das vielleicht wissen. Nachdem ihr ... Du weißt schon.«

Ja, ich weiß schon. Nachdem wir uns vor den Augen aller im Pub geküsst haben.

»Schon okay«, krächze ich. »Es ist ja nicht so, als wären

wir ein Paar gewesen. Das zwischen uns war nur … nur so …« Keine Ahnung, was ich sagen soll und wie ich das beschreiben soll, was zwischen Noah und mir gewesen ist, darum bleibt der Satz unvollendet in der Luft hängen. Energisch füge ich hinzu: »Na ja, jedenfalls ist es vorbei. Er kann daten, wen er will. Mir geht es gut.«

»Sicher?« Er klingt zweifelnd. »Noah ist mein Bruder, aber er kann auch ein richtiger Idiot sein. Wenn du jemanden zum Reden brauchst, oder jemanden, der ihm eine reinhaut …«

»Alles gut. Kein Bedarf an, äh, fliegenden Fäusten. Danke, Hudson, ich weiß es zu schätzen.« Bevor er noch etwas sagen kann, lege ich eilig auf, lasse das Handy achtlos auf den Läufer vor der Badewanne fallen und tauche wieder ab.

Das Wasser umschließt mich wie eine Umarmung. Ich kneife die Augen zu und halte den Atem an, bis es sich anfühlt, als müsste meine Lunge explodieren.

Scheiße. Es tut mehr weh, als ich gedacht hätte.

Ich kann es ihm nicht verübeln. Er war offen für mich, ich habe dichtgemacht. So einfach ist das. Damit war alles im Keim erstickt. Er hat jedes Recht, sauer zu sein und seinen Weg weiterzugehen – ohne mich.

Es ist nur, dass … Ja, was eigentlich? Dass es so schnell geht? Dass wir gerade eben noch dabei waren, uns näherzukommen und er schon einen Tag später einen komplett anderen Weg einschlägt, als hätte unser Kuss rein gar nichts bedeutet?

Ja, das tut weh. Aber das ist es nicht, was am meisten schmerzt. Ich hatte hier die Chance auf etwas Gutes, etwas Echtes. Und ich habe es selbst so gründlich vermasselt, dass nur verbrannte Erde zurückgeblieben ist. Nicht, weil ich es wollte. Sondern weil ich meiner Vergangenheit erlaube, in die Gegenwart einzudringen und mir im Weg zu stehen. Aus der Ferne hat Adrian immer noch die Macht, mein Leben zu ruinieren, und ich bin zu schwach, um ihn daran zu hindern.

Soll Noah doch mit Lottie glücklich werden. Ich gönne es beiden, auch wenn es mir einen brennenden Stich versetzt. So viel jedenfalls dazu, die Sache zwischen ihnen wäre abgeschlossen. Aber wenn wenigstens die zwei ihr Glück finden, will ich damit zufrieden sein.

KAPITEL 35

Noah

Alles daran ist falsch. Nichts fühlt sich richtig an.

Ich merke es im Auto, als Lottie und ich zum Diner fahren. Nicht zu dem Diner in Berryfield, weil keiner von uns Zeugen für dieses Experiment haben will. Die Leute reden schon genug in einer Kleinstadt wie Berryfield, dafür müssen wir ihnen nicht auch noch Futter liefern.

Steif sitzen wir nebeneinander. Im Radio dudelt irgendein Liebessong, und ich muss an Emmas Heavy-Metal-Karre denken. Lottie trägt ein hellblau geblümtes Sommerkleid, das eigentlich hübsch ist, an ihr aber wie eine Verkleidung aussieht. Sie trägt sonst nie Kleider. Es wundert mich, dass sie so was überhaupt im Schrank hat. Seit ich sie kenne, trägt sie eigentlich nur Jeans, manchmal Leder- und hauptsächlich Sportklamotten.

Ich trage eigentlich gar nicht so selten Hemden, aber auf einmal erscheint mir der Kragen schrecklich eng und kratzig. Immer wieder greife ich hin, um an ihm herumzuzerren.

Es ist taghell, als ich vor dem Diner parke. Gerade mal Mittag. Vielleicht trägt das zu dem seltsamen Eindruck bei, alles sei irgendwie verkehrt. Ein lauschiger Abend wäre bestimmt passender für ein romantisches Date, aber wir sind uns einig gewesen, dass wir nicht warten wollen.

Romantische Gefühle. Kommen die überhaupt auf? Aus den Augenwinkeln schaue ich zu Lottie, die ungewöhnlich still neben mir sitzt und nachdenklich aus dem Fenster starrt. Wir sind unzählige Male gemeinsam in diesem Auto gefahren, manchmal mit Freunden, manchmal auch nur zu zweit, und nie war die Stimmung dabei so seltsam unbehaglich.

»Bist du so weit?« Ich ringe mir ein Lächeln ab.

Ihr Lächeln hat etwas von einer Grimasse. »Bereiter als jetzt werde ich jedenfalls nicht, wenn wir hier noch länger rumsitzen.«

Ich schaffe es, um den Landrover herumzueilen und die Tür auf ihrer Seite aufzureißen, bevor sie sie selbst öffnen kann. Ein spöttisches Lachen kommt ihr über die Lippen. »Wow, galant. Ein Haken auf der Date-Checkliste.«

Ich muss grinsen, die unangenehme Anspannung bröckelt zumindest ein bisschen. »Und sieh dir das erst mal an. Seit unserem letzten Date damals haben meine Skills ein Update erfahren.« Ich biete ihr mit großer Geste den Arm an.

»Und was für eins. Gentleman zwei Punkt null« Sie hakt sich bei mir unter. Ihre Berührung ist warm – und lässt mich kalt. Ich beiße die Zähne zusammen und gehe unwillkürlich schneller, so dass sie sich beeilen muss, mit mir Schritt zu halten.

Das Diner ist selbst mit viel gutem Willen allerhöchstens mittelmäßig. Vielleicht ist am Abend oder zur Frühstückszeit mehr los, aber jetzt gerade sind wir fast die einzigen Gäste. Nur eine grauhaarige Frau in Latzhose, unter der ein Shirt mit dem Aufdruck *Trucker und stolz darauf* rausguckt, sitzt an einem Tisch und starrt düster vor sich hin, während sie sich einen Burger fast komplett in den Mund schiebt.

Kaum haben wir uns an einen Ecktisch gesetzt, kommt die Bedienung herangeschlurft. Gelangweilt schiebt sie den Kaugummi im Mund hin und her und fragt dabei gedehnt: »Na, ihr Turteltauben, was darf's sein?«

Wir bestellen Burger und Pommes, was kurz darauf lauwarm vor uns auf dem Tisch steht. Lottie hält eine Pommes hoch, die sich wabbelig wie Gummi biegt. »Läuft gut, unser Date.«

Ich versuche krampfhaft, nicht zu lachen. Zu zweit essen zu gehen, ist nichts Abwegiges für uns. Nur der Versuch, mehr daraus zu machen, macht es so absurd.

Gleichzeitig greifen wir nach dem Salzstreuer, unsere Hände berühren sich. Für einen Moment ziehe ich meine Hand nicht weg, ich lasse sie genau da, ebenso wie Lottie ihre. Und da ist … nichts. Kein Kribbeln. Nicht das elektrisierende Knistern, das jede einzelne Berührung von Emma auslöst. Shit, ich will nicht an Emma denken, aber sie ist die ganze Zeit in meinem Kopf.

Ich gehe einen Schritt weiter, nehme Lotties Hand sanft in meine. Schweigend sieht sie mir in die Augen.

Ich will nicht nochmal so einen Fehler machen, wie mit Harper. Ich weiß ganz genau, was vernünftig wäre: eine Frau wie Lottie, die zu mir passt wie der Deckel auf den Topf. Mit der es keine bösen Überraschungen gibt.

Und doch will ich etwas, was man nicht im Geringsten als vernünftig bezeichnen kann. Eine Frau, die offen zugibt, dass sie nicht offen zu mir ist. Die in dem einen Moment Großstadtpflanze ist, in dem nächsten Alpaka-Farmerin und dann im übernächsten …? Deren Laune umschlagen kann, so als hätte man einen Schalter umgelegt – die gerade noch ein lächelnder Wirbelsturm aus positiver Energie ist und einen Herzschlag später wolkenverhangene Trübnis. Das alles ist Emma. Und das alles will ich mit aller Macht.

Und doch sitze ich hier mit Lottie und halte ihre Hand. Spüre nach wie vor gar nichts von dem Prickeln, das ich gesucht habe. Und beginne fieberhaft zu überlegen, wie zur Hölle ich ihr das beibringen soll, nachdem ich dieses Date vorgeschlagen und unsere rein platonische Freundschaft damit in Frage gestellt habe.

Sie hat mir gestanden, dass ihr unser Beziehungsende mehr zugesetzt hat, als ich geahnt habe. Und ich Idiot habe nichts Besseres zu tun, als Chaos zu stiften und ihr jetzt gleich in wenigen Momenten um die Ohren zu hauen, dass es bei mir leider nach wie vor überhaupt nicht funkt.

»Und jetzt? Küssen wir uns?« Todernst schaut sie mich an.

Shit. Shit. Shit.

Mir bleibt der Atem weg. Der bloße Gedanke, sie zu küssen, fühlt sich falsch an. Als würde ich einer Verwandten näher kommen, als richtig ist. Und schlimmer noch – es fühlt sich an, als würde ich Emma betrügen.

Lottie lacht schallend los. »Oh Gott. Du müsstest dein Gesicht sehen. Keine Panik, es war nur ein Scherz. Ich würde dich auch nicht mal für Geld küssen. Hübsches Gesicht hin oder her.«

Der Stein, der mir vom Herzen fällt, wiegt tonnenschwer. »Fürs Protokoll: Können wir uns darauf einigen, dass zwischen uns echt überhaupt nichts mehr ist und keiner von uns das mehr will?« Ich lasse ihre Hand los.

Sie nickt energisch. »Hundertprozentig. Ehrlich gesagt war dieses Date nicht deine blödeste Idee. Ich hatte immer noch diesen kleinen Restzweifel, was gewesen wäre, wenn ... Verstehst du? Aber dieser Zweifel ...«

»... ist jetzt so was von weg?« Das Atmen fällt mir leichter. »Du bist mir so verdammt wichtig, Lottie.«

»Ich weiß, ich weiß.« Sie verdreht die Augen und lächelt schief. »Aber du stehst nicht auf mich. Ich nicht auf dich, was ich selbst nicht gedacht hätte, sich aber wirklich gut trifft. Emma hingegen ...« Sie zieht vielsagend die Augenbrauen hoch.

»Ja, Emma.« Von Minute zu Minute fällt es mir schwerer, zu leugnen, was ich wirklich empfinde. Sieht so aus, als wäre das ein etwas, bei dem Vernunftentscheidungen nicht funktionieren. Ich habe die Worte meiner Brüder im Kopf, die sich beide richtiggehend am Thema Emma festgebissen haben, weil ihnen irgendwas sagt, dass sie besonders ist.

Sie ist nicht das, was ich gesucht hätte, wenn ich überhaupt auf die Suche gegangen wäre. Aber vielleicht ist sie trotz allem genau das, was ich brauche.

»Was machen wir hier eigentlich?« Ich schüttle den Kopf. Was für eine Schnapsidee. Zwischen Lottie und mir ist doch eigentlich alles klar, die ganze Zeit schon.

»Was machst du hier eigentlich? Wie blind du manchmal bist, Noah.« Sie boxt mich über den Tisch in den Arm. »Hör auf, Harper Macht über dich zu geben, und mach die Augen auf. Ich habe dich doch mit Emma erlebt. Wenn du bei ihr bist, siehst du wieder so viel glücklicher aus. Du strahlst dann richtig.« Jetzt streckt sie die Hand aus, um mich in die Wange zu kneifen – wie eine alte Tante ihren kleinen Neffen – und grinst mich dabei an.

Ich wehre ihre Hand ab und winke in derselben Bewegung die Kellnerin herbei. »Willst du noch 'nen Shake?«

»Bloß nicht.« Lachend schaut sie auf die miesen Burger und Pommes, die wir beide nur halb gegessen haben. »Erstens einfach nein. Zweitens liefere ich dir bestimmt keinen Vorwand, um noch mehr Zeit zu schinden.«

Wie viel Hin und Her kann man an einem Tag haben? Es ist gerade mal Mittag und meine Kopfachterbahn hat schon mehrere Loopings hinter sich. Während ich die Rechnung bezahle, sind meine Gedanken schon ein paar Schritte weiter – bei Emma.

KAPITEL 36

Emma

Nach dem lauwarmen Bad habe ich erbärmlich zu frieren begonnen. Draußen brennt die Sonne immer noch vom Himmel hinunter, die Mittagsluft flirrt förmlich, und ganz sicher ist es draußen viel wärmer als hier drin in meinem Haus, dessen alte Mauern die Kälte der Nacht heute nicht so recht loslassen wollen. Aber ich kann mich nicht dazu überwinden, rauszugehen, obwohl auf der Farm eine Menge zu tun wäre.

In eine Decke gewickelt, sitze ich auf einem Fensterbrett und lehne die Stirn gegen die Glasscheibe. Dummes Selbstmitleid, das mich keinen Schritt weiterbringt. Aber gerade schaffe ich es nicht, mich selbst da rauszuziehen.

Wie Noahs und Lotties Date wohl läuft? Bei der Überlegung zieht sich mein Herz schmerzhaft zusammen. Ob sie es schaffen, ihre Liebe aufzuwärmen? Mir schwirren alberne Sprüche im Kopf herum, in denen Beziehungen mit Expartnern mit aufgewärmter Suppe verglichen werden. Oder war es mit Eintopf? Egal. Aber ging es in diesen Vergleichen darum, dass aufgewärmter Kram schmeckt, oder eben nicht schmeckt? Ich kann mich nicht erinnern. Dummerweise fällt mir dazu nur ein, dass Eintöpfe am nächsten Tag eigentlich immer besser schmecken.

Genervt über meine eigenen Gedanken, seufze ich. Spielt doch gar keine Rolle, ob Noah seine Suppen gern frisch, aufgewärmt, kalt oder püriert genießt. Der springende Punkt ist, dass das nicht mein Thema ist. Nicht mehr – falls es das überhaupt je war. Dafür habe ich mit meiner Geheimniskrämerei gesorgt.

Ich schaue über die Weide, auf der meine Alpakas grasen, und hinüber zum Wald, der sich jenseits der grünen Wiese dunkel erhebt. Mein Blick schweift weiter in die Ferne, zu den Bergen, die scherenschnittartige Konturen in das Azurblau des Himmels stanzen. Ein großer Vogel kreist hoch oben, ist es ein Adler oder ein Bussard? Noah wüsste es, er weiß einfach alles über die Natur hier.

Die Landschaft verschwimmt vor meinen Augen. Wütend auf mich selbst, blinzle ich die Tränen weg. Ich wohne hier im Paradies, da wäre etwas Zufriedenheit wohl angebracht. Allerdings schützt die schönste Landschaft mein Herz nicht davor zu brechen. Ich kann nicht aufhören, mir Noah und Lottie zusammen vorzustellen. Alle vernünftigen Argumente, warum ich gar keinen Grund und kein Recht habe, eifersüchtig zu sein, verpuffen in meinem Kopf. Und ob ich eifersüchtig bin!

Etwas bewegt sich dort draußen, ein Auto biegt in meine Auffahrt ein. Diesen Wagen erkenne ich sofort, ich habe ihn in letzter Zeit oft genug gesehen und kenne sogar das Kennzeichen auswendig. Noah! Mein Magen schlägt einen mehrfachen Salto.

Ganz still bleibe ich sitzen, während er aussteigt. Als er die paar Meter auf meine Haustür zugelaufen ist, verschwindet er unter dem Dach der Veranda und damit aus meinem Blickfeld. Natürlich weiß ich jetzt genau, dass er da ist, und trotzdem zucke ich beim Schrillen der Klingel zusammen.

Hektisch schaue ich an mir hinunter: Nach dem Bad habe ich meine gammeligste Jogginghose und einen ausgeweiteten, uralten Hello-Kitty-Sweater angezogen, den ich eigentlich nur bei der Arbeit im Stall trage, aber der ist jetzt gerade zufällig frischgewaschen.

Trotzig schniefe ich. Ist doch egal, wie ich aussehe. Will ich überhaupt mit Noah reden?

Er klingelt wieder. Natürlich will ich mit ihm reden. Wem will ich hier eigentlich was vormachen? Ich wüsste einfach gerne, was er nach allem noch hier will. Unser letztes Gespräch hat ziemlich eindeutig geendet, nämlich damit, dass ich die Reißleine gezogen habe und er verletzt und wütend das Weite gesucht hat. Ist das wirklich erst wenige Stunden her? Ich habe das Gefühl, es müssten Wochen sein.

Statt weiter zu klingeln, klopft er jetzt. »Emma ... Bist du da? Können wir ...« Er verstummt. In dem Moment, als ich die Tür aufreiße, hebt er gerade die Hand, um nochmal zu klopfen.

Da steht er mir also gegenüber. Im weißen Leinenhemd, dessen oberster Knopf offensteht, und der lässig geschnittenen Chino, sieht er unverschämt gut aus. Die dunklen Locken ringeln sich in seine Stirn, seine Augen schimmern in allen Grüntönen, die die Natur hervorzubringen vermag. Wie gut ihm das steht. Ich sehe ihn meistens in entspannter Wanderkleidung, in der er auch mehr als heiß aussieht, aber jetzt gerade macht sein Anblick meinen Mund tatsächlich ganz trocken. Dass er sich aber nicht für mich so schick gemacht hat, sondern für sein Date, gibt dem Ganzen einen bittern Beigeschmack.

Haltsuchend klammert sich meine Hand an den Türrahmen. »Was machst du denn hier?«

»Ich ... wollte das nicht so stehenlassen, wie wir vorhin auseinander gegangen sind.« Er wirkt traurig, aber ... entschlossen.

Will ich doch auch nicht. Aber wozu soll das führen? Dass er so nicht mit mir zusammen sein kann, hat er deutlich gemacht. Dass ich nicht so sein kann, wie er mich braucht, habe ich deutlich gemacht. Dass wir jetzt das Steuer rumreißen und das Schiff einfach so in seichte, freundschaftliche Gewässer umleiten können, bezweifle ich. Also ... Was will er hier? Warum ist er hier und nicht bei Lottie. Jetzt bloß keinen theatralischen Zusammenbruch. Nicht aufs Date ansprechen. Und auf keinen Fall die Eifersucht spüren lassen.

In meiner Brust breitet sich ein Brennen aus. Tränen wollen sich in meine Augen drängen, aber ich halte sie tapfer zurück. Wie überzeugend das Lächeln wohl ist, das ich hastig in mein Gesicht zwinge? Ich sag mal so: Ich bin froh, dass mich gerade kein Schauspielcoach benotet.

Ich verschränke die Arme vor meiner Brust. »Wie war ... dein Date?« So viel dazu, dass ich ihn nicht darauf ansprechen will.

Er lacht kurz und freudlos. »Ah, die stille Post. Ich hätte mir denken können, dass sich das schon herumgesprochen hat.«

Als er an mir herabschaut, bin ich mir meiner gammeligen Klamotten überdeutlich bewusst. Egal, was soll's! Soll er doch über mein fünfzehn Jahre altes, rosa Sweatshirt mit den Flecken, die nicht mehr rausgehen, denken, was er will.

»Wieso, ist doch kein Geheimnis, oder? Ich wünsche

euch beiden viel Glück. Alles Gute für die Zukunft und so.« Die aufgestauten Tränen lassen sich nicht mehr lange zurückhalten, meine Augen brennen wie verrückt, und ich spüre, dass sie glasig werden. Der Kloß in meiner Kehle lässt meine Stimme belegt klingen. Hastig will ich die Tür zuknallen, bevor er sieht, wie kurz ich davorstehe loszuheulen.

Aber er schiebt geistesgegenwärtig den Fuß in die Tür. »Fuck, nein! Emma, sieh mich an. So ist das nicht. Lottie und ich sind nur Freunde.«

»Weil man mit Freunden ja üblicherweise Dates hat. Was machen Freunde denn deiner Meinung nach noch so? Sich küssen? Miteinander schlafen?«, fauche ich und verliere den Kampf. Tränen schießen mir in die Augen.

Unendlich sanft legt Noah eine Hand unter mein Kinn. Betroffen sieht er mich an. Dieser Blick macht alles noch schlimmer, weil er mich für einen Moment glauben lässt, zwischen uns wäre mehr, als da tatsächlich ist.

Bevor er etwas sagen kann, stoße ich seine Hand weg. Ich hasse es, dass er mich so sieht. So schwach. Seit ich in die Adirondacks gekommen bin, hat mich jeder hier fast nur lächelnd und lachend gesehen. Alle kennen die selbstbewusste Emma, die unbeirrt ihren Weg geht. Noah sieht mich in zerstört. Ich taumle einen Schritt zurück, schlinge beide Arme um meinen Oberkörper und wende das Gesicht ab, so dass er meine Tränen nicht sieht. Krampfhaft unterdrücke ich jedes Geräusch, bis ich glaube, meine Brust und meine Kehle müssten zerspringen. Aber mir ist schmerzlich bewusst, dass er trotzdem merkt, dass ich weine. Meine Schultern zucken, ich kann nichts dagegen tun, obwohl ich ganz starr und verkrampft dastehe.

»Lass es einfach«, bitte ich ihn leise mit erstickter Stimme. »Zwischen uns ist doch jetzt alles geklärt, oder?« Erst nachdem ich gesprochen habe, schaue ich wieder zu ihm hin.

»Gar nichts ist geklärt. Ich ...« Er fährt sich ruppig mit der Hand durchs Haar. »Lass uns nicht hier reden, nicht zwischen Tür und Angel.«

Ich zögere. Nicke schließlich. Aber nicht hier im Haus, ausnahmsweise will ich ihn nicht hereinbitten. Und irgendwie ist dann auch sofort klar, wo wir miteinander reden werden: draußen in der Natur, da wo wir beide uns am wohlsten fühlen.

*

Wir waren noch nie auf einer gemeinsamen Wanderung so unpassend gekleidet. Er in seiner Chino, dem Hemd und den Lederschuhen. Ich nach wie vor in meinem scheußlichen Hello-Kitty-Sweatshirt, das ich eigentlich nur aus Trotz nicht ausgezogen habe, um mir selbst zu beweisen, wie egal mir mein Aussehen gerade ist. Zumindest habe ich die Jogginghose gegen Sportleggings getauscht.

Ohne uns abzusprechen, schlagen wir wieder den Weg ein, der direkt hinter meiner Farm beginnt. Jenen Weg, auf dem wir einen Elch gesehen haben und der zu einer wunderschönen Lichtung führt.

Heute erscheint mir jeder Schritt ungleich beschwerlicher als damals. Damals ... Wie das in meinem Kopf klingt. Als wäre es Jahrzehnte her. Dabei liegt das alles gar nicht lange zurück, es ging einfach nur alles so schnell, dass mir schwindelig wird. Gerade weiß ich gar nicht, wo Noah und ich zueinander stehen.

Die Luft ist noch heißer und drückender als am Vormittag. Wir suchen Schutz im Schatten der Bäume, trotzdem steht mir innerhalb kürzester Zeit Schweiß auf der Stirn. Das Sweatshirt ist viel zu dick, und es ist ein Glück, dass ich darunter noch ein Tanktop trage. Sogar eins ohne albernen Aufdruck. Den Sweater binde ich mir einfach um die Hüften.

Die Bäume am Wegesrand stehen still und schweigsam, während das Licht gedämpft durch die dichten Blätter fällt und ein märchenhaftes Schattenspiel auf den Pfad zaubert. Immer wieder schaue ich hoch zum Himmel, der nach wie vor blau und klar ist. Und trotzdem ist da diese unruhige Atmosphäre in der Luft, eine Vorahnung dessen, was vielleicht kommen wird. Sogar die Vögel schweigen, als ob sie spüren, dass sich etwas zusammenbraut. Mittlerweile habe ich ein besseres Gespür für die Wetterumschwünge in den Adirondacks und kann erahnen, dass da trotz des strahlenden Sonnenscheins noch Regen kommen wird.

»Da kommt noch was runter«, murmelt Noah mit dem Blick zum Himmel.

Ich nicke. »So, Noah. Du wolltest reden. Also rede. Wolltest du mir von deinem Date mit Lottie erzählen? Seid ihr jetzt wieder zusammen?«

Meine Worte werden immer schneller, genauso wie meine Schritte. Ich schaue starr geradeaus, während ich über den Weg stapfe.

Noah murmelt hinter mir einen unterdrückten Fluch und schließt zu mir auf. »Nein. Es tut mir leid, Emma. Hörst du? Ich wollte mich entschuldigen.«

»Wofür?«, presse ich hervor. Ich bin diejenige, die das alles gecrasht hat. Jedenfalls mehr als er.

»Dafür, dass ich wie ein Idiot weggerannt bin und gleich

ein Date mit einer anderen hatte. Es hat sich falsch angefühlt, Emma. Weil die Einzige, mit der ich ein Date haben will und die ich küssen will, du bist.«

Verdammte Kacke. Warum muss er vom Küssen sprechen? Das eine Wort reicht aus, um mein Herz verrücktspielen zu lassen. Ich erinnere mich so deutlich an das Gefühl seiner Lippen auf meinen, dass ich sogar jetzt glaube, es zu spüren. Unwillkürlich berühre ich mit der Hand meinen Mund.

Ich bleibe stehen. Als ich nichts sage, fährt er fort. »Das mit dir, das bedeutet mir etwas. Viel mehr, als ich erwartet hätte. Ich will nicht, dass wir das alles nach einem Streit wegwerfen.«

»Es war nicht nur ein Streit.« Das, was zum Streit geführt hat, lässt sich schließlich nicht einfach wegzaubern.

»Ich weiß.« Er fasst mich sanft an beiden Schultern, neigt den Kopf und schaut mich eindringlich an. Im Grün seiner Augen scheinen Licht und Schatten zu spielen, als fielen Sonnenstrahlen durch ein Blätterdach. »Ist mir bewusst. Aber ich weiß auch, dass ich dich nicht einfach aufgeben will, nur weil noch etwas zwischen uns steht. Ich will das mit dir. Ich glaube, wir schaffen das.«

Wir schaffen das. Wie kann er das sagen, wenn er gar nicht weiß, worum es geht? Aber ich liebe die Zuversicht, mit der er das sagt – so als würde er es wirklich glauben. Und ich? Ich will so gerne glauben, dass er recht hat.

Er steht mir gegenüber, hält immer noch behutsam meine Schultern und wartet auf meine Antwort. Ich könnte im Grün seiner Augen versinken, mich in ihrem Flirren verlieren. Um uns rauscht der Wind lauter und stärker durch die Zweige.

»Ich will auch, dass wir das schaffen«, flüstere ich.

Seine Hände wandern von meinen Schultern hoch zu meinem Gesicht und fassen es so zärtlich an, als wäre es zerbrechlich. Seine Daumen streicheln wie in Zeitlupe über meine Wangen, meine Kinnlinie, meine Mundwinkel. Wie von selbst öffnen sich meine Lippen ein kleines Stück. Sein Atem streift warm über meine Haut, meinen Mund, und nichts will ich lieber, als diese Distanz zwischen uns zu überwinden.

Unsere Lippen kommen sich näher. Und in dem Moment fallen die ersten Tropfen, platschen auf unsere Gesichter. Ich war so auf Noah konzentriert, dass ich jetzt überrascht aufkeuche. Nichts um uns herum habe ich mitbekommen. Nicht einmal, dass sich der Himmel in ein unheimliches Grau verdunkelt hat und schwarze Wolken aufgezogen sind.

In dem Moment fallen die letzten Hemmungen, die uns noch zurückgehalten haben. Ich schlinge die Arme um Noahs Nacken, stelle mich auf die Zehenspitzen, in dem Augenblick, in dem er seinen Mund auf meinen senkt und meine Lippen mit einem leidenschaftlichen Kuss verschließt. So leidenschaftlich, dass mir der Atem wegbleibt und ich einen Herzschlag lang glaube, das Gleichgewicht zu verlieren. Seine Lippen gleiten über meine, sein Mund liebkost meinen. Immer noch hält er mein Gesicht fest, als wäre ich das Wertvollste auf der Welt, und ich wünschte, er würde es niemals wieder loslassen.

Als sich unsere Münder voneinander lösen, habe ich vergessen, wie man atmet. Der Himmel öffnet seine Schleusen und entlässt einen wahren Sturzbach. Der Wind wird immer stärker und ist mittlerweile eiskalt, aber das bekomme ich kaum mit, weil ich von innen heraus glühe.

Wir schauen einander an und fangen, wie auf Kommando, gleichzeitig an zu lachen. Von einem Moment auf den anderen geht die Welt unter, der Wind hat die dunklen Wolken unglaublich schnell herbeigetrieben und schon bin ich bis auf die Haut nass. Laut prasselt der Regen aufs Blätterdach der Wälder.

Noah nimmt meine Hand. »Es gibt eine Schutzhütte ganz in der Nähe.«

»Gibt es irgendeinen Flecken hier in der Gegend, den du nicht ganz genau kennst?«

»Da muss ich dich enttäuschen. Komm! Hier wird es gleich richtig ungemütlich.«

Ist es schon, aber das kümmert mich nicht. Mein Herz tanzt, während ich hinter Noah her durch den Regen stolpere. Er hält meine Hand fest und zieht mich weiter. Der Boden ist innerhalb weniger Augenblicke so nass und aufgeweicht, dass ich immer wieder ausrutsche, doch Noahs Hand hält mich und lässt mich nicht los. Donner grollt in der Ferne. Ein Blitz zerreißt den Himmel, und im grellen Licht sehe ich die Hütte, die sich dunkel vor dem Waldrand abzeichnet. Ganz aus rustikalem Holz gebaut und zwischen Bäumen versteckt, ist sie so klein und unscheinbar, dass man sie übersehen kann, wenn man nicht weiß, dass es sie gibt. Kaum mehr als ein kleiner Unterstand, der Wanderern Schutz bietet, die wie wir vom Unwetter überrascht werden. Hand in Hand stürmen wir darauf zu.

Die Hütte ist nicht abgeschlossen, niemand ist hier. In dem wenigen Licht, das durch Tür und Fenster hereinfällt, sehe ich die spartanische Ausstattung: zwei Stockbetten, einen Tisch mit vier Stühlen. Dann sehe ich gar nichts mehr außer Noahs Gesicht, als er die Arme um mich schlingt.

KAPITEL 37

Emma

Die Dunkelheit der Hütte umfängt uns wie eine samtige Umarmung. Wir küssen uns schon seit dem Moment, in dem Noah und ich gemeinsam durch die Tür ins Innere taumeln. Er drückt mich gegen die Wand – im Rücken das Holz, vor mir sein Körper, dessen Hitze ich durch unsere patschnassen Klamotten spüre.

Gott, wie sehr ich ihn will. Seine Zungenspitze spielt sanft mit meiner, seine Hände liegen auf meinen Hüften.

»Weg mit dem Ding«, raunt er und löst den Knoten des Sweaters, den ich mir umgebunden habe. Als seine Finger dabei meinen Bauch streifen – das bisschen Haut zwischen Leggings-Bund und Tanktop –, schießt ein wildes Kribbeln durch meinen ganzen Körper, durch jede Zelle, und verdichtet sich zwischen meinen Beinen.

Er fasst mich um die Taille und hebt mich hoch, als wäre ich federleicht. Instinktiv schlinge ich die Beine um seine Hüften. Ein rauer Laut kommt über seine Lippen, als ich meine Beine nutze, um ihn ganz eng an mich zu ziehen. Ganz genau zu spüren, wie hart er ist und wie sehr auch er mich will, bringt mich fast um den Verstand.

War da nicht irgendwo ein Bett? Bis dorthin schaffen wir es nicht einmal. Wir landen auf dem Boden.

Noah ist über mir, meine Beine immer noch um seine Hüften geschlungen.

»Was machst du mit mir?«, murmelt er rau, mehr zu sich selbst, als zu mir. Heiß ist sein Atem auf meinen Lippen.

Statt einer Antwort vergrabe ich meine Hände in seinen Locken, ziehe seinen Kopf näher und küsse ihn so wild, dass ihm die Luft wegbleibt.

Er presst seinen Mund auf meinen und seinen Körper gegen meinen, presst mich gegen die Holzbohlen. Seine Zunge dringt in meinen Mund ein und erobert ihn. Warm und weich liegen seine Lippen auf meinen. Nichts hat je besser geschmeckt, sich besser angefühlt. Sein Kuss ist berauschend, ich will immer mehr von ihm. Ein leises Stöhnen findet den Weg aus meiner Kehle. Ich kralle meine Finger in den weichen Stoff seines Hemdes und ziehe ihn näher an mich heran.

Der Kuss wird noch intensiver, leidenschaftlicher.

Jetzt ist es Noah, über dessen Lippen ein überraschtes, raues Stöhnen kommt. Ich fange den Laut mit meinem Mund auf und spüre das Echo durch meine Magengrube vibrieren.

Seine Lippen wandern über meinen Hals und rauben mir den Verstand. Und seine Hände ... ich schließe die Augen und werde von meinem Verlangen überwältigt, als seine Hände unter mein Top wandern und meine Haut in unsichtbare Flammen setzen. Unerträglich langsam gleiten seine Finger über meine Taille, runter zu meinen Hüften und verharren an meinem Hosenbund. Ich biege mich ihm entgegen, will nichts anderes spüren als seine Berührungen.

Er ist über mir, und ich spüre jede Bewegung seines Körpers. Sein Becken drückt gegen meines. Viel zu viel Stoff ist zwischen uns und trennt uns voneinander. Ich will so viel mehr von ihm spüren, ich will alles. Ich will ihn.

Ich zerre an den Knöpfen seines Hemdes, kriege sie irgendwie auf und streife ihm den Stoff über die Schultern. Der Anblick seiner glatten Haut im Halbdunkel, unter der sich straffe Muskeln abzeichnen, überwältigt mich.

In fieberhafter Eile nestle ich an seinem Hosenknopf herum, aber ich bin so ungeduldig, dass ich ihn nicht aufbekomme. Als sich ein frustrierter Laut meiner Kehle entringt, lacht er leise und zieht meine Hände weg.

Stattdessen zieht er mir die Leggings mit einer einzigen, fließenden Bewegung über den Po und streift sie von meinen Beinen. Seine Lippen hinterlassen eine glühend heiße Spur aus Küssen auf meinen Oberschenkeln. Meine Hände krallen sich wieder in seine Haare und ich kann mir gar keine Gedanken darüber machen, ob ich zu grob bin. Jeder Gedanke ist zu viel, ich bin von Kopf bis Fuß Gefühl. Mein Atem geht schneller, als sich sein Mund meinem Slip nähert. Immer näher kommt er meiner empfindlichsten Stelle – nur um kurz davor innezuhalten. Ein frustrierter Laut kommt über meine Lippen, die er im nächsten Augenblick mit einem weiteren Kuss verschließt, mit dem er mich schweben lässt.

Quälend langsam schiebt er mein Top nach oben und zieht es mir aus. Sein Blick verdunkelt sich, als er sieht, dass ich keinen BH anhabe. Vorhin hatte ich zu viel Chaos im Kopf, um irgendeinen Gedanken daran zu verschwenden, was ich anziehe.

»Weißt du eigentlich, wie schön du bist?« Seine Stimme klingt belegt. Sein Blick schweift so zärtlich über mich, dass ich glaube, ihn wie eine sachte Berührung auf meiner Haut zu spüren. Und überall dort, wo dieser Blick mich berührt, bekomme ich eine angenehm prickelnde Gänsehaut.

Er richtet sich auf, kniet über mir und öffnet den Hosenknopf. Ich stütze mich auf die Ellenbogen und sehe ihm schweigend zu, als er erst die Hose, dann die Boxershorts auszieht. Er sagt, ich sehe gut aus? Dieser ganze Mann ist ein verdammtes Kunstwerk. Sein Körper sieht aus wie gemeißelt.

Ich wünschte, es wäre hier viel heller, so dass ich ihn besser sehen könnte. Das eine, schmutzige Fenster der Hütte lässt kaum Licht herein, abgesehen davon, dass die Wolken den Himmel dramatisch verdunkelt haben. Nur hin und wieder zerreißt ein Blitz die Finsternis und taucht alles in ein grelles, kaltes Licht. Der Sturm tobt mit unverminderter Wucht, er heult um die Hütte und rüttelt an ihr, als wollte er sie einreißen. Aber sie hält Stand. Hier drin sind wir in Sicherheit, er und ich. Hier kann uns nichts und niemand etwas anhaben.

»Hast du …?«, murmle ich, als es ein klarer Gedanke durch den samtigen Wirbel aus Lust, Verlangen und Glück schafft.

Er weiß sofort, was ich meine. Sein Blick klärt sich für einen Moment, und er angelt ein Kondom aus der Tasche seiner Hose, die neben uns zusammengeknüllt auf dem Holzboden liegt.

»Hast du immer eines dabei, oder hast du das geplant?« Ich muss grinsen.

Er schmunzelt kurz. »Reines Glück.«

Ich nehme es ihm aus der Hand und rolle es ihm über. Als

ich ihn berühre, stöhnt er auf und ich sehe, dass sich alle Muskeln seines Körpers anspannen.

Als er in mich eindringt, scheint die Zeit für einen Moment stillzustehen. Ich werfe den Kopf in den Nacken und stöhne. Rau keucht er auf, als ich die Beine erneut um seine Hüften schlinge.

Für einen Moment verharren wir so, er in mir, sein Körper auf meinem, seine Stirn an meiner, sein Mund ganz nah an meinem.

»Emma«, murmelt er.

Dann beginnt er sich in mir zu bewegen, und meine Realität verschiebt sich um ein Stück. Die ganze Welt scheint aus Noah zu bestehen, aus ihm und mir. Nichts anderes spielt eine Rolle. Nicht die Probleme, die es in der echten Welt gibt. Nicht der harte, unbequeme Boden unter mir, oder die Tatsache, dass draußen die Welt untergeht. Gar nichts.

Glühende Hitze schießt durch meinen Körper. Meine Haut steht in Flammen, überall dort, wo sie Noahs Haut berührt. Ich vergesse, wie man atmet. Ich bäume mich unter ihm auf, halte mich an ihm fest. Ich fliege und falle gleichzeitig – und Noahs Arme fangen mich auf.

Unsere Körper finden einen gemeinsamen Rhythmus, in dem wir einander immer weiter antreiben. Zusammen erreichen wir den Höhepunkt. Meine Gefühle spülen mit einer solchen Macht über mich hinweg und durch mich hindurch, dass ich für einen Moment gar nichts sehen kann, nur buntes Flimmern und Flirren. Die Welt scheint sich um mich herum aufzulösen und neu zusammenzusetzen.

Er sinkt über mir zusammen, atemlos, verschwitzt. Sein

Gesicht ist in meiner Halsbeuge vergraben, heiße Atemzüge kitzeln meine Haut. Mein Herz donnert so wild, als wollte es meinen Brustkorb sprengen, und ich spüre, dass seines dasselbe tut – in perfektem Gleichklang mit meinem. Unsere Herzschläge vermischen sich, und ich weiß nicht, wo meiner aufhört, und seiner beginnt.

Ich schlinge die Arme um ihn, streichle mit den Händen über seinen Rücken. Ich schließe die Augen und halte ihn fest, er hält mich fest, und wir liegen einfach nur da, ich habe keine Ahnung, wie lange, und es ist auch völlig belanglos.

Unsere Atemzüge finden eine ebenso synchrone Harmonie wie unsere Herzschläge, erst schnell und flach, dann immer ruhiger und tiefer. Wir reden kein Wort. Noah rollt sich von mir herunter und nimmt mich in den Arm. Ich kuschle mich an ihn, lausche dem Tosen des Gewitters und dem Prasseln des Regens und empfinde überhaupt keine Kälte, obwohl ich irgendwo in meinem Hinterkopf denke, dass es hier vermutlich sehr frisch ist. Ich schließe die Augen, schmiege mich an Noah und vermeide es, an irgendetwas zu denken, außer an genau das hier.

*

Beim Aufwachen fällt es mir im ersten Moment schwer, zwischen Traum und Realität zu unterscheiden. Alles verschwimmt ineinander und bildet ein warmes, wohliges Gefühl in meiner Magengrube. Ist das wirklich passiert? Ich spüre Noah ganz nah bei mir, seine warmen Atemzüge streifen meine Haare, und die Wärme in meinem Bauch wird zu einem Prickeln.

Schläft er noch? Ich öffne die Augen, wage aber nicht, mich zu bewegen, um ihn nicht zu wecken. Der Moment soll nicht enden, am liebsten würde ich ihn in ein Glas sperren, sorgfältig verschließen und für immer aufbewahren. Ganz still liege ich da und lausche seinen Atemzügen, genieße die Wärme seiner Haut. Staubpartikel flirren wie Feenstaub durch das goldene Licht, das durchs Fenster hereinfällt. Meine Lippen sind warm und rau von den unzähligen Küssen, ich bekomme das Lächeln nicht aus dem Gesicht.

Er bewegt sich neben mir. Federleicht wie Schmetterlingsflügel streichen seine Fingerspitzen über meinen nackten Rücken und zaubern ein wildes Kribbeln auf meine Haut. »Dein Geheimnis gehört dir, Emma«, flüstert er. »Ich werde nicht mehr versuchen, es dir zu entreißen.«

Ich schließe die Augen wieder, schmiege mich enger an ihn und atme für einen Moment einfach gar nicht. Ich halte die Luft an und hoffe, dass das kein Traum ist, aus dem ich aufwachen muss.

*

Leider lässt sich die Realität nicht ewig ausblenden. Trotz aller Glückseligkeit ist der harte, kalte Holzdielenboden nicht der bequemste Untergrund, um darauf den Tag kuschelnd und dösend zu verbringen. Als ich mich mühsam aufrapple, merke ich erst, wie steif mein Körper ist. Ächzend strecke ich meine schmerzenden Muskeln.

»Haben wir ernsthaft die ganze Nacht hier geschlafen? Auf dem Boden, direkt neben dem Bett?« Kopfschüttelnd schaue ich mich in dem einfachen, rustikalen Unterschlupf um, wo überall auf dem Boden unsere Klamotten verteilt sind.

Er lacht, kommt mit einer einzigen, geschmeidigen Bewegung auf die Füße und streckt sich. »Und gar nicht mal so schlecht.«

Himmel, sieht er gut aus. Ich muss mich zusammenreißen, um nicht zu starren. Er zählt zu den Menschen, die nackt noch besser aussehen, als bekleidet. Und meiner Erfahrung nach trifft das nicht auf viele zu. Straffe, schlanke Muskeln zeichnen sich unter seiner gebräunten Haut ab.

Mit seinen Boxershorts in der Hand, grinst er mich unvermittelt an. »Ich finde ja auch, dass du gerne noch eine Weile nackt bleiben kannst. Aber vielleicht sollten wir uns doch langsam auf den Rückweg machen.«

Erst bei den Worten wird mir bewusst, dass ich splitterfasernackt herumgestanden und ihn angeglotzt habe. Eilig suche ich meine Kleidung zusammen und spüre dabei Noahs Blick glühend heiß auf meinem Körper. Scheiße – wenn es nach mir ginge, könnten wir direkt die nächste Runde einläuten. Aber ich habe den Eindruck, auch ihm geht es da nicht anders.

Als wir hinaus ins Freie kommen, empfängt uns die Natur angenehm warm und mild. Kaum mehr eine Spur vom vergangenen Unwetter, so abrupt, wie es aufgekommen ist, hat es sich wieder verzogen. Die Luft ist klar, nur der schwache Duft von Regen und feuchter Erde erinnert noch an den Wolkenbruch, der sich bis in die Nacht hinein erstreckt hat.

»Oh Gott. Die Alpakas«, stöhne ich entsetzt auf. »Die waren die ganze Nacht draußen.« Sofort spuken mir wieder Geschichten von Schwarzbären im Kopf herum.

»Keine Sorge. Die schlagen doch jedes Raubtier in die Flucht. Wenigstens musst du dir nur vorwurfsvolle Alpakablicke gefallen lassen und kein Kreuzverhör.«

»Ach? Sind deine Brüder so streng?« Die Vorstellung, dass Noah vor ihnen Rechenschaft ablegen muss, lässt mich grinsen. »Als würde man noch zu Hause bei Mum und Dad wohnen.«

Schon im nächsten Atemzug verschlucke ich mich fast an meinen unbedachten Worten. Noahs Eltern sind doch tot! Hätte ich in ein noch dickeres Fettnäpfchen stolpern können? Zerknirscht sehe ich ihn an.

Aber er lacht nur wieder. Wie gern ich das höre! Noahs Lachen gibt mir das Gefühl, alles ist gut und wird es auch für immer bleiben.

»Meine Brüder sind die schlimmsten Anstandsdamen. Wenn man eine Nacht wegbleibt und am nächsten Tag zurückkommt, wird man mit Fragen gelöchert. Na ja, eigentlich betrifft das fast immer nur Hudson. Samuel ohnehin nicht, seit …« Er seufzt und schüttelt leicht den Kopf, statt den Satz zu beenden. »Und ich hatte auch nicht viele durchgefeierte Nächte oder One-Night-Stands. Aber wenn das doch mal vorkam … Die zwei lassen erst locker, wenn sie jedes Detail wissen.«

»Kann ich mir irgendwie gut vorstellen«, kichere ich – unendlich erleichtert darüber, dass meine Worte ihn nicht traurig oder sauer gemacht haben. »Und … Was wirst du den beiden über die letzte Nacht erzählen?«

Ich habe versucht, es beiläufig klingen zu lassen. Damit er mir nicht anmerkt, wie viel für mich von seiner Antwort abhängt.

Er nimmt meine Hand und sieht mir ernst in die Augen.

»Ich würde ihnen gerne sagen, dass wir zusammen sind. Wenn das für dich in Ordnung ist.«

Mein Herz pocht und flattert so schnell, dass mir schwindelig ist. »Das ist sehr, sehr, sehr in Ordnung für mich.«

Auf dem ganzen Weg zurück zur Farm lässt er meine Hand nicht los.

KAPITEL 38

Emma

Diesmal trifft mich die Erinnerung völlig unerwartet, wie ein Truck, der aus dem hintersten Winkel meines Unterbewusstseins scheinbar aus dem Nichts heranrast und mich mit einer Wucht trifft, die mir die Luft aus der Lunge presst. Der Aufprall betäubt mich und lässt mich keuchen. Kein Auslöser, mit dem ich rechnen konnte und der es mir möglich gemacht hätte, mich zu wappnen.

Ich knie im Bad auf dem Boden, will gerade die Fliesen scheuern und öffne dafür eine neue Flasche Putzmittel. Und in dem Augenblick, in dem mir der Geruch in die Nase steigt, hat mich der Erinnerungstruck schon gerammt.

Bergamotte. Wer zur Hölle mischt so einen Duft in ein Putzmittel? Der Geruch kriecht sofort durch jene Teile meines Gehirns, die mit den Erinnerungen verknüpft sind, und lässt die Bilder in grellen Neonfarben aufflackern.

Dieser Duft war eine Note in Adrians facettenreichem, kostbarem Parfüm. Und sofort bin ich zurück in der Vergangenheit, bin mit dem Kopf wieder ganz dort. Ganz bei ihm.

Warum haben Düfte nur diese Macht, direkt und ohne Umwege mit unseren Emotionen zu spielen? Gefühle auszulösen, die wir in der Vergangenheit gelassen haben – oder zumindest glauben, sie dort gelassen zu haben?

Zum ersten Mal habe ich dieses Parfüm in jener Nacht gerochen, die in einer Bar begonnen und in der freistehenden Badewanne einer Luxussuite geendet hat. Damals, als ich dachte, ich hätte einen Traumprinzen wie aus einem Liebesroman gefunden – den perfekten Mann, zu perfekt, um wahr zu sein.

Am nächsten Morgen rechnete ich damit, dass er mich keines weiteren Blickes würdigen würde. Ich spielte einfach nicht in seiner Liga, so sah ich das damals, und das war okay. Ein One-Night-Stand, eine prickelnde Erinnerung ohne irgendwelche Konsequenzen. Eine Anekdote, die ich kichernd meinen Freundinnen erzählen würde.

Nur, dass alles ganz anders gekommen ist. »Es tut mir leid, ich muss zur Arbeit«, entschuldigte er sich. »Passt es dir um neun?«

»Was, um neun?«, erwiderte ich damals verdattert.

Er küsste meinen Handrücken. »Dass ich dich um neun zum Dinner abhole.«

Von da an sahen wir uns jeden Tag, wann immer er neben seinem stressigen Job Zeit für mich erübrigen konnte. Ich hingegen hatte immer Zeit für ihn – das erwartete er von mir. Die ersten ein, zwei Wochen vergingen wie im Rausch. Ich hatte diesen Traummann an meiner Seite, der wie aus dem Nichts in mein Leben geplatzt war und es in einen Glanz und Glitzer tauchte, den ich nicht gewohnt war und der mich überwältigte. Er führte mich in noble Restaurants aus, ging mit mir in elegante Bars und ich übernachtete oft bei ihm in seinem Penthouse. Er machte mir Geschenke, die ich immer mit einem etwas beklommenen Gefühl annahm, weil ich ihm im Gegenzug nichts derart Teures schenken konnte. Er sprach davon, mir die Sterne vom Himmel holen zu wollen, und genau so fühlte es sich auch für mich an.

Als ich begriff, dass ich in eine Falle geraten war, hatte ich mich bereits schon zu tief darin verfangen. Zuerst kam die Eifersucht, wenn ich mit anderen Männern sprach. Dann die Wutausbrüche, wann immer ihm etwas gegen den Strich ging. Als ich einmal keine Zeit hatte, mich mit ihm zu treffen, weil ich auf die Geburtstagsfeier einer Freundin eingeladen war, setzte er mich so lange unter Druck, bis ich schließlich einknickte und den Abend mit ihm verbrachte. Ihm wäre es am liebsten gewesen, wenn ich keinen Schritt ohne ihn gemacht hätte. Er wollte die komplette Kontrolle über mich – darum ging es ihm.

Wochen-, monatelang ließ ich mir das gefallen. Er war geschickt, manipulativ. Stellte es irgendwie so an, dass ich die Schuld immer bei mir gesucht habe. Ich hatte doch den perfekten Mann gefunden – warum vermasselte ich nur alles? Ich musste mir mehr Mühe geben, durfte nicht immer Streit anzetteln – das glaubte ich tatsächlich immer mehr.

Bis er zum ersten Mal nicht nur psychisch grausam war, sondern auch physisch.

Der Geruch von Bergamotte erfüllt jeden Winkel meines Verstandes, als ich immer tiefer in den Erinnerungen versinke. Immer noch knie ich auf dem Badezimmerboden. Ohne es zu bemerken, habe ich immer weiter mit dem Putzschwamm über dieselbe Stelle gescheuert, wie besessen. Meine Hände sind rot und schmerzen, meine Knie tun weh. Ich starre auf den Schaum vor mir auf dem Boden, und plötzlich wird mir schlecht, so unerwartet, dass ich es gerade noch zur Toilette schaffe, bevor ich mich würgend übergebe.

Minutenlang hänge ich über der Kloschüssel, bevor ich mich mit zitternden Beinen aufrapple und zum Waschbecken taumle. Das Gesicht, das mir aus dem Spiegel entgegenschaut, sieht schrecklich aus: kreidebleich und mit großen, angsterfüllten Augen. Ich lasse abwechselnd kaltes und warmes Wasser über meine Handgelenke laufen und spritze es mir ins Gesicht. Aber das reicht mir nicht – eine Sekunde später stehe ich in meinen Klamotten unter der Dusche und schließe die Augen, während heißes Wasser auf mich herabprasselt.

Adrian, immer wieder Adrian. Der Mann, der vielleicht, wahrscheinlich, hoffentlich, längst keinen Gedanken mehr an mich verschwendet und dessen Schatten dennoch immer noch auf mich fällt.

Bilder blitzen hinter meinen geschlossenen Augenlidern auf. Adrians scheinbar freundliches Lächeln, als ich damals von der Arbeit nach Hause kam. Der samtige Tonfall seiner Stimme, als er fragte, wo ich denn gewesen sei – denn zufällig wüsste er genau, dass mein letzter Termin schon vor zwei Stunden zu Ende gewesen wäre.

»Ich war noch mit Kollegen im Café«, sagte ich kleinlaut. Zu der Zeit hatte er mich schon so weit, dass ich den Cafébesuch augenblicklich bereute und eingeschüchtert den Blick senkte.

Ich rechnete mit grausamen Worten, Vorwürfen, Beschimpfungen, nach denen ich in Grund und Boden versinken würde. Stattdessen war er ganz leise. Es ging so schnell, dass ich nicht einfach schreien konnte – plötzlich stand er vor mir, hielt mein Handgelenk so fest, dass es weh tat, und holte mit der anderen Hand aus.

Ich hatte den Geruch von Bergamotte in der Nase. Sah in

seine eisblauen Augen mit den geweiteten Pupillen und hielt vor Angst den Atem an. Ich weiß auch jetzt noch ganz genau, wie ich mich gefühlt habe – fühle diese Angst und Hilflosigkeit in meiner Brust, als ich in der Dusche stehe und die Arme um meinen Oberkörper schlinge.

Er schlug nicht zu, doch ich merkte ihm deutlich an, wie kurz er davor war, es zu tun. Ich wusste, beim nächsten Mal würde er sich nicht bremsen. Oder beim übernächsten Mal. Im Nachhinein bin ich auf seltsame Weise fast froh darüber, dass es tatsächlich so weit gekommen ist, denn das hat mich wachgerüttelt.

Ich packte meine wenigen Sachen, die ich in seinem Penthouse hatte, und verschwand. Ich zögerte keinen Augenblick und verließ ihn, um mich in Sicherheit zu bringen.

Aber so einfach machte er es mir nicht. Vielleicht hätte ich es wissen müssen. Vielleicht hätte ich diese düstere, besessene, zerstörerische Ader früher erkennen sollen. Ich dachte, als erfolgreicher Geschäftsmann hätte er Besseres zu tun, als einer Exfreundin hinterherzujagen, mit der er nur ein paar Monate zusammen war. Aber da hatte ich mich schrecklich getäuscht.

Er ließ mich nicht in Ruhe. Terrorisierte mich mit Anrufen und Nachrichten, bis ich meine Nummer wechselte – was nichts half. Es dauerte nicht lange, und er hatte mit seiner charmanten Art meine neue Nummer von meinen Freunden erfahren.

Erst war es lästig.

Dann machte es mir Angst.

Er erschien plötzlich bei meiner Arbeit, lauerte mir vor meiner Wohnung auf. Schien immer zu wissen, wo ich war. Seine Besessenheit lehrte mich das Fürchten. Er war wie ein

Dämon, den ich nicht loswerden konnte – bis jetzt nicht loswerden kann.

Von der Polizei hatte ich keine Hilfe zu erwarten. Es sei ja noch nichts passiert, teilte man mir mit. In New York City gab es wohl dringlichere Angelegenheiten, mit denen sich die Polizei herumschlagen musste. Solange man Adrian nicht über meine Leiche gebeugt fände, würde man ihm keinen Einhalt gebieten, dachte ich bitter.

Was aber so richtig weh tat, war, dass auch die Leute, von denen ich dachte, dass sie meine Freunde seien, mich im Stich ließen. Da erst begriff ich, was für ein genialer Manipulator Adrian war. Er schaffte es, alles so aussehen zu lassen, als wäre ich die Böse. Als wäre ich neurotisch, paranoid, hysterisch. Und er hingegen der mich immer noch liebende, leidende Exfreund, der doch nur alles richtig machen wollte. Als ich von Stalking sprach, wurde ich von niemandem ernst genommen.

Als ich merkte, wie man sich von mir distanzierte, machte mir das meinen Entschluss leicht: Ich wollte nur noch weg. Nichts hielt mich mehr in New York. Mein Neuanfang war die Flucht vor Adrian.

Seine letzten Worte habe ich noch im Ohr: »Ich gebe dich nicht auf, Babe. Du gehörst zu mir.«

Das Duschwasser wird allmählich kalt. Meine Kleidung ist vollgesogen und schwer. Ich öffne die Augen, wische mir mit beiden Händen übers nasse Gesicht und drehe das Wasser ab.

Hier kann er mich nicht finden. Ich habe niemandem meine neue Adresse gegeben, nicht einmal den Ortsnamen genannt. Und trotzdem rechne ich immer damit, wirklich jederzeit, ihn plötzlich vor mir zu sehen.

»Schwachsinn«, murmle ich, während ich mich aus meiner nassen Kleidung schäle und mich abtrockne. »Er ist nur ein Psycho. Kein übernatürliches Monster. Wie soll er mich aufspüren? Er ist mit seinen Gedanken längst woanders. Auch seine Besessenheit hat Grenzen.«

Bin ich bei Noah, verblassen die Schatten. Wenn er nicht bei mir ist, so wie jetzt, überfallen sie mich in letzter Zeit immer häufiger. Und mein Wunsch, ihm einfach alles zu sagen und damit die letzten Mauern, die zwischen uns sind, einzureißen, wird immer stärker. Ich ersticke an meiner Wahrheit, die in mir größer wird, mit jeder Sekunde, in der ich sie nicht ausspreche.

Fast wünsche ich mir, er wüsste von Adrian – jeder wüsste davon. Als könnte das Licht der Öffentlichkeit meinem Nachtschatten den Schrecken nehmen. Macht mein Schweigen den Dämon nur noch größer und stärker?

Die Alpakas schauen mir mit ihrer üblichen Freundlichkeit entgegen, als ich hinaus auf die Weide komme. Nichts kann ihre gute Laune trüben, solange die Sonne scheint und sie ausreichend Futter haben. Jolly Roger schaut gerade entspannt in die Ferne, während sie Blackbeard säugt. Das Fohlen wedelt mit dem Schwänzchen, während es trinkt. Die anderen Damen haben sich um die Futterraufe geschart und lassen es sich schmecken.

Die Sonne trocknet meine Haare und vertreibt die Schatten aus meinem Herzen. Der Anblick meiner Tiere zaubert ein Lächeln auf meine Lippen. »Ihr Süßen! Ich will euch ja nicht aus eurer Gemütlichkeit reißen, aber am Nachmittag gibt es eine Wanderung. Von irgendwas müssen wir die Farm schließlich finanzieren.«

Die Arbeit lenkt mich ab. Es ist so schön, die Touristen

kurz darauf zu empfangen und ihnen zum Einstieg etwas über die Tiere zu erzählen, damit sie sich mit ihnen vertraut machen können. Als ich kurz darauf vorneweg wandere, während mir meine kleine Urlaubergruppe im Gänsemarsch folgt – vier davon mit einem Alpaka, die anderen drei einfach als Begleitpersonen – gelingt es mir einmal mehr, meine Gedanken an Adrian zu verdrängen.

KAPITEL 39

Emma

Ich bin nervös, bevor ich Lottie das nächste Mal sehe. Ja, Noah hat gesagt, zwischen ihnen wäre jetzt wirklich alles geklärt und keiner von beiden hätte Interesse an mehr als nur Freundschaft. Allerdings dachte er das vor diesem Date auch schon, und lag dabei offenbar nicht so ganz richtig. Also was weiß Noah schon?

Ihr wehzutun, ist das Letzte, was ich will. Aber vorgestern habe ich meinen Kopf einfach ausgeschaltet und mich von meinen Emotionen mitreißen lassen. Jetzt plagt mich das schlechte Gewissen, weil ich in dem Moment überhaupt nicht an sie und ihre Gefühle gedacht habe. Was für eine Freundin bin ich nur? Ich fühle mich total mies.

Mein Magen zieht sich zusammen, als ich Ralph vor dem Pub abstelle und Lottie auf dem Parkplatz zielstrebig auf mich zusteuert. Sie sieht umwerfend aus in ihren weiten schwarzen Jeans und dem kirschroten Tanktop, das perfekt zu ihren kurzen, pechschwarzen Haaren passt. Ihre Augen glitzern neugierig, sie packt mich am Arm und grinst übers ganze Gesicht. »Jetzt also offiziell? Du und Noah?«

Es fühlt sich so verrückt an, darüber zu sprechen. »Ich denke ... ja«, sage ich und hätte es einerseits am liebsten in die Welt hinausgejubelt, während ich es andererseits gar nicht aussprechen möchte, aus Angst, sie damit zu verletzen.

Sie verzieht den Mund und schaut mich forschend an. »Hm, da hätte ich mir aber mehr Begeisterung erwartet. Warum schaust du denn so verzweifelt?« Dann reißt sie die Augen auf. »Doch nicht etwa, weil … Emma, schau mir in die Augen und sei ehrlich. Du machst dir doch nicht ernsthaft Gedanken wegen Noah und mir? Das wäre, nimm es mir nicht übel, ziemlich dämlich.«

»Dann bin ich halt ziemlich dämlich.«

Ihr Lachen ist so offen und ehrlich, dass ich einfach weiß, dass sie mir nichts vormacht. »Okay, hör zu. Ich schwöre, das zwischen uns ist endgültig erledigt. Daran hat unsere Verabredung jeden Zweifel ausgeräumt. Der Junge hat eine Partnerin verdient, die ihn wirklich glücklich macht. Ich dachte lange, ich könnte das vielleicht doch sein. Kann und will ich nicht, es funkt tatsächlich einfach nicht. Aber mein Bauchgefühl sagt mir, dass ihr ein verdammt gutes Paar abgebt. Habe ich schon mal gesagt, dass dieses Bauchgefühl niemals irrt? Es ist genauso unfehlbar wie meine Backskills. Macht einander glücklich, dann bin ich die glücklichste beste Freundin.«

Ein tonnenschwerer Stein fällt mir vom Herzen. »Wir haben deinen Segen?«

»Aber so was von.« Sie umarmt mich fest wie ein Schraubstock. »Und jetzt komm, sonst verpassen wir da drin den ganzen Spaß.«

*

Das *Oak & Ivy* empfängt uns mit der vertrauten Mischung aus schummrigem Kaminfeuerlicht, Cheddarduft und Rockmusik. Riley steht nicht wie üblich hinter der Bar, sondern trifft die letzten Vorbereitungen für das Event heute am späteren Abend, er fegt die kleine Bühne, auf der neulich *Astral Avenue* gespielt haben, befestigt dahinter einen schwarzen Vorhang und schleppt ein Mikrophon herbei. Als er mein Kleid erblickt – ich habe für heute Abend nochmal den dunkelgrün schimmernden, hautengen Fummel rausgekramt – stößt er einen Pfiff aus und reckt grinsend beide Daumen hoch.

Die drei Jungs warten schon am Billardtisch. Nur eine Sekunde lang überlege ich, wie ich Noah jetzt begrüßen soll. Jetzt, wo alles zwischen uns anders ist. Dann nimmt er mir die Entscheidung schon ab, kommt mir mit großen Schritten entgegen, nimmt mich in den Arm und küsst mich, dass meine Knie weich werden. Seine Bartstoppel kratzen über meine Haut. Als sich unsere Münder voneinander lösen, haut mich das Glitzern im Grün seiner Augen förmlich um.

»Wir hätten um Geld wetten sollen«, höre ich im Hintergrund Hudson seufzen. »Eine Menge Geld. Ich wusste von Anfang an, dass aus euch beiden ein Paar wird.«

Dann umarmt er mich ohne weiteren Kommentar. Und sogar Samuel, wie immer dunkel gekleidet, lächelt und zieht mich kurz an sich. Ich fühle mich akzeptiert von ihnen, und das ist ein verdammt schönes Gefühl.

»Also, legen wir endlich los?« Hudson deutet auf den Billardtisch.

»Yes«, jubelt Lottie und schnappt sich die Queues, um sie zu verteilen. »Kannst es wohl nicht erwarten, dich mal wieder fertigmachen zu lassen.«

Ich schwinge den glatten Holzstab in der Hand hin und her, wobei ich Noah um ein Haar aus Versehen erdolcht hätte.

»Und? Zeigst du mir jetzt, wie man Billard spielt?« Im Kopf habe ich sofort Bilder aus sexy Liebesfilmen, in denen sich der Mann von hinten über die Frau beugt und ihre Hand führt. Albern, aber bei der Vorstellung, wie er direkt hinter mir steht und ich seinen Körper ganz nah an mir spüre, wird mir heiß.

»Lottie ist der wahre Profi hier. Bevor ich mich hier im Mansplaining versuche, lass es dir lieber von ihr zeigen.« Seine Augen funkeln amüsiert, er lehnt sich zurück und verschränkt die Arme vor der Brust.

»Wo er recht hat ...« Lottie ist eine gute Lehrerin. Sie zeigt mir, wie ich den Queue halten und die Kugel stoßen soll. Meine ersten Versuche sind gar nicht so übel. Zumindest freue ich mich darüber, dass die bunten Kugeln wild über den Tisch rollen, bis Lottie mich darüber aufklärt, dass ich genau die falschen versenkt habe. Egal, es macht einfach Spaß zu spielen. Ich fühle mich so wohl hier, so angekommen. Das liegt nicht nur an den Adirondacks an sich, an diesem traumhaften Ort, in dem die Natur einem den Atem raubt, sondern auch – und vor allem – an den Menschen hier in Berryfield.

Und an Noah, ganz besonders an Noah. Mein Herz flattert unruhig, als er sich plötzlich doch hinter mich stellt. So nah, dass der Stoff seiner Hose über mein Kleid streift und ich seinen Körper hinter meinem fühle. Mein Mund wird trocken – fast vergesse ich, dass wir nicht alleine sind. Meine Phantasie macht sich selbstständig: Noah, der mich auf den Tisch drückt, meine Beine spreizt, meinen Rock hochschiebt. Heilige Scheiße, ich muss diese Gedanken loswerden! Mein Gesicht glüht förmlich – und zwischen meinen Beinen verdichtet sich ebenfalls die Hitze.

Mehrmals schlucke ich und bemühe mich, ganz locker zu klingen. »Jetzt bist du doch hier, um zu mansplainen?«

»Sorry. Ich konnte die Möglichkeit nicht ungenutzt lassen, dir nahe zu kommen«, raunt er in mein Ohr. Seine raue Stimme jagt einen angenehmen Schauer über meinen Rücken. Seine Hand umfasst meine, die den Queue hält.

»Nehmt euch doch ein Zimmer.« Hudson grinst bis über beide Ohren.

Einen Sekundenbruchteil lang streifen Noahs Lippen meinen Nacken und bringen mein Herz damit fast zum Explodieren.

»Laber du nur«, knurrt er seinem Bruder leise zu, ohne sich von mir abzuwenden. Der Atem, der dabei über meine Haut streicht, lässt mich fast ohnmächtig werden.

Ein schrilles Pfeifen geht durch den Raum. Das durchdringende Störgeräusch des Mikrophons lässt alle zusammenzucken und sich die Ohren zuhalten. Ich lege den Queue beiseite, Noah und ich richten uns auf, doch seine Hand ruht weiter ganz locker und wie selbstverständlich auf meiner Hüfte.

Riley räuspert sich, durchs Mikro verstärkt hallt seine Stimme durch den Pub. »Friends and Enemies! Liebe Leute! Ich habe euch gar nicht viel zu sagen, außer: Es kann losgehen! Mutige vor.« Einladend schwenkt er das Mikrophon.

Das *Oak & Ivy* ist mittlerweile zum Bersten voll. Im ganzen Ort hat Riley Flugblätter verteilt und für den Karaoke-Abend Werbung gemacht, der jetzt endlich startet.

KAPITEL 40

Noah

Alle sind heute hier, alle haben gute Laune. Die Atmosphäre im Pub ist aufgeladen, voller Vorfreude und Aufregung und erfüllt von Lachen, Gesprächen und dem Klirren der Gläser. Die Bühne, auf der sonst Bands stehen, ist beleuchtet und bereit für jeden, der sich an die Karaoke-Maschine wagt.

Sie ist eine der Ersten, die sich freiwillig melden. Natürlich ist sie das. Ich kann nicht anders, als zu lächeln, als ich sie dort oben stehen sehe, absolut furchtlos und ohne eine Sekunde zu zögern – wie immer. In ihrem Wahnsinnskleid, in dem sie gar nicht hierher zu passen scheint und doch mittlerweile ein fester Teil von alldem ist. Mit ihrem Hunderttausendwattlächeln und den zerzausten, blonden Haaren.

Nur für einen Moment muss ich an die Geheimnisse denken, die sich hinter ihren dunklen Augen verbergen. Ich habe versprochen, nicht weiter in sie zu dringen, um sie ihr zu entreißen. Ein Versprechen, das ich nicht vorhabe zu brechen. Es ist nicht so, als würde es nicht an mir nagen – in manchen Augenblicken macht es mich rasend, nicht zu wissen, was sie vor mir verbirgt. Ich will sie richtig kennen, voll und ganz, nicht nur die Seiten, die sie bereitwillig nach außen trägt. Auch all das, was sich unter der Oberfläche verbirgt. Aber sie ist mir längst viel zu wichtig, als dass ich riskieren würde, sie zu verlieren. Sie gibt Grenzen vor, und ich werde den Teufel tun, sie zu überschreiten. Das ist ihr gutes Recht, und irgendwie ringt mir die Vehemenz, mit der sie diese Grenzen einfordert, erst recht Respekt ab.

Selbstbewusst greift sie nach dem Mikrophon und beginnt zu singen: ›The Passenger‹ von Iggy Pop. Beeindruckt schaue und höre ich ihrer Performance zu. Sie trifft nicht jeden Ton, aber alles an ihr ist umwerfend. Sie leuchtet förmlich, als hätte sie eine eigene Sonne in sich, die aus ihr heraus strahlt. Sie hat eine Energie, der man sich nicht entziehen kann. Tosender Applaus belohnt sie, als sie sich überschwänglich verbeugt und von der Bühne hopst.

Ein Hauch ihres Parfüms steigt mir in die Nase, als sie sich schwungvoll neben mich setzt. »Jetzt du.« Sie stößt mich mit dem Ellenbogen leicht in die Seite, ihre schönen Augen blitzen mich herausfordernd an.

»Keine Chance, um nichts in der Welt. Eher friert die Hölle zu«, knurre ich und ziehe sie an mich. Als sie sich kichernd in meine Arme schmiegt, ist die Welt so perfekt, dass ich die Zeit am liebsten anhalten würde.

Hudson, die Rampensau, hat natürlich auch kein Problem damit, vor allen Leuten zu singen. Er gibt eine romantische Ballade für eine hübsche Dunkelhaarige zum Besten, die ihn dabei unverhohlen anhimmelt.

»Ist das seine Freundin?«, fragt Emma erstaunt. »Ich dachte, er wäre Single.«

Ich pruste los. »Hudson und eine feste Freundin? Das ist eine Urlauberin, die gestern bei ihm eine Kletterstunde gebucht hat.« Seine Masche zieht geradezu unverschämt gut, die Frau erwidert seine tiefen Blicke, und ich wette, ich werde heute Nacht mit Ohrstöpseln schlafen müssen. Momente, in denen ich denke, irgendwann muss ich doch aus unserer Männer-WG ausziehen.

Einer nach dem anderen traut sich auf die Bühne. Angefeuert vom Publikum, werden querbeet alle möglichen Songs von dramatischen Rock-Hymnen bis hin zu Gute-Laune-Popsongs geschmettert, manchmal schüchtern und mal voller Inbrunst, gerne schief, manchmal überraschend gut. Lottie grölt headbangend einen Rocksong.

Emma schiebt ihre schmale Hand in meine, verschränkt die Finger mit meinen und steht auf. »Komm schon, Noah. Ein Song. Ich kann mich ganz genau erinnern, das hast du noch nie gemacht. Und ich kann nicht zulassen, dass du eines Tages stirbst, ohne das von deiner Liste gestrichen zu haben.«

Als ich in ihr Gesicht schaue, in ihre warm schimmernden Augen, bringe ich es nicht über mich, ihr das, geschweige denn irgendetwas, abzuschlagen. Fuck, diese Frau könnte mich überreden, nackt und barfuß durch einen Schneesturm zu wandern, wenn sie es darauf anlegen würde. Dagegen ist dieses bisschen Singen ja so gut wie nichts.

»Ich habe eigentlich nicht vor, in nächster Zeit zu sterben«, wende ich nur ein, als sie mich nach vorne zur Bühne zieht.

Wir haben nur einen Moment, um die verfügbaren Songs durchzuschauen. Emma lacht kurz auf und wählt etwas aus: ›Sweet Caroline‹ von Neil Diamond. Der Song, den sie mal auf der Jukebox gewählt und zu dem sie getanzt hat. Ihre helle Stimme gesellt sich zu meiner tiefen. Voller Inbrunst schmettern wir den Song, und schließlich grölt der ganze Pub mit. Emmas weiche Wange schmiegt sich an meine, wir teilen uns ein Mikrofon. Sie lacht zu mir hoch, das warme, orange Licht spiegelt sich in ihren Augen. Sie lehnt an mir, ich lege den Arm um sie und will sie für immer festhalten.

KAPITEL 41

Emma

»Weißt du, es wäre allein schon aus praktischen Gründen ganz gut, wenn du mir sagen würdest, wohin wir fahren«, nöle ich unzufrieden.

Noah lehnt im Türrahmen und grinst amüsiert. »Du stehst nicht so auf Überraschungen, kann das sein?«

»Ich meine ja nur. Ich habe echt keine Lust, gleich im Kleid und mit High Heels auf einen Berg wandern zu müssen. Oder mich in matschigen Trekkingboots in irgendeinem fancy Restaurant wiederzufinden.«

Sein Blick wandert vom Kopf bis zu den Füßen über meinen Körper. »Keine Sorge, du bist für den Anlass perfekt gekleidet.« Seine Stimme wird eine Spur rauer, während sein Blick auf mir verweilt. »Und du siehst unglaublich gut aus.«

Seine tiefe Stimme bringt etwas in mir zum Klingen, wie ein Echo, mit dem mein Körper ihm antwortet. Wäre vielleicht gut, wenn wir bald aufbrechen, weil ich sonst nicht dafür garantieren kann, dass ich ihn nicht einfach ins Haus ziehe und wir im Bett landen, statt loszufahren. Alles an ihm führt mich in Versuchung: sein verwegenes Lächeln und das Funkeln in seinen Augen, als er so in meinem Hauseingang steht und mir entgegenschaut. Der Bartschatten an seinem

Kinn und den Wangen, der mich daran erinnert, wie sich seine Küsse anfühlen – leicht kratzig und trotzdem so wundervoll, dass mir jetzt beim bloßen Gedanken heiß wird.

»Noah ...« Ich bin drauf und dran, ihm ein Alternativprogramm für heute Abend vorzuschlagen. Eines, das sich hier im Haus abspielt und nicht vorsieht, dass wir irgendwohin fahren.

»Also, können wir los?« Klingt nicht so, als wollte er sich von seinem Plan abbringen lassen. Was auch immer das für ein Überraschungsausflug ist, zu dem man abends aufbricht und für den man mit langem Hippiekleid, Boots und Grobstrickjacke beziehungsweise in seinem Fall Jeans und Kapuzen-Sweatshirt optimal gekleidet ist.

»Können wir.« Ich bin so langsam wirklich gespannt.

Es ist ein angenehm warmer, milder Abend. Wird der Sommer in den Adirondacks jemals enden? Gerade fühlt es sich an, als würde das ewig so weitergehen. Noah sagt, die Temperaturen, die wir aktuell haben, seien ungewöhnlich – es ist der heißeste Sommer seit Jahren. Die Luft ist samtig weich, wie eine Liebkosung legt sie sich auf meine Haut. Für die Strickjacke ist es viel zu warm, ich werfe sie auf die Rückbank von Noahs Landrover.

Während der Fahrt liegt seine Hand auf meinem Oberschenkel, ich spüre seine Wärme durch den dünnen Baumwollstoff meines Kleids. Ich sehe ihn von der Seite an. Kurz wirft er mir einen Blick zu, und sein Lächeln trifft mich mitten ins Herz, wo es sich in ein zartes Flattern wie von unzähligen Schmetterlingsflügeln verwandelt. Was auch immer sich das Schicksal gedacht hat, als es mich zu diesem Mann geführt hat – ich habe nicht vor zuzulassen, dass sich unsere Wege so schnell wieder trennen.

Seine Finger beschreiben langsame Kreise auf meinem Oberschenkel. Schlagartig fällt mir das Atmen schwer und ich bekomme kaum mit, wohin wir fahren. Erst, als es um uns fast stockdunkel ist, ziehe ich fragend die Augenbrauen hoch. Die Scheinwerfer seines Wagens stanzen grelle Lichtkegel in die Dunkelheit. Links und rechts von uns fliegen die dunklen Umrisse der Bäume vorbei. Die Straße, über die wir jetzt fahren, ist nicht asphaltiert und führt in einen Wald hinein.

»Wohin genau verschleppst du mich nochmal?« Bei jedem anderen Mann fände ich das jetzt ein kleines bisschen beunruhigend. Aber alles in mir ist sich sicher, dass ich Noah blind vertrauen kann.

Dass mich meine Menschenkenntnis schon einmal dramatisch im Stich gelassen hat, ignoriere ich an dieser Stelle gekonnt.

Er lässt sein Grinsen aufblitzen. »Du hast das Prinzip von Überraschungen nicht so ganz verstanden.«

»Das ist jetzt der Moment, in dem ich dich über meinen schwarzen Gürtel in Karate informiere. Nur so nebenbei. Ach, und habe ich mal meine Kampfausbildung bei den Special Forces erwähnt?«

Er lacht, während er auf einen kleinen Parkplatz fährt, den ich in der Dunkelheit bisher gar nicht wahrgenommen habe. Einer der vielen Wanderparkplätze hier in der Gegend, auf dem jetzt zu dieser Uhrzeit natürlich kein anderes Auto steht.

»Du hast gesagt, ich brauche keine Wanderkleidung.«

»Es ist nicht weit.« Er springt raus und läuft um den Wagen rum, um mir die Tür aufzuhalten.

Als die Scheinwerfer ausgehen, sehe ich im ersten Moment gar nichts. Doch sobald sich meine Augen an die Dunkelheit gewöhnt haben, spenden Mond und Sterne genug Licht, um sich zurechtzufinden.

Noah geht voran über den schmalen Trampelpfad, über den Sträucher und Ranken ragen. Hohe Gräser streifen meine Arme, als ich ihm folge. Das Summen der Insekten bildet einen lauten Chor, in den sich das sachte Rauschen des Windes mischt.

Fieberhaft überlege ich, wohin er mich wohl führt – und bleibe dann wie angewurzelt stehen. Meine Augen weiten sich. Ein See tut sich vor uns auf, spiegelglatt liegt die Oberfläche im Mondlicht da.

»Wow«, ist alles, was mir über die Lippen kommt.

Sein Grinsen bekommt etwas Wölfisches. »Ich dachte, nach der Karaoke-Sache wäre dir vielleicht klar, was jetzt kommt. Aber du siehst tatsächlich überrascht aus.«

Verblüfft lache ich auf. »Ist das dein Ernst? Es ist mitten in der Nacht!«

»Das ist Teil der Sache.«

»Ich habe keine Badesachen dabei.«

»Das ist der andere wesentliche Teil der Sache.«

Der Wortlaut aus dem Trinkspiel kommt mir in den Sinn: ›Ich hab noch nie nackt in einem See oder Fluss oder im Meer gebadet.‹

»Ob Riley uns verzeihen wird, dass er das Nacktbaden verpasst? Als wir gespielt haben, war er ganz versessen auf einen Gruppenausflug.«

»Wenn Riley dich nackt sehen würde, müsste ich ihm leider die Augen rausreißen. Und das will wirklich niemand, ich am allerwenigsten. Lottie würde mir nicht verzeihen, wenn ich ihren Bruder umbringe.«

Er zieht sich das Sweatshirt über den Kopf, dann das T-Shirt, und ich starre seinen nackten Oberkörper an.

»Dein Ernst?«

»Todernst.« Er knöpft seine Hose auf, doch als er sie runterzieht, dreht er sich von mir weg.

»Was ist? Kommst du?«, fragt er über seine Schulter hinweg. Mein Blick ist wie festgesaugt an seinem nackten Körper, seinem breiten Rücken und seinem Hintern. Der Mondschein fällt silbern auf seine Haut und setzt die Muskeln, die sich darunter bewegen, mit Licht und Schatten in Szene. Das Wasser plätschert, als er ein paar Schritte hinein watet und dann mit einem gekonnten Kopfsprung eintaucht.

Nur einen Augenblick lang stehe ich noch da und frage mich, ob das gerade wirklich passiert. Ich blinzle, um das merkwürdige Gefühl zu vertreiben, ich würde mich gerade in einem Traum befinden. Dann streife ich die Träger meines Kleides über meine Schultern und ziehe es aus.

*

Das Wasser ist eiskalt. Shit, ist das kalt! Augenblicklich ist mein Körper eine einzige Gänsehaut. Na ja, was kann man von einem Bergsee auch anderes erwarten?

Ich unterdrücke das Bibbern, zwinge mich, tief ein- und auszuatmen, und wate tiefer, bis mir das Wasser bis zum Bauch reicht. Meine Füße versinken bis zu den Knöcheln im weichen Schlamm.

Suchend sehe ich mich um. Ich war so darauf konzentriert, angesichts der Kälte nicht zu quietschen, dass ich gar nicht auf Noah geachtet habe – der die Gelegenheit offenbar genutzt hat, spurlos zu verschwinden.

Der volle, runde Mond taucht den See in flüssiges Silber. Es ist atemberaubend schön hier. Wie dunkle Wächter umringen Fichten und Kiefern das Wasser. Dahinter malen sich die Umrisse der Berge pechschwarz vor dem Sternenhimmel ab. Ich atme tief ein, lasse die Schönheit der Landschaft auf mich wirken. Meine Hände liegen flach auf der Wasseroberfläche, ich lege den Kopf in den Nacken und glaube für einen Moment, das Mondlicht wie eine sanfte Berührung auf meinem Gesicht zu spüren.

»Noah? Ich weiß, dass du dich versteckst. Und dass du gleich versuchen wirst, mich zu erschrecken.« Genervt verdrehe ich die Augen. »Weißt du, das klappt nicht, wenn ich damit rechne.«

Keine Antwort. Ich zucke mit den Schultern. Das Motto lautete, nackt im See zu schwimmen. Nicht, nackt im bauchtiefen Wasser zu stehen. Also gebe ich mir einen Ruck, tauche ganz ein und beginne zu schwimmen.

Die Kälte, die mich jetzt ganz umfängt, raubt mir für einen Moment den Atem. Ich mache schnelle Schwimmbewegungen, um meinen Körper aufzuwärmen. So bewege ich mich weiter in die Mitte des Sees vor. Das Zirpen der Grillen, das am Ufer allgegenwärtig war, wird leiser, je weiter ich mich davon entferne.

Nochmal sehe ich mich nach Noah um, aber ich kann ihn nicht finden. Kerle, denke ich säuerlich. Ich war oft genug mit Jungs im Schwimmbad, um mir genau vorstellen zu können, dass er gleich wie aus dem Nichts auftauchen wird, um mir einen Schrecken einzujagen. Mich vielleicht untertauchen oder mich mit Wasser bespritzen wird. Oder … ist es doch nicht nur das? Ich fange an zu zweifeln. Geht es ihm auch wirklich gut? Einer wie Noah würde nicht einfach ertrinken, oder? Ich meine, er ist Sporttrainer, schwimmt mit Sicherheit wie ein Fisch und kennt sich hier bestens aus.

Es ist hier so schön, dass ich zuerst keinen Gedanken daran verschwendet habe, dass ich mitten in der Nacht ganz allein auf einem See bin. Unter der silbrig glänzenden Oberfläche lauert tiefe Schwärze. Als sich eine Wolke vor den Vollmond schiebt, ist es für einen Moment stockdunkel. Jetzt bloß nicht nervös werden. Aber so ganz kann ich es doch nicht vermeiden, dass sich Unruhe in mir ausbreitet. Schwimmend drehe ich mich im Kreis, schaue mich um und beginne, mich zurück in Richtung Ufer zu bewegen, dorthin, wo das Wasser seichter ist.

Und plötzlich ist er da, taucht direkt vor mir auf. Sein Kopf durchbricht die Wasseroberfläche, genau in dem Moment, als die Wolke den Mond wieder freilegt. Erschrocken schreie ich auf.

»Ich dachte, ich kann dich nicht erschrecken, weil du damit rechnest?«, merkt er hochzufrieden an.

»Arsch«, fauche ich, spritze ihm Wasser ins Gesicht und schwimme weiter aufs Ufer zu.

Weit komme ich nicht, er ist mir hoffnungslos überlegen. Mit großen Schwimmzügen gleitet er durchs Wasser und hat mich sofort eingeholt. »Hey. Wohin willst du denn?«

»Möglichst weit weg von dir«, behaupte ich, obwohl das meilenweit von der Wahrheit entfernt ist.

»Lügnerin«, raunt er nah an meinem Ohr und schlingt die Arme um mich. Wo wir jetzt sind, ist es schon wieder so seicht, dass wir stehen können. Zumindest schwappt mir das Wasser nur ans Kinn, als ich mit meinen Füßen den weichen Grund finde.

»Ertappt«, flüstere ich.

Abrupt zieht er mich fester an sich. Mein Körper reagiert ganz von selbst, antwortet auf seine Berührung. Ich schlinge die Beine um seine Hüften und drücke mich so fest an ihn, dass er aufkeucht. Wie überdeutlich bewusst ich mir der Tatsache bin, dass wir beide komplett nackt sind. Ich spüre ihn an meiner Mitte, hart und heiß. Die Kälte des Sees ist komplett vergessen. Im Gegenteil – ich habe das Gefühl, von innen heraus zu glühen.

Im Wasser braucht er nur einen Arm, um mich an der Taille zu halten. Die freie Hand setzt er auf eine Weise ein, die mich fast um den Verstand bringt.

Seine Finger wandern langsam über meine Unterlippe zu meinem Mundwinkel, dann über mein Kinn hinab zu meinem Hals. Ich schließe die Augen und lege den Kopf zurück, als seine Hand zärtlich an der Seite meines Halses hinab streift, zur Schulter, übers Schlüsselbein. Seine Fingerspitzen scheinen glühend heiße Linien auf meine Haut zu malen, und nie hat sich etwas besser angefühlt.

An der Halskuhle verharrt er. »Gott, Emma, weißt du eigentlich, wie wahnsinnig du mich machst?« Seine Stimme klingt belegt.

Während ich seine Lippen mit einem Kuss verschließe, setzt seine Hand ihre Reise fort. Fährt über meine Schulter. Seitlich an meiner Taille entlang. Über meine Hüfte, den Oberschenkel. Ein Schauer läuft durch meinen Körper, und ich umklammere Noah noch fester mit den Beinen. Mein Atem geht flacher, er fängt meine Atemzüge mit seinem Mund auf und lässt seine Hand langsam an der Unterseite meines Oberschenkels entlanggleiten, auf die Stelle zu, an der sich meine Lust glühend heiß verdichtet. Quälend langsam, Zentimeter für Zentimeter, bis ich glaube, es nicht länger aushalten zu können.

Als seine Finger meine empfindlichste Stelle finden, versuche ich mit aller Macht, den Schrei zu unterdrücken, der in meiner Kehle hochperlt. Meine Bauchmuskeln spannen sich an, und für einen Moment scheint die Zeit stillzustehen. Seine Hand ist unter mir, als würde ich darauf sitzen. Kurz hält Noah einfach nur still, während ich die Luft anhalte, bis meine Lunge zu bersten scheint. Dann beginnen seine Finger sich kreisend zu bewegen, all die angestaute Luft entweicht meinem Mund und meine Lust macht sich in einem lauten Stöhnen Luft.

Erschrocken schaue ich mich um. Wir sind draußen, splitterfasernackt in der Öffentlichkeit. Hat mich jemand gehört? Aber da ist niemand, keine Menschenseele weit und breit, wir sind ganz allein hier draußen in der Nacht. Und als Noah weitermacht, lösen sich ohnehin alle klaren Gedanken in glitzerndes Konfetti auf. Am ganzen Körper zitternd, halte ich mich an ihm fest. In meinem Inneren scheint ein Feuer zu lodern, das heißer und heißer brennt. Noahs Berührungen sind so zart, dass sie das Feuer immer weiter schüren, ohne mir die ersehnte Erlösung zu schenken. Vor mir spüre ich seine Härte, zu wissen, dass das alles auch ihn so sehr erregt, peitscht mich nur noch weiter auf. Ich presse mein Becken fester an ihn, in einem vergeblichen Versuch, die Spannung abzubauen.

»Oh Gott«, wimmere ich, doch er zeigt kein Erbarmen und lässt mich nicht kommen.

Seine Finger ziehen weiter ihre langsamen, sachten Kreise, bis ich glaube, zu verglühen. Ich presse die Augen zu, die Welt geht in einem Nebel aus bunten Farben unter. All meine Empfindungen richten sich auf den einen heißen Punkt aus, an dem Noah mich anfasst. Meine Finger krallen sich in seine Schultern, aber das nehme ich kaum wahr. Seine Finger hören auf zu kreisen, halten einen unerträglich langen Augenblick still, und bewegen sich dann sachte vor und zurück.

Ich will nach unten nach seiner Hand greifen, um ihn zu zwingen, seine Berührung zu verstärken, doch sofort hält er inne. Gehorsam nehme ich meine Hand wieder weg und unterdrücke einen Fluch.

»Bitte«, flüstere ich nah an seinem Mund.

»Bitte was?« Ich bin seinem Gesicht zu nah, um seinen Ausdruck zu sehen, doch ich höre ihm an, dass er grinst.

Diesmal gebe ich mir nicht einmal Mühe, die Beschimpfung zu unterdrücken, die mir auf der Zunge liegt. Ich weiß nicht mal, was ich ihm an den Kopf werfe, doch sein raues Lachen hallt als Echo durch meinen Körper – und plötzlich dringt er mit einem Finger in mich ein. Ich werfe den Kopf in den Nacken. Himmel, was tut er mit mir? Stöhnend dränge ich mich ihm entgegen. Ich weiß genau – noch eine Bewegung, und ich werde kommen. Viel länger halte ich das nicht mehr aus. Mein Herz schlägt so heftig, dass ich es durch meinen ganzen Körper pochen spüre, bis zwischen meine Beine.

»Noah«, flüstere ich flehend und presse mein nasses Gesicht in seine ebenso nasse Halsbeuge.

Langsam bewegt er seinen Finger in mir, krümmt ihn leicht – und ich explodiere. Mein Körper zuckt. Wieder werfe ich den Kopf in den Nacken, so dass mein Hinterkopf ins Wasser eintaucht, murmle bedeutungslose Silben und dazwischen immer wieder Noahs Namen. Der Höhepunkt schaltet jeden klaren Gedanken aus, ich kann nur noch fühlen, nicht mehr denken.

In dem Moment nimmt er die Hand weg – und dringt mit seiner Erektion in mich ein. Die Luft scheint ihren Aggregatzustand zu wechseln, und so sehr ich auch zu atmen versuche, ich bekomme einfach nichts davon in meine Lunge. Ich weiß, das Wasser, das uns wortwörtlich bis zum Hals steht, ist eiskalt – aber mir ist unfassbar heiß. Er umfasst mit beiden Händen meine Hüften, meine Hände liegen auf seinen Schultern. Wir bewegen uns zusammen, finden schnell unseren gemeinsamen Rhythmus. Meine Stirn liegt an seiner, sein Atem mischt sich mit meinem.

Ich dachte, ich sei fertig, aber das ist so was von nicht wahr. Jedes Mal, wenn er in mich stößt, baut sich die Spannung in meinem Inneren weiter auf. Ein raues Keuchen dringt tief aus seiner Brust, ich fange es mit meinem Mund auf und küsse ihn, küsse ihn immer wieder.

Ich weiß, dass auch er sich jetzt nicht mehr zurückhalten kann. Er stöhnt auf, seine Hände krallen sich fest in meine Hüften. Seine Bewegungen werden schneller, er stößt in mich, und dann erbebt sein ganzer Körper.

Glühende Lava schießt durch meine Adern, und hinter meinen fest geschlossenen Augenlidern scheint ein grelles Feuerwerk zu explodieren. Ich klammere mich an Noah, schreie seinen Namen, und seine Lippen legen sich auf meine, küssen meinen Schrei weg, während der Orgasmus uns beide erschüttert.

*

Einen Herzschlag lang bleiben wir genau so. Er im tiefen Wasser stehend, ich mit den Beinen um seine Hüften und den Armen um seine Schultern geschlungen. Er hält mich fest, sagt nichts, und unsere Atemzüge verbinden sich.

Meine Beine fühlen sich zittrig an, als ich versuche, wieder selbst zu stehen. Doch dazu kommt es gar nicht erst. Noah trägt mich aus dem See ans Ufer. Es muss ihm ab dem Moment, als wir ins flachere Wasser kommen, schwerer fallen, mein Gewicht zu stemmen, doch das lässt er sich nicht anmerken. An Land setzt er mich vorsichtig ab.

Der Abendwind trifft mich, und jetzt erst beginne ich so langsam zu realisieren, wie kalt es geworden ist. Ich beginne zu frösteln und zwänge mich eilig in meine Klamotten, die an meiner nassen Haut kleben. Aber innerlich ist mir warm, in meinem Herzen und tief in meinem Bauch spüre ich ein angenehmes Glühen.

Im Auto stellt Noah die Heizung hoch. Bevor er losfährt, schaut er mich noch für einen Moment mit einem Blick an, der so viel sagt, dass mir der Atem stockt. Ich lehne mich im Sitz zurück, kuschle mich in meine Strickjacke, die ich von der Rückbank gefischt habe, und lausche der Radiomusik.

»Und? Ist das der Grund, warum ihr alle so gern nackt baden geht?« Ich blinzle ihn von der Seite an.

Er lacht rau auf. »Ich kann dir versichern, normalerweise läuft das nicht ... so ab.«

»Bisschen schade, ich bin gerade auf den Geschmack gekommen. Sollen wir Riley und die anderen fragen, ob sie demnächst nicht doch Lust auf einen Gruppenausflug am See haben?«, necke ich ihn.

Er schnaubt und lacht gleichzeitig. »Oh Gott. Die Bilder in meinem Kopf. Die werde ich nie wieder los. Ich schätze, du bist von jetzt an die Einzige, mit der ich je wieder an den See fahren will.«

Als wir auf meiner Farm ankommen und ich aussteigen will, hält Noah noch kurz meine Hand fest. »Emma?«

»Hm?« Ich schaue zu ihm. Im schwachen Licht, das im Wageninneren angegangen ist, sobald ich die Tür geöffnet habe, begegnet mein Blick seinem.

Er zögert, bevor er fragt: »Bis morgen?«

Ich lächle. »Bis morgen«, und in meiner Magengrube flattert es vorfreudig.

Für einen Moment habe ich gedacht, er wollte etwas anderes sagen.

KAPITEL 42

Emma

Die Wolken sind zart und zerfasert, als wären sie mit dem Aquarellpinsel auf den Himmel gemalt worden. Sie erinnern mich an geheimnisvolle Quallen, die schwerelos durch den Ozean schweben.

Die Welt ist so gut. Noah ist bei mir, die Alpakas grasen friedlich auf der Weide. Mein Herz ist voll, so voll von Glück und Frieden, dass es fast weh tut.

Noah hilft mir, den Weidenzaun an einer Stelle auszubessern. Wir arbeiten gut zusammen, als wären wir ein seit Jahren eingespieltes Team. Ich halte den Pfosten, er schlägt ihn in den Boden ein, und gemeinsam heben wir den Querbalken in die Halterungen. Die strahlende Sonne blendet mich, als ich hochschaue und in Noahs Lächeln blicke.

Ein Windstoß fährt mir ins Gesicht und lässt mich blinzeln. Das ist der Moment, in dem auf einmal alles anders ist. In dem sich die Realität verschiebt und ich von einer Sekunde auf die andere begreife, dass wir nicht länger allein hier sind.

Ich spüre es, bevor ich es höre. Das Geräusch des Sportwagens, das tiefe Röhren eines Autos, wie es hier in Berryfield sonst niemand fährt. Ich spüre seine Nähe. Und ich stürze. Während ich mich aufrichte und dann starr wie eine

Statue dastehe, falle ich gleichzeitig in einen Abgrund, so tief, dass er keinen Boden hat. Eine Schlucht, die mich verschlingt.

Irritiert schaut Noah in die Richtung, aus der das Motorengeräusch kommt. »Hat sich da jemand verfahren?«, murmelt er erstaunt.

Der rote Ferrari biegt in die Einfahrt, die Flügeltür des Sportwagens öffnet sich auf futuristische Weise nach oben.

Adrian.

Adrian.

Der Name hallt wie Trommelschläge durch meinen Kopf und meine Brust, Paukenschläge, die das natürliche Pochen meines Herzens ersetzen.

Er steigt aus, sieht sich lächelnd um. Der Wind zerzaust seine blonden Haare, die sonst immer absolut perfekt gestylt sind. Auf den ersten Blick sieht er gut aus. Auf den ersten Blick sieht man auch das Haifischgrinsen hinter dem charmanten Lächeln nicht.

Der Blick aus seinen eisblauen Augen findet mich, das Lächeln wird strahlender. Er breitet die Arme aus. »Hey, Babe.«

Alles in mir schreit danach, abzuhauen, das Weite zu suchen, so schnell meine Beine mich tragen. Aber ich stehe da wie das Kaninchen vor der Schlange, während Adrian auf mich zukommt.

*

Noahs Blick wandert zwischen Adrian und mir hin und her. Ich weiß genau, wie verwirrt er ist und dass er denkt, warum zur Hölle mich dieser Kerl Babe nennt. Und ganz egal, was für Schlüsse er zieht, er liegt hoffnungslos daneben.

Ich will alles aufklären. Will Noah die Verwirrung nehmen und gleichzeitig Adrian sagen, er soll sofort von hier verschwinden. Aber kein Ton kommt über meine Lippen.

»Komm schon, Süße, was ist das für eine Begrüßung?« Scheinbar unbeschwert lacht Adrian. »Es ist immerhin eine Weile her, dass wir uns persönlich gesehen haben.«

Persönlich gesehen. Mittlerweile kenne ich ihn gut genug, um zu wissen, dass keine Formulierung zufällig ist. Indem er das so sagt, lässt er es so klingen, als hätten wir beide auf irgendeine Weise in Kontakt gestanden, und uns nur nicht leibhaftig getroffen. Eine gezielte Spitze gegen Noah, den er instinktiv als jemanden erkennt, der mir nahesteht.

Und ich sage ... nichts.

Der Schock lähmt mich. Mein Albtraum ist zur Realität geworden, und obwohl das ein paranoider Teil von mir die ganze Zeit befürchtet hat, hat meine optimistischere Seite es einfach nicht für möglich gehalten. Doch jetzt ist er da, Adrian ist tatsächlich hier aufgetaucht.

Keine Ahnung, was er hier will, ob ich ernsthaft in Gefahr bin. Ob er sich nur einen Spaß daraus macht, mich hier zu erschrecken. Oder ... Ob er tatsächlich denkt, da wäre noch etwas zwischen uns.

Keine beschissene Ahnung, was im kranken Kopf dieses Mannes vor sich geht.

Noah muss hier weg, schießt es mir in den Sinn. Was auch immer es mit Adrian zu klären gibt, ich muss es alleine klären. Das hier geht Noah nichts an. Es ist die hässliche Vergangenheit, der ich mich alleine stellen muss. Mir schwirrt der Kopf. Ich fühle mich schwindelig, kann kaum einen klaren Gedanken fassen. Nur an einem halte ich mich fest:

Noah soll gehen, er soll von dem ganzen Mist mit Adrian nichts mitbekommen.

»Es ist wirklich lange her.« Bin wirklich ich das, die das sagt? Meine Stimme klingt fremd und mechanisch, wie die eines Roboters. Sie scheint gar nicht aus meiner eigenen Kehle zu kommen. »Noah, wenn es dir recht ist, würde ich mich gerne unter vier Augen mit meinem Gast unterhalten.«

Wow. Das klang so steif, dass ihm einfach auffallen muss, dass hier etwas nicht stimmt. Einen Moment lang hoffe ich wider alle Vernunft, dass er ablehnt zu gehen und einfach bleibt, während ich zugleich mit aller Macht hoffe, dass er verschwindet. Ich bin innerlich zerrissen – weiß selbst nicht, was ich denke. Da ist nur Chaos in meinem Kopf.

Plötzlich wird mir übel, fast kommt es mir hoch. Ich kann richtig spüren, wie mir die Farbe aus dem Gesicht weicht. »Ich ... hatte wohl zu viel Sonne, sorry«, presse ich hervor und eile mit gesenktem Kopf ins Haus. Dabei habe ich das Gefühl, mir wird der Boden unter den Füßen weggezogen.

KAPITEL 43

Noah

Die Luft ist schlagartig abgekühlt. Was ist da bitte gerade passiert?

Unzählige Fragen überschlagen sich in meinem Kopf. Wer zur Hölle ist der Typ? Woher kennt Emma ihn? Warum nennt er sie Babe und Süße? Und ... Warum will sie, dass ich abhaue? Ich fasse mir unwillkürlich mit der Hand an die Kehle, die sich auf einmal eingeengt anfühlt, als müsste ich einen Hemdknopf öffnen - dabei trage ich nur ein weites Shirt.

»Und Sie sind?«, frage ich kühl.

Er schaut gutgelaunt auf die geschlossene Tür, hinter der Emma gerade verschwunden ist. Ihr abrupter Abgang scheint ihn überhaupt nicht zu irritieren, sein Lächeln ist sonnig und entspannt. Er schiebt die Ärmel seines Hemdes hoch und sieht sich neugierig auf der Farm um. Neugierig und auch abfällig, wie ich bemerke. Mit seiner Anzughose, dem feinen Hemd und den glänzenden Lederschuhen, die mit Sicherheit ein Vermögen gekostet haben, passt er nicht hierher. Alles an ihm schreit Großstadt, von der Protzkarre über die Klamotten bis hin zu seiner Aussprache und Gestik.

»Jemand, der ihr nahesteht. Und Sie kümmern sich um

ihre ... Viecher?« Er sieht mich nicht mal richtig an, hält mich für komplett bedeutungslos. Als wäre es für ihn unvorstellbar, dass zwischen Emma und mir etwas sein könnte. Als wäre ich Personal.

Ein unangenehmes Gefühl schwillt in meiner Brust an. Er ist jemand aus ihrer Vergangenheit. Jemand, der mit ihrem Geheimnis zu tun hat?

Mit einem Mal ist Harper wieder da, ihr Bild trifft mit der Wucht eines Vorschlaghammers meinen Kopf. Sie hat keine Bedeutung mehr gespielt, ich war über die Sache mit ihr hinweg. Hatte die Enttäuschung endlich verdaut. Und bin jetzt plötzlich wieder voll drin, mittendrin im Gefühlschaos. Ich denke daran, wie ich hinter Harpers Geheimnis gekommen bin. Hinter die Affären. Hinter den Kerl, mit dem sie bereitwillig nach New York gefahren ist. In die Stadt, aus der sie kam, als sie in den Adirondacks aufgetaucht ist.

Alles wiederholt sich. Das Leben ist ein verdammter Kreislauf. Und ich? Bin ich dumm genug, mich immer wieder in Frauen zu verlieben, die für eine Zeit dem Stadtleben entfliehen wollen, hier nach Abwechslung suchen, sich in der Rolle der naturliebenden Kleinstädterin gefallen, mir das Herz rauben – und die dann in ihr altes Leben zurückkehren, ohne noch einmal zurückzuschauen? Ja, so dumm bin ich. So unfassbar dumm. Der Boden scheint unter meinen Füßen zu schwanken.

Ich sehe Harper vor mir, wie sie in das Auto irgendeines arroganten Mistkerls steigt, mit dem sie mich eine Ewigkeit hintergangen hat und der jetzt ihr Verlobter ist.

Das Bild verschiebt sich – Harpers Gesicht wird zu Emmas. Emma, die die Hippiekleider gegen irgendwelche

Business-Kostümchen tauscht und Berryfield den Rücken kehrt. Berryfield – und mir.

»Da liegen Sie falsch«, erwidere ich mühsam beherrscht. »Ich bin Emmas Freund.«

Kurz lacht er auf. Nicht einmal wirklich überrascht, trotzdem amüsiert. Dann tritt Mitleid in den Blick des Mannes. »Hat sie Ihnen etwa gesagt, sie wäre Single?«

*

Hinter meiner Stirn pocht und schwirrt es. Ein Wespenschwarm scheint durch meinen Kopf zu toben.

Wie gern würde ich ihm das selbstgefällige Lächeln aus dem Gesicht wischen. Ich muss hier weg, sonst tu ich noch genau das. Unwillkürlich balle ich beide Hände zu Fäusten. Mein Atem geht rau.

›Hat sie Ihnen etwa gesagt, sie wäre Single?‹

Er redet weiter. Spricht irgendwas davon, er wäre ihre On-Off-Beziehung. Sie hätten gerade eine Beziehungspause eingelegt, aber ihnen beiden wäre klar, dass die nicht lange dauern würde, immerhin hätten sie regelmäßig Kontakt und wüssten ohnehin beide, dass sie nicht voneinander loskämen.

Alles, was er sagt, klingt plausibel. Lauter Worte, die jetzt durch meinen Kopf surren und mir schmerzhafte Stiche versetzen. Ich zucke zusammen, will sie mir am liebsten aus dem Kopf reißen.

Ich denke an Emma. An ihre Weigerung, ihr Geheimnis mit mir zu teilen.

Was verdammt viel Sinn macht, wenn es darum geht, dass sie, während sie mit mir zusammen war, die ganze Zeit mit ihrem On-Off-Lover in Kontakt gestanden und darüber nachgedacht hat, wann sie zu ihm in die Stadt zurückkehren soll.

»Ich weiß, das muss hart sein. Wenn es hilft, Sie sind nicht der Erste.« Mitleidig schaut er mich an.

Fuck, ich muss hier weg. Sonst schlage ich auf irgendwas ein. Auf diesen Kerl mit seiner selbstgefälligen Fresse. Auf sein Auto. Egal.

Ich werfe noch einen Blick auf ihr Haus, das sie so gut auf Vordermann gebracht hat, dass ich ernsthaft geglaubt habe, alles hier würde ihr etwas bedeuten. Die Adirondacks, die Farm, die Tiere – und ich. Ich könnte heulen und brüllen.

Hastig wende ich mich ab. Hier habe ich nichts mehr verloren. Das, wovon ich in letzter Zeit geglaubt habe, es sei real, ist gerade innerhalb weniger Augenblicke in sich zusammengefallen.

KAPITEL 44

Emma

Er ist weg. Noah ist weg. Der Motor heult auf, viel zu schnell rast er davon.

Ich bin allein mit dem Monster.

Die Arme habe ich fest um meinen Oberkörper geschlungen. Trotzdem ist mir eiskalt, ich zittere haltlos. Die Schatten im Haus scheinen länger zu werden, das Sonnenlicht, das von draußen hereinscheint, ist hart, grell und kalt geworden.

Adrian schlendert über die Farm. Alles an diesem Anblick ist mir zuwider. Er ist ein Eindringling, ist einfach in meine Idylle geplatzt und beschmutzt mein Paradies mit seiner Anwesenheit. Durchs Fenster kann ich sehen, wie er herumschlendert und den Blick schweifen lässt, ein Fremdkörper in dieser Umgebung, genauso wie sein Auto, das für diese Gegend völlig unbrauchbar ist.

Das ist ein Albtraum, versuche ich mir einzureden. Er ist nicht wirklich hier. Er darf einfach nicht hier sein.

»Wirklich, Emma? Von dem hast du dich in der Zwischenzeit vögeln lassen?«, ruft er mir zu. Ich kann seine Stimme durchs Fenster gedämpft hören. »Ich wusste gar nicht, dass du auf braungebrannte Muskeltypen stehst.«

Noah ist das letzte Thema, das ich mit Adrian erörtern

will. Er ist das Beste an meinem neuen Leben – und Adrian das Schlechteste an meinem alten Leben.

Am liebsten würde ich mich heulend zu einer kleinen Kugel zusammenrollen. Ins Bett fliehen, mir die Decke über den Kopf ziehen und wie ein kleines Kind darauf warten, dass alle Schreckgespenster von allein verschwinden. Aber dieses Gespenst wird nicht verschwinden – nicht, wenn ich es nicht vertreibe.

Meine Flucht hat gar nichts gebracht. Ich kann vor ihm nicht davonlaufen, das hat er mir gerade bewiesen – und ich habe es unendlich satt wegzurennen. Ich muss ihm die Stirn bieten. Aber ich weiß nicht, ob ich das kann.

»Was hast du da überhaupt an?«, ätzt er weiter. »Eine Latzhose? Gehört die zu deiner Farmerinnenverkleidung? Lächerlich. Wird Zeit, dass ich dir wieder was Vernünftiges zum Anziehen kaufe.«

Erinnerungen an Geschenke flackern vor meinem inneren Auge auf. Mal hat er mir Kleider geschenkt, mal Schuhe, mal Schmuck. Erst habe ich mich darüber gefreut und mich wie eine Prinzessin gefühlt. Mittlerweile ist mir längst klar, dass das nur Teil seines Plans war, mich in jeder Hinsicht zu kontrollieren. Sogar mein Aussehen wollte er bestimmen, als sei ich seine persönliche Anziehpuppe.

»Wie hast du mich gefunden?« Ich presse die Worte hervor, mit jeder Silbe zittert meine Stimme ein bisschen weniger. Aber das Selbstbewusstsein ist nur vorgetäuscht. Ich habe eine Scheißangst. Ich muss daran denken, wie er mir nachgestellt hat. An seinen Blick, als ich dachte, er würde mich jeden Moment schlagen. An seine Wut, die so unberechenbar aufbrausend sein konnte. Daran, dass er es mit seiner manipulativen Art geschafft hat, meinen Freundeskreis auf seine Seite zu ziehen – und Noah gerade abhauen zu lassen. Ich habe nicht gehört, was er ihm gesagt hat, aber ich wette, auch Noah verabscheut mich jetzt. Weil Adrian immer, einfach immer, die Worte findet, die jeden in seinem Umfeld zu einer Marionette machen. Meisterlich zieht er an den Fäden und erkennt mit unheimlicher Präzision, wo die Trigger und wunden Punkte seines Gegenübers liegen.

Er streckt sich genüsslich. »Ich habe doch gesagt, du gehörst zu mir. Es war nicht schwer.«

»Das ist keine Antwort. Wie. Hast. Du. Mich. Gefunden?« Ich betone jedes Wort einzeln.

Er schmunzelt bedauernd. »Du klingst gar nicht so erfreut, mich wiederzusehen. Ich habe mit deinen Freundinnen geredet, Babe. Du weißt, sie mochten mich immer schon.«

»Sie sind nicht mehr meine Freundinnen, seit sie dir mehr Glauben geschenkt haben als mir.« Ich lehne die Stirn, hinter der es schmerzhaft zu pochen beginnt, gegen den Fensterrahmen. Der vertraute Duft des Holzes steigt mir in die Nase, dieser wunderbare Geruch von Meer und Heimat, den dieses Haus in sich trägt, doch gerade schenkt er mir keinen Trost. »Und keine von ihnen weiß, wohin ich gegangen bin. Ich habe niemandem meine Adresse gegeben.«

Aus gutem Grund. Damit genau das nicht passiert. Damit ich dich nie wieder sehen muss. Damit du aus meinem Leben verschwindest und nie wieder zurückkommst.

Und doch bist du jetzt da.

»Für wie dumm hältst du mich? Das verletzt mich ein bisschen, Babe.« Sein Lachen ist spöttisch. »Du hast die entscheidenden Hinweise hinterlassen. Wie eine Spur aus Brotkrumen. Der einen Freundin hast du dies gesagt, der anderen das. Einmal hast du die Adirondacks erwähnt. Einmal hast du von einer Alpakafarm phantasiert. Es hat mich nicht einmal viel Zeit gekostet herauszufinden, wo neuerdings Alpaka-Wanderungen angeboten werden. Ich muss gestehen, im ersten Moment war ich unsicher, ob ich lachen soll oder ob ich mir ernsthaft Sorgen machen und dich in die Klapse einweisen muss. Aber so bist du, nicht wahr, Emma? Eine Träumerin. Du hast dir hier eine kleine Traumwelt aufgebaut. Zeit, aufzuwachen. Zeit, nach Hause zu kommen.«

Meine Fingernägel krallen sich in das Holz des Fensterrahmens. So fest, dass einer abbricht. Ich spüre den Schmerz kaum, als der Nagel bis ins Nagelbett einreißt, statt loszulassen, drücke ich nur noch fester.

Durchs Glas starre ich ihn an. Mein Mund formt die Worte, die direkt aus meinem Herzen platzen, ohne den Umweg über meinen Kopf zu nehmen. »Eine Traumwelt? Vielleicht, Adrian, aber die ist real. Ich baue mir hier ein neues Leben auf, das Leben meiner Träume. Eines, in dem du keinen Platz hast. Ich mag die Frau, die ich hier geworden bin und zu der ich jeden Tag ein bisschen mehr werde. Und weißt du, was das Letzte ist, was diese Frau tun wird? Zu dir zurückkehren.«

Ich blicke auf meine geliebte Farm, im Sonnenschein sehe ich das Stallgebäude und die umliegenden Wiesen, auf denen meine flauschigen Alpakas grasen. All das, was mir so viel bedeutet, in was ich so viel Zeit und Energie, Kraft und Schweiß gesteckt habe und was mich um ein Vielfaches entlohnt hat.

Meine Augen brennen, als ich zum Waldrand und den Bergen schaue, über diese atemberaubende Landschaft, die so endlos weit ist, dass man sich in manchen Momenten ganz klein fühlt. Das hier ist der Ort, an dem ich zum ersten Mal ein richtiges Zuhause gefunden habe. Bis ich hierher in die Adirondacks gekommen bin, wusste ich nicht einmal, dass ich in meinem ganzen bisherigen Leben noch kein richtiges Zuhause gehabt habe. Hier bin ich endlich angekommen.

Und Adrian zerstört alles. Jetzt fühle ich mich hier in meinem eigenen Haus nicht mehr sicher. Dass er wie ein Raubtier über meine Farm streunt – bereit, seine Krallen und Reißzähne in mein Fleisch zu versenken – löscht jedes Gefühl von Wärme oder Sicherheit aus. Daran ändert sein nach wie vor freundliches, mildes Lächeln nicht das Geringste. Ich weiß, was sich dahinter verbirgt. Ich sehe die klirrende Kälte im Blau seiner Augen.

Er schmunzelt nur über meine Worte, antwortet nichts darauf. Als sei es der Mühe gar nicht wert, weil er davon ausgeht, dass ich ohnehin tun werde, was er will. Dass ich mit ihm nach New York zurückkehren werde, als hätte es mein neues Leben in den Adirondack Mountains nie gegeben, und als sei die Zeit hier nur ein unbedeutender Tagtraum.

Langsam wendet er sich zu den Alpakas und geht auf den Zaun zu. Die neugierigen Tiere kommen näher an den Zaun – natürlich erwarten sie nichts Böses und erhoffen sich eine Leckerei. Ihnen ist ja nie etwas Schlimmes widerfahren, sie kennen keinen Menschen, der ihnen etwas antun könnte. Wie sollen sie ahnen, dass Adrian alles zuzutrauen ist? Mein Magen krampft sich schmerzhaft zusammen, als das Fohlen Blackbeard neugierig hinter Jolly Roger hervorlugt und auf seinen staksigen Beinen auf Adrian zuhoppelt.

Mein Atem geht schneller, Panik wallt in mir auf. Er würde nicht so weit gehen, oder? Er würde keinem Tier weh tun, nur um mich zu verletzen und aus der Reserve zu locken?

»Süßes Ding! Knopfaugen wie ein Plüschtier«, ruft er, ohne sich zu mir umzudrehen.

»Lass die Tiere in Ruhe«, brülle ich.

Als Antwort kommt nur ein spöttisches Lachen zurück.

Er beugt sich über den Zaun, schnell streckt er die Hand nach Blackbeard aus. Das ist der Moment, in dem ich meinen Selbsterhaltungstrieb vergesse und hinausrennen will. Aber bevor ich mich auch nur umdrehen kann, bevor ich auch nur einen Fuß rühren kann, reagiert Jolly Roger. Die schützenden Instinkte der Mutterstute springen sofort an. Ihr Kopf schnellt herum – und sie spuckt eine volle Ladung des übelriechenden Schleims auf Adrian, mit dem sie mich damals zur Begrüßung auch bespuckt hat.

Ich halte den Atem an und presse mir eine Hand auf den Mund. Es wäre witzig, wenn ich nicht so verdammte Angst hätte, dass Adrian jetzt ausrastet und seine Wut an den Tieren auslässt. Zum Glück setzt sich die kleine Herde jetzt eilig in Bewegung, die Flauschis sind offenbar alle zu dem Schluss gekommen, dass der Besucher doch nicht so freundlich ist und vor allem keine Leckerchen dabeihat, also suchen sie lieber das Weite.

Starr wie eine Statue steht Adrian da. Obwohl er keinen Muskel bewegt, weiß ich einfach, dass sich die Wut in ihm aufbaut. Das Alpaka hat ihn voll erwischt, mitten auf dem teuren Hemd und vielleicht auch im Gesicht.

Langsam dreht Adrian sich schließlich wieder zu mir um. Als er das tut, hat sich sein Gesichtsausdruck verändert.

Das Lächeln ist verschwunden, als wäre es nie da gewesen. Angewidert wischt er sich übers Kinn und schaut an sich hinunter auf sein beschmutztes Hemd, bevor er den Kopf hebt, zum Fenster schaut, hinter dem ich stehe, und sich sein Blick in meinen bohrt. Seine Miene ist wie versteinert. Die Zeit der Spielchen ist vorbei.

KAPITEL 45

Die Zweifel kommen, als ich im Auto sitze. Das Gaspedal durchgedrückt, die Hände so fest ums Lenkrad gekrampft, als wollte ich es zerquetschen – nur um irgendetwas kaputt zu machen und das Chaos in meinem Kopf damit zu bekämpfen.

Die sattgrüne Landschaft fliegt vorbei. Ich starre geradeaus auf die Straße und versuche mit aller Macht, meine Gedanken zu sortieren.

Emma kennt diesen Mann von früher. Sie hat ihn nie erwähnt, sie spricht ja ohnehin nicht über ihre Vergangenheit. Aber dass sein Auftauchen sie nicht kaltgelassen hat, liegt auf der Hand.

›Eine On-Off-Beziehung.‹

Die Worte des Mannes hämmern unaufhörlich in meinem Kopf. Ich drehe das Radio lauter, aber die Bässe der Musik übertönen die Stimme in meinem Kopf nicht.

›Hat sie Ihnen etwa gesagt, sie wäre Single?‹
›Wir kommen nicht voneinander los.‹
›Sie sind nicht der Erste.‹

Fuck. Fuck. Alles Worte, die einen Gefühlssturm in mir losbrechen lassen. Genau die Worte, die ich am allerwenigsten hören wollte. Ich könnte kotzen, wenn ich an seinen selbstzufriedenen Gesichtsausdruck denke. Er hat es genossen, meine Seifenblase platzen zu lassen.

Klar, dass da noch etwas zwischen ihnen läuft. Welchen anderen Grund sollte sie haben, mir eine Geschichte zu verheimlichen, als dass sie sie noch immer beschäftigt? Die Verletzung, die Harpers Verrat mir zugefügt hat, ist wieder deutlich spürbar. Ich hatte mir doch vorgenommen, denselben Fehler nicht nochmal zu machen. Und doch bin ich leichtgläubig wie eh und je.

Aber begeistert hat Emma nicht ausgesehen, als der Mann auf einmal aufgetaucht ist. Sie hat nicht damit gerechnet, ihn zu sehen. Und sie ist bei seinem Anblick blass geworden ...

Ich nehme den Fuß ein wenig vom Gas, das Auto wird langsamer. Ich bin gerast, habe jetzt schon fast den ganzen Weg nach Hause zurückgelegt. Aber plötzlich frage ich mich, ob ich nicht doch hätte bleiben sollen.

KAPITEL 46

Emma

Mein Herzschlag verlangsamt sich, als Adrian mit versteinerter Miene auf das Haus zu kommt. Wie dunkles, eiskaltes Wasser steigt die Angst in mir auf. Das Lächeln kehrt auf sein Gesicht zurück, aber jetzt wirkt es noch unechter und maskenhafter als vorhin. Er geht zur Tür und verschwindet damit aus meinem Blickfeld. Die Tür! Habe ich abgeschlossen? Vor Panik wird mir schwindelig. Jetzt rast mein Herz plötzlich wieder, Adrenalin wird durch meinen Körper gespült. Ich hetze los, blind vor Angst, erwische den Schlüssel und drehe ihn im Schloss herum.

Gerade noch rechtzeitig. Im nächsten Moment wird die Klinke runtergedrückt. Ohne es zu bemerken, habe ich den Atem angehalten, ich merke es erst jetzt, als die Luft rau in meine Lunge zurückströmt. Das war verdammt knapp. Meine Knie sind so wackelig, dass meine Beine fast unter mit nachgeben.

»Hast du mich gerade ausgesperrt?« Seine Stimme, die gedämpft durch die Tür klingt, ist eindeutig amüsiert. Weil er weiß, dass dieses Stück Holz, das uns voneinander trennt, ihn nicht aufhalten wird, wenn er es darauf anlegt. Und weil er weiß, dass auch mir das bewusst ist. »Lass den Unsinn. Ich bin hier, um zu reden. Und um dich nach Hause zu holen. Du hast dich lange genug hier versteckt, meinst du nicht auch? Genug gespielt. Meine Geduld ist auch nicht unendlich.«

Ich lehne meine Fäuste und meine Stirn an die Tür. »Hau ab, Adrian. Hau einfach ab. Ich bin nicht mehr dein Spielzeug. Du kannst mich nicht länger manipulieren und kontrollieren.«

Was für einen Unterschied etwas Abstand machen kann. Mittlerweile sehe ich so unglaublich klar, was das zwischen uns war. Dass da niemals Liebe oder auch nur echte Zuneigung im Spiel gewesen ist. Ich durchschaue alles, was er mir vorgegaukelt hat. Er hat wirklich eine Gabe – er weiß, was sein Gegenüber hören will und welche Knöpfe er drücken muss, um alles zu bekommen, was er möchte. Aber bei mir wird er das jetzt nicht mehr hinkriegen.

»Kontrollieren? Du klingst verwirrt, Babe. Mach auf. Dann reden wir über alles.«

Nie. Im. Leben.

Er gibt sich zahm, aber ich traue ihm kein bisschen über den Weg. Ich höre die Drohung, die in seinen Worten mitschwingt.

»Verschwinde!«, brülle ich durch die Tür. »Hau ab, oder ich rufe die Polizei.«

Die Antwort ist ein leises Lachen, das mir einen Schauer über den Rücken jagt – und dann ein Krachen, so laut, dass ich aufschreie und zurückspringe. Hat er gegen die Tür getreten?

Okay, das reicht. Das ist genug. Ich zittere am ganzen Körper. Hektisch schaue ich mich nach meinem Handy um. Draußen habe ich das dumme Ding immer bei mir, aber im Haus lasse ich es einfach ständig irgendwo liegen und muss es dann suchen.

Scheiße. Scheiße! Ich hetze von der Tür weg, renne von Raum zu Raum. Keine Ahnung, wie weit Adrian gehen wird, um mich zu verletzen. Aber ich traue ihm alles zu. Wo ist das verdammte Handy?

Ich stürze ins Wohnzimmer, beginne die Kissen auf dem Sofa hochzureißen, in der Hoffnung, dass das Ding dahinter gerutscht ist und erstarre mitten in der Bewegung, als ein durchdringendes Geräusch durchs Haus hallt – das Klirren und Splittern von Glas. Das Geräusch selbst ist so scharfkantig, dass es sich schmerzhaft in meine Trommelfelle und meinen Kopf zu bohren scheint.

Er ist da. Er ist im Haus. Er muss ein Fenster eingeschlagen haben – und jetzt hält ihn nichts mehr zurück.

KAPITEL 47

Noah

Als ich ins Haus komme, steht Samuel am Fenster und starrt schweigend hinaus. Ich kenne dieses Verhalten und seinen Blick und weiß genau, woran er denkt. An wen. Er ist oft in Gedanken bei ihr, bei Chloe. Seit er sie verloren hat, ist er nicht mehr derselbe. Dass Jahre vergangen sind, ändert rein gar nichts daran, dass ihr Verlust ihm das Herz aus der Brust gerissen hat. Manche Wunden heilen vielleicht nie vollständig. Das ist eine davon.

»Samuel …«

Müde winkt er ab. »Nicht. Bitte. Der Tag war hart genug, ich kann jetzt nicht auch noch über sie reden. Es ändert ja ohnehin nichts.«

Ich nicke knapp. Er redet selten über sie, über damals.

»Was war heute?«, frage ich, statt Chloes Namen zu erwähnen.

Er wendet sich vom Fenster ab und streicht sich über die dunklen Haare. Seine Augen liegen im Schatten. »Ein Rehbock wurde reingebracht. Angefahren, nicht mehr zu retten. Das arme Tier hat sich gequält. Es hat vor Angst und Schmerz gewimmert. Ich konnte nichts mehr für es tun, außer es zu erlösen.«

Die Schattenseite des Berufs, den Samuel eigentlich liebt.

Nicht jedem vierbeinigen Patienten kann geholfen werden. Manchmal habe ich das Gefühl, mit jedem Tier, das unter seinen Händen stirbt, stirbt auch ein kleines Stück seiner Seele. Ich bewundere ihn dafür, dass er es trotzdem durchzieht. Tieren zu helfen, ist jetzt sein Lebensinhalt, und jedes Lebewesen, für das er etwas tun kann, ist ihm die Strapazen wert.

»Tut mir leid, Mann«, sage ich schwach. Ich weiß, wie sehr ihn das mitnimmt.

Aufmerksam sieht er mich an und bemerkt sofort, dass bei mir auch etwas nicht stimmt. »Und bei dir? Was ist passiert?«

Ich schüttele mit dem Kopf. »Emma. Ich hab es vermasselt.«

Hudson kommt herein, er hat meine letzten Worte gehört. »Erzähl«, fordert er knapp. Irgendwas in meinem Tonfall muss ihm gesagt haben, dass jetzt nicht die Zeit ist, mir auf die Nerven zu gehen und herumzuscherzen.

Also erzähle ich. In knappen Worten schildere ich, was passiert ist und wie der Fremde auf der Farm aufgetaucht ist. Meine beiden Brüder verschränken die Arme vor der Brust und hören mir schweigend zu. In dem Moment sehen sie sich extrem ähnlich, obwohl sie eigentlich so gegensätzlich wie Tag und Nacht sind. Sogar ihre Mimik gleicht sich jetzt, ernst schauen sie mich an, und nach und nach tritt Sorge in ihre Augen. Als ich geendet habe, tauschen sie einen Blick.

Samuel ergreift als Erster das Wort. »Das klingt nicht gut.«

»Meine Menschenkenntnis ist vielleicht nicht immer die Beste«, schaltet sich Hudson ein, »aber ich bin mir so was von sicher, dass Emma ehrlich ist. Ein Doppelleben? Hallo? Das kannst du nicht ernsthaft von ihr denken. Nicht jede Frau ist Harper, geht das nicht in deinen Sturschädel rein?«

Doch. Doch, natürlich. Sogar ich habe das mittlerweile gecheckt. Aber das plötzliche Auftauchen dieses Mannes und die Dinge, die er gesagt hat ... Das alles hat mich für einen Moment meilenweit zurückgeworfen und mich hoffnungslos überreagieren lassen. Einen Moment, für den ich mich jetzt ohrfeigen könnte. Wie blind war ich nur?

»Sie hat so erschrocken ausgesehen, als der Kerl auf einmal da war«, knurre ich und wische mir mit der Hand übers Kinn. »Fuck. Irgendwas stimmt da nicht. Und ich habe sie allein gelassen.«

Hastig greife ich nach meinem Handy und versuche, sie zu erreichen, aber sie geht nicht ran. Ich lasse es klingeln, bis ich auf ihrer Mailbox lande, und versuche es gleich nochmal.

Ich muss zurück, sofort. Wenn da etwas zwischen ihr und diesem Mann ist, will ich es aus ihrem Mund hören. Aber vor allem hoffe ich jetzt gerade einfach, dass es ihr gut geht und an dem üblen Bauchgefühl, das jetzt immer stärker wird, nichts dran ist.

Samuel zieht sich eine Jacke an, Hudson greift nach seinen Motorradboots.

»Wo wollt ihr denn jetzt beide hin?«, frage ich stirnrunzelnd.

Hudson grinst grimmig. »Na, wohin schon. Wir helfen unserem Bruder, den Mist auszubügeln, den er verzapft hat. Weil besagter Bruder die Frau, die er liebt, einfach mit irgend so einem dahergelaufenen Großstadttypen alleingelassen hat.«

Samuel schaut Hudson und mich ernst an. »Wir denken alle dasselbe, oder? Emma könnte in Gefahr sein. Wenn sie wirklich Angst vor diesem Typen hatte, was machen wir dann noch hier?«

Ich verschwende keine Zeit daran zu diskutieren, ob sie mich begleiten sollen, oder nicht. Die zwei werden sich ohnehin nicht davon abbringen lassen. Ich habe Emma schon viel zu lange mit diesem Fremden allein gelassen, mit dem irgendetwas nicht stimmt. Also nicke ich nur knapp und stapfe hinaus.

KAPITEL 48

Emma

Er ist im Haus – Adrian ist da.

Es ist, als hätte man einen Eimer Eiswasser über mir ausgekippt. In grenzenlosem Entsetzen keuche ich auf.

Seine schlanke Silhouette taucht im Eingangsbereich auf und ein Wimmern kommt über meine Lippen. Ich brauche mein verdammtes Handy!

Das ist der Moment, in dem es klingelt – und zwar in der Küche. Was bedeutet, dass es sich im Raum auf der anderen Seite des Eingangs befindet. Ich könnte heulen, Adrian steht zwischen mir und meinem Telefon, mit dem ich Hilfe rufen könnte.

Er lächelt wieder, während er sich mir nähert. Und wieder ist es nur ein Spiel für ihn. Aber eines mit einem verdammt ernsten Hintergrund – er wird alles tun, um mich wieder in seine Gewalt zu bekommen, nachdem ich ihm einmal entkommen bin.

Wilde Panik schlägt über meinem Kopf zusammen wie eine heftige Woge, sie verschlingt mich vollständig. Mein Herz rast wie verrückt. Ich will nur noch weg. Ich muss weg!

Mein Blick bohrt sich in seinen. Langsam mache ich einen Schritt zur Seite. Er reagiert sofort darauf und folgt meiner

Bewegung. Ich beiße die Zähne zusammen, jede Faser meines Körpers ist angespannt. Meine Gedanken rasen, hektisch versuche ich, meine Chancen abzuwägen.

Zum Auto? Nur für einen Sekundenbruchteil flackert mein Blick zur Tür, aber sofort bemerkt Adrian das und verstellt mir den Weg.

»Ich verliere die Geduld mit dir, Babe«, sagt er gefährlich leise.

Die Hintertür! Das ist meine letzte Chance. Er hat keine Ahnung, dass das Haus noch einen Ausgang hat.

Abrupt fahre ich herum und stürme los, ohne nach links und rechts zu schauen. Ich drehe mich nicht um, als er hinter mir frustriert aufschreit. Es poltert hinter mir, ich kann nur erahnen, dass auch er losgerannt ist und dabei irgendein Möbelstück aus dem Weg gestoßen hat. Schritte hallen hinter mir über den Holzboden. Ein raues Schluchzen kommt über meine Lippen, ich stoße die Tür auf und stolpere hinaus ins Freie.

Der Sonnenschein bildet einen krassen Gegensatz zu meiner Gefühlswelt. Alles wirkt hier so mild, so lieblich, doch in mir tobt eiskalte Panik.

Soll ich ums Haus herum und zum Auto laufen? Nein, auf keinen Fall. Ich würde es niemals bis ins Auto schaffen, er würde mich vorher erwischen. Abgesehen davon habe ich den Autoschlüssel gar nicht bei mir, er liegt irgendwo im Haus.

Alles in mir schreit nach Flucht. Ich zögere keine Sekunde, sondern sprinte auf den Wald zu. Die Schatten verschlucken mich, als ich unter den Bäumen verschwinde.

KAPITEL 49

Noah

Ich starre auf das Handydisplay. Samuel sitzt hinter dem Steuer – er hat mir den Autoschlüssel einfach aus der Hand genommen.

»Du bist gerade nicht in der Verfassung, selbst zu fahren. So wie du aussiehst, rast du gleich mit Vollgas aus der nächsten Kurve«, hat er pragmatisch festgestellt.

Zumindest tut er mir den Gefallen, schnell zu fahren.

Und zumindest gibt mir die Tatsache, dass ich als Beifahrer neben ihm sitze, die Gelegenheit, immer und immer wieder Emmas Nummer zu wählen.

Nichts. Sie geht nicht ran. Und mit jedem vergeblichen Versuch wird das üble Gefühl in meiner Magengrube schlimmer.

Ein Motorrad holt uns ein, Hudson duckt sich über sein Bike und gibt Gas. Als er auf unserer Höhe ist, dreht er seinen Kopf, der in einem Helm steckt, kurz in unsere Richtung und nickt. Dann sehen wir ihn nur noch von hinten.

Ich unterdrücke ein Seufzen und schaue wieder auf mein Handy, als könnte ich Emma durchs Display hindurch hypnotisieren und dazu bringen, endlich ranzugehen. Fuck – warum bin ich nur abgehauen? Da stimmt etwas nicht, irgendetwas stimmt da ganz und gar nicht, und ich könnte mich selbst dafür ohrfeigen, dass mir das zu spät aufgefallen ist. Verdammte Eifersucht, die mich das Offensichtliche nicht hat sehen lassen.

»Musst du so kriechen?«, presse ich hervor.

Ich weiß, es ist unfair. Samuel fährt so schnell, wie er verantworten kann. Statt einer Antwort wirft er mir auch nur einen milden Blick von der Seite zu. Aber ich vibriere vor Ungeduld, will uns am liebsten sofort zu Emma beamen. Meine Kehle ist so eng, dass ich kaum atmen kann. Nervös drehe ich das Handy in meinen Fingern hin und her.

Samuel räuspert sich. »Nur um das klarzustellen. Du bist nicht so unruhig, weil in deinem Kopf ein Film abgeht, in dem Emma mit ihrem Lover beschäftigt ist und deshalb nicht ans Telefon geht?«

Sofort schüttle ich den Kopf. Das Thema ist erledigt. Jetzt habe ich einfach nur Angst um sie, keine Spur mehr von Eifersucht oder Misstrauen. Sie ist mir so verdammt wichtig geworden. Erst jetzt wird mir so richtig bewusst, wie wichtig.

Die Alpakafarm taucht vor uns auf, die wolligen Tiere schauen uns neugierig entgegen. Auf den ersten Blick sieht hier alles so idyllisch und harmonisch aus wie immer, aber etwas ist verändert. Und das liegt nicht nur an dem rotglänzenden Sportwagen, der wie ein Fremdkörper vor dem Stall steht. Vielleicht dreht meine Phantasie jetzt langsam durch, aber ich bilde mir ein, dass eine unheilverkündende Atmosphäre über diesem schönen Ort liegt.

Hudson ist kurz vor uns angekommen, ist von seinem Bike gestiegen und schaut sich unschlüssig um. »Ich habe geklingelt, da ist keiner. Aber ihr Auto und der Ferrari stehen noch da.«

Angespannt nicke ich und mache mich daran, eine Runde ums Haus zu laufen – aber weit komme ich nicht. »Fuck«, presse ich hervor. Der Anblick ist ein Schlag in meine Magengrube: Scherben. Jemand hat das Fenster eingeschlagen.

»Fuck«, kommt Hudsons Echo, als er zu mir aufgeschlossen hat.

Nur für eine Sekunde starren wir zu dritt auf das geborstene Glas, dessen scharfe Kanten im Sonnenlicht glänzen. Im Inneren des Hauses liegen unzählige Splitter auf dem Dielenboden.

»Emma«, brülle ich.

Nichts, keine Antwort. Schweiß bricht mir aus. Ich klettere durchs Fenster hinein, ohne mich darum zu kümmern, dass ich mit einem Arm über die scharfen Glasscherben streife. Keine Zeit, darauf Rücksicht zu nehmen. Mein Herz donnert gewaltsam von innen gegen meine Rippen, als ich durchs Haus renne, in alle Räume schaue und immer wieder ihren Namen rufe. Ein leises Quietschen lässt mich innehalten – ist da jemand? Aber es ist nur die Hintertür, die offen steht und sachte im Wind schwingt.

Vor meinem inneren Auge setzen sich die Puzzlestücke der Szene zusammen, die sich hier abgespielt hat. Der Mann, der das Fenster einschlägt. Emma, die in Richtung Wald flieht – verfolgt von ihm. Was auch immer hinter alldem steckt, warum auch immer sich diese Angst in ihrem Gesicht abgezeichnet hat – sie war berechtigt. Und ich habe sie allein gelassen.

Samuel hat schon sein Handy in der Hand. »Ich rufe die Polizei.« Seine Miene ist grimmig.

Knapp nicke ich. »Gut. Ich kann nicht hier warten, bis

die Beamten ankommen. Bleib du hier. Ich mache mich auf die Suche nach ihr.«

Hudson boxt mir gegen die Schulter. »Worauf wartest du? Wir schwärmen aus.«

In unterschiedliche Richtungen laufen wir los. Unmöglich, hier auf die Polizei zu warten. Während Samuel ihnen alles in Ruhe erklären wird, machen Hudson und ich uns auf eigene Faust auf die Suche nach Emma. Mein Bauchgefühl sagt mir, dass es auf jede Minute ankommen könnte. Erst recht, nachdem ich das eingeschlagene Fenster gesehen habe. Was ist das verdammt nochmal für ein mieser Kerl, den sie da kennt und der hier aufgetaucht ist?

Angespannt sehe ich mich um, suche nach Spuren und finde überhaupt nichts. Hudson ist losgestürmt und im Wald verschwunden – und von Emma und dem Fremden ist nichts zu sehen. Ein Netz von Wanderwegen durchzieht die Adirondacks, sie könnte jede beliebige Richtung eingeschlagen haben.

Ziellos laufe ich los – und merke dann, dass meine Füße sehr wohl wie von selbst eine bestimmte Richtung eingeschlagen haben. Ich haste den Weg entlang, den ich mal mit Emma gegangen bin. Wir waren mittlerweile so oft gemeinsam in der Natur unterwegs – mein Instinkt sagt mir, dass sie dorthin gelaufen sein könnte. Jetzt kann ich nur hoffen, dass ich nicht völlig daneben liege.

KAPITEL 50

Emma

Dornige Zweige verhaken sich in meinen Hosenbeinen, zerren am Jeansstoff und wollen mich aufhalten. Sie peitschen gegen meine Hände und Arme und reißen meine Haut auf. Ein tiefhängender Zweig trifft mich quer übers Gesicht, für einen Moment sehe ich nur Sterne.

Ich hetze weiter und weiter, lasse mich nicht aufhalten. Mein Atem geht schnell und stoßweise, meine Lunge brennt. Ich habe Angst, so schreckliche Angst. Mein Puls dröhnt in meinen Ohren, ich höre nur meinen eigenen Herzschlag, mein Keuchen, das Brechen und Knacken von Unterholz.

Ist er hinter mir? Sind da auch seine Geräusche, seine Schritte? Oder bin nur ich hier? Ich kann mich nicht umdrehen, kann keine Sekunde verlieren. Darf nicht riskieren zu stolpern. Starr schaue ich geradeaus, auf den Weg vor mir. Jeden Augenblick erwarte ich einen Schlag, eine feste Hand auf meiner Schulter, einen Angriff. Glühend heiß glaube ich seinen Blick in meinem Rücken zu spüren und weiß nicht, ob das real ist, oder ob ich es mir nur einbilde.

Ein Schritt vor den anderen. Hinter meiner Stirn hat ein heißes Pulsieren eingesetzt, in meiner Seite sticht es schmerzhaft. Nicht stehen bleiben, nicht umdrehen. Rinnen Tränen über mein Gesicht oder ist es Schweiß? Ich weiß es nicht, ich weiß gar nichts mehr. Jeder Atemzug ist ein kleines, raues Schluchzen.

»Emma! Mach es uns beiden nicht so schwer.«

Die Stimme ist schrecklich nah. Direkt hinter mir. Mein Herz setzt einen Schlag aus, ich bin für einen Moment unaufmerksam. Ohne es zu wollen, werfe ich jetzt doch einen Blick über die Schulter – mein Körper macht es wie von selbst.

Ein Fehler. Ein dummer, kleiner Fehler.

Meine Füße verheddern sich im Unterholz. Ich keuche auf, ringe um Gleichgewicht und lande hart auf dem Boden. So hart, dass mir für einen Moment die Luft wegbleibt. Erde und Blätter drücken sich in mein Gesicht. Sofort versuche ich wieder hochzukommen, aber ein stechender Schmerz durchzuckt meine Seite und lässt mich aufschreien. Wimmernd presse ich eine Hand auf meine Rippen, komme schwerfällig auf die Knie und drehe mich um.

Er steht nur wenige Meter von mir entfernt. Sein Lächeln ist so sanft und charmant, dass es mich an damals erinnert, als ich auf ihn hereingefallen bin, aber seit ich ihn durchschaue, graut mir vor der Maske, die er trägt. Es ist die grausame Karikatur eines Lächelns, eine Falle. Er atmet schwer, seine Wangen sind von der Anstrengung gerötet und die blonden Haare sind zerzaust. Seine Pupillen sind geweitet – Abgründe im harten Eisblau seines Blicks.

»Endlich haben wir uns wieder, Emma.« Etwas in seiner Stimme lässt mich am ganzen Körper haltlos zittern.

Langsam richte ich mich auf. Jeder Atemzug jagt heiße Schmerzwellen durch meinen Brustkorb. Ich muss auf etwas Hartes gefallen sein – auf einen großen, abgebrochenen Ast, wie ich aus den Augenwinkeln sehe.

Alles verschwimmt vor meinem Blick. Ich habe es bis an den Rand der Lichtung geschafft, auf der ich einmal mit Noah gelegen und geträumt habe. An jenen Ort, der die Schönheit einer üppigen Blumenwiese mit der Gefahr eines klaffenden Abhangs vereint und an dem mir einmal mehr bewusst geworden ist, wie sehr ich die Adirondacks liebe. Der Blumenduft steigt mir in die Nase, und für einen kurzen Moment liege ich hier wieder in Noahs Arm – ein verrückter Gedanke, wo ich doch gerade dem Mann gegenüberstehe, vor dem ich mich zu Tode fürchte.

Ich schaue Adrian entgegen – und plötzlich kommt noch ein anderes Gefühl außer Angst in mir hoch: Wut. Wie ein glühender Funke wallt sie in mir auf; greift um sich, lodert auf und plötzlich merke ich, wie meine Furcht sich in Entschlossenheit verwandelt. »Ich habe es so satt, vor dir davonzurennen«, flüstere ich. »So verdammt satt.«

Er ist so weit weg, dass ich nicht glaube, dass er meine leise Stimme hören kann, doch der Wind trägt meine Worte weit. Spott blitzt in seinen Augen auf. Dieser arrogante Ausdruck, den ich so oft an ihm gesehen habe und den ich am liebsten von seinem attraktiven, scheußlichen, verhassten Gesicht wischen will.

Einladend streckt er die Arme aus. »Niemand sagt, dass du davonlaufen sollst, dummes Ding.« Seine Stimme trieft vor Hohn. »Du kommst ohnehin nicht weit.«

»Was willst du von mir?«, brülle ich ihm entgegen. »Das alles ist doch lächerlich. Du jagst mich ernsthaft wie ein Psychokiller in einem Horrorfilm durch den Wald. Und wenn du mich hast? Hm? Was dann?«

Langsam kommt er näher. »Dann nehme ich dich mit nach Hause. Dorthin, wo du hingehörst.«

»Du hast keine verdammte Ahnung, wohin ich gehöre. Und wenn ich nicht mit dir gehe? Was dann?« Meine Stimme überschlägt sich fast. »Machst du dann so eine verdrehte Wenn-ich-sie-nicht-haben-kann-soll-sie-krepieren-Nummer daraus?«

Verdammt. Das klingt so abwegig, so komplett absurd. Aber ein Blick in seine Augen verrät mir, dass er mit genau diesem Gedanken spielt. In diesem Moment durchschaue ich ihn besser als je zuvor. Das, worauf es ihm am meisten ankommt, ist Kontrolle. Über sein Umfeld, über mich. Die zu verlieren ist etwas, womit er nicht umgehen kann. Und wenn das passiert, ist alles möglich.

Langsam und ohne ihn aus den Augen zu lassen, bücke ich mich. Meine Hand schließt sich um den Stock, auf den ich gerade so schmerzhaft mit den Rippen geknallt bin. Ich unterdrücke das Zittern, versuche ruhig zu atmen. Als ich mich ebenso langsam wieder aufrichte, bohrt sich mein Blick in Adrians, und ich recke herausfordernd das Kinn, während ich den dicken Ast hebe.

Ich muss für mich selbst einstehen, es wird mir sonst niemand helfen. Kein Mensch hat mir bisher geholfen, weder die Polizei, noch meine sogenannten Freunde. Ich bin auf mich allein gestellt – und ich bin es so leid, wegzulaufen und mich zu verstecken.

»Oho.« Verblüfft lacht er auf, diesmal klingt er ehrlich amüsiert. »Was willst du mit dem Stock? Mir den Schädel einschlagen?«

»Wenn es nötig ist«, presse ich hervor.

Keine Ahnung, wie meine Chancen stehen, mich gegen ihn zu verteidigen. Er ist nicht der beste Kämpfer, hält sich zwar fit und ist groß, aber kein Muskelprotz.

Das Problem ist nur, dass ich erst recht keine gute Kämpferin bin. Und er ist bei weitem stärker als ich.

Tadelnd schüttelt er den Kopf. »Und du willst mir weismachen, ich wäre der Verrückte und Gefährliche hier? Emma, Babe. Vielleicht wärst du in einer geschlossenen Anstalt tatsächlich besser aufgehoben als in meinem Penthouse.«

Aufreizend langsam schlendert er näher. Ich atme hektisch und schließe beide Hände fester um meine improvisierte Waffe, mit den Füßen suche ich Halt im weichen Boden. Schritt für Schritt weiche ich vor ihm zurück, verlasse den Schatten der Bäume, begebe mich auf die Wildblumenwiese. Als mir die Sonne in die Augen scheint, blinzle ich für einen Moment geblendet.

Auf einmal geht es so schnell, dass ich nicht einmal aufschreien kann. Er rennt auf mich zu, greift nach dem Stock. Mein Herz setzt einen Schlag aus. Meine Reflexe springen an, mein Körper reagiert wie von selbst. Ich schwinge den Stock in einem großen Bogen – und treffe Adrian mit voller Wucht an der Schulter.

Jetzt erst kommt der Schrei, der mir in der Kehle steckte. Bestürzt starre ich ihn an. Er ist einen Schritt zur Seite getaumelt und hält sich die Schulter. Was habe ich da gerade getan? Meine Hände zittern so stark, dass ich den Ast beinahe fallen gelassen hätte. In seinen Augen glimmt etwas Unheilverkündendes auf. Wäre ich bisher noch nicht in Gefahr gewesen, dann bin ich es spätestens jetzt. Da ist nichts Belustigtes mehr in seiner Miene, jetzt ist es ihm todernst.

Unvermittelt schnellt er erneut auf mich zu. Ich schaffe es gerade noch, den Stock hochzureißen, aber diesmal lande ich keinen Treffer. Adrians Hände schließen sich um das

Holz, er reißt daran. Sein Gesicht ist zur Grimasse verzerrt, sein heißer Atem trifft auf mein Gesicht. Mit aller Macht rangeln wir um den Ast. Ich darf nicht loslassen, schießt es mir durch den Kopf. Alles, nur nicht loslassen. Sonst ist es vorbei. Diese Waffe ist alles, was ich Adrian entgegenzusetzen habe.

Plötzlich reißt er sein Knie hoch, rammt es mir in die Magengrube. Der Schmerz treibt mir Tränen in die Augen und raubt mir den Atem, ich sehe für einen Moment nur Sterne und krümme mich zusammen. Ein Ruck, dann hat er mir den Stock entrissen und beiseite geworfen. So weit, dass ich ihn nicht erreiche.

Schützend halte ich die Hände vor mein Gesicht. Er reißt mich von den Füßen, gemeinsam gehen wir zu Boden. Ich schlage um mich, trete nach ihm, kämpfe wie eine Wildkatze. Aber ich habe keine Chance, er ist mir hoffnungslos überlegen. Mit Leichtigkeit drückt er mich zu Boden, sein Gewicht presst mich nieder. Ich winde mich, habe Erde und Gras im Gesicht. Seine flache Hand trifft in mein Gesicht, Tränen der Frustration und der Verzweiflung schießen mir in die Augen.

»Du hättest es so einfach haben können«, keucht er auf mich herab. »Bist du jetzt zufrieden? Bist du zufrieden, Emma?«

Noch ein Schlag. Ich bäume mich unter ihm auf, aber ich komme nicht gegen ihn an.

KAPITEL 51

Noah

Ich renne den Pfad entlang. Je weiter ich komme, desto sicherer bin ich, dass sie auch diesen Weg genommen hat. Ein geknickter Zweig, ein Fußabdruck im weichen Erdboden. Lauter Hinweise, die mir sagen, dass ich auf der richtigen Spur bin. Ich presche durch den Wald, folge dem schmalen Weg um eine Kurve und halte mitten im Lauf inne.

Da ist sie. Mitten auf der Lichtung liegt sie. Er ist über ihr, drückt sie nieder – und als ich sehe, dass er zuschlägt, legt sich in meinem Kopf ein Schalter um. Ich sehe rot. Ich weiß nicht einmal, wie ich dorthin gelange, aber plötzlich bin ich bei ihm, zerre ihn hoch, von ihr weg. Heißglühende Wut bricht aus mir heraus.

»Lass deine Pfoten von ihr«, herrsche ich ihn an. Ich packe ihn grob am Kragen, dränge ihn zurück, weg von Emma.

Alles in mir schreit danach, ihm weh zu tun. Nur mühsam kann ich mich beherrschen, mich davon abhalten, meine Faust in sein verdammtes Gesicht zu donnern.

Er schaut mich an, blass und erschrocken. Für einen Moment herrscht Stille auf der Lichtung und im umliegenden Wald, nur unser Keuchen und das Rascheln der Blätter in der Brise sind zu hören.

Was für ein erbärmlicher Feigling, denke ich verächtlich. Doch da verändert sich seine Miene plötzlich, seine Faust schnellt nach vorne und trifft mich hart am Kinn.

»Aufhören«, gellt Emmas Stimme über die Lichtung.

Aber vergebens. Adrian geht auf mich los – und ich halte mich nicht mehr zurück.

KAPITEL 52

Emma

Fassungslos sehe ich, was passiert. Die fliegenden Fäuste. Körper, die aufeinanderprallen. Die rohe Gewalt.

Wie aus dem Nichts ist Noah aufgetaucht und hat sich auf Adrian gestürzt. Vor Erleichterung hätte ich beinahe aufgeschluchzt. Jetzt kauere ich da, habe beide Arme um mich geschlungen und zittere haltlos. Jeder Atemzug tut weh, meine Oberlippe pocht und ich merke, dass mein Auge zuschwillt.

Er ist da – Noah ist tatsächlich gekommen. Keine Ahnung, wie er mich gefunden hat und woher er wusste, dass ich hier bin, aber er ist da, und darauf kommt es an.

Scharf atme ich ein, als ich sehe, wie haltlos die beiden aufeinander einschlagen – und dabei gefährlich nah an den Abhang geraten. Steil geht es dort in die Tiefe.

Sofort rapple ich mich auf und ignoriere die Schmerzen. Meine Kehle ist vor Sorge zugeschnürt. Die beiden achten nicht darauf, was um sie herum ist. Sie haben keine Ahnung, wie nah sie dem Abgrund sind.

»Noah!«, brülle ich.

Ein Versuch, ihn zu warnen, der das Gegenteil von dem bewirkt, was ich will. Sein Kopf schnellt herum, sein Blick sucht meinen. Er ist abgelenkt – und Adrian nutzt das gnadenlos aus. Ein Faustschlag in den Magen lässt Noah keuchen und zusammensacken.

Ohne zu überlegen, stürme ich los. Mein Körper hat die Entscheidung für mich getroffen, bevor ich überhaupt einen klaren Gedanken fassen kann.

Noah. Meinetwegen ist er in Gefahr.

Ich habe verdammt nochmal nicht vor, mich als Prinzessin in Not retten zu lassen. Wenn es sein muss, rette ich ihn – und vor allem mich selbst. Das bin ich mir schuldig, nach allem, was ich mir von Adrian habe gefallen lassen. Nachdem ich mich erst habe einlullen und in seinem Netz gefangen nehmen lassen, um dann viel zu viel Zeit auf der Flucht damit zu verbringen, mich vor jedem Schatten zu erschrecken. Das soll hier und heute ein Ende haben!

Ich werfe mich mit meinem ganzen Körper gegen Adrian und reiße ihn mit der bloßen Wucht meiner Attacke von Noah weg. Es ist mir gelungen, ihn zu überrumpeln. Ein dumpfer, erschrockener Laut kommt aus seiner Kehle. Er taumelt rückwärts – weiter, als ich erwartet hätte. Instinktiv schlingt er die Arme um mich und hält mich fest, reißt mich mit sich.

Mein Fuß tritt ins Leere. Die Zeit steht still, nur ganz kurz. Gerade lang genug, um mir bewusst zu werden, dass ich gerade den größten Fehler meines Lebens begangen habe.

Einen Herzschlag lang taumeln wir entlang der Kante – dann stürzen wir gemeinsam in die Tiefe.

KAPITEL 53

Noah

»Emma!« Ich springe auf sie zu, strecke die Hand nach ihr aus. Meine Fingerspitzen streifen ihren Arm, aber ich bekomme sie nicht zu fassen. Vor meinen Augen fällt sie den Steilhang hinab, verschwindet einfach, und damit zerspringt tief in mir etwas mit lautem, schmerzhaftem Klirren.

Sofort knie ich an der Kante, schaue hinab. Der herrliche Ausblick, der sich von hier bietet, lässt mir jetzt das Blut in den Adern gefrieren. Es geht steil hinunter.

Zweige und Sträucher haben ihren Fall abgefangen, trotzdem ist sie den Hang ein gutes Stück hinuntergerutscht. Benommen liegt sie da, so blass und zerbrechlich, dass es mir das Herz zerreißt.

»Emma.« Rau kommt ihr Name über meine Lippen.

Ein riesiger Stein fällt mir vom Herzen, als sie sich ein bisschen bewegt, das Gesicht verzieht und die Augen öffnet. Sie ist am Leben! Verletzt und von Kratzern übersät, aber am Leben.

Adrian sehe ich auch, er ist ein Stück tiefer liegen geblieben. Er bewegt sich nicht, scheint bewusstlos zu sein. Wäre er tot, würde ich ihm keine Träne nachweinen.

Ich zögere keine Sekunde und mache mich an den Abstieg. Ich muss zu ihr, sofort.

»Noah«, bringt sie schwach hervor. »Nicht, das ist gefährlich.«

»Ich will dich ja nicht kritisieren«, ich bemühe mich mit aller Macht, mir die Angst nicht anhören zu lassen, die ich um sie habe, »aber dich Hals über Kopf einen Abhang runterzustürzen, war auch nicht gerade ungefährlich.«

Ich habe ihr den Rücken zugekehrt, suche mit Händen und Füßen Halt am Hang und fummle gleichzeitig das Handy aus meiner Hosentasche.

»Noah ...«

Auch ohne sie zu sehen, merke ich deutlich, dass sie nicht einverstanden ist. Aber damit muss sie jetzt leben. In keiner möglichen Realität dieser Welt wird es passieren, dass ich entspannt auf Hilfe warte, während Emma verletzt da unten liegt. No way.

Mein erster Anruf gilt der Bergrettung. Ich gebe mich nicht der Illusion hin, ich könnte sie einfach auf meinen Rücken packen und mit ihr da hochklettern – allein schon, weil ich nicht weiß, wie schwer sie verletzt ist. Vermutlich ist ein Helikopter notwendig. Der zweite Anruf geht an Samuel, der mir in knappen Worten zu verstehen gibt, die Polizei sei schon auf der Farm angekommen. Noch während ich Samuel die Stelle beschreibe, an der wir sind, und ihn bitte, auch Hudson Bescheid zu sagen, mache ich mich an den Abstieg.

KAPITEL 54

Emma

Alles tut weh. Gleichzeitig bin ich so seltsam benommen, als würde ich schweben. Ist das gerade wirklich passiert? War das nicht nur ein schlimmer Traum? Ich liege auf dem Rücken, kann mich nicht bewegen. Muss mich auf jeden Atemzug konzentrieren und mich bemühen, ganz flach zu atmen, weil es sonst so weh tut, dass ich schreien könnte – und etwas sagt mir, dass ein lauter Schrei in meinem Rippenbogen einen noch quälenderen Schmerz entfachen würde. Tränen quellen aus meinen halbgeschlossenen Augen und bahnen sich einen nassen Weg über meine Haut.

Und dann ist er da. Eine warme Hand, die die Tränen sanft wegwischt. Lippen, die sich leicht auf meine Stirn legen. Ein Körper nah an meinem, der mich beschützt. Erleichtert schluchze ich auf und versuche, ihn näher an mich heranzuziehen. Ganz behutsam legt er die Arme um mich und hält mich fest. Seine Bewegungen sind langsam und vorsichtig, denn ein einziger Fehler könnte uns beide weiter in die Tiefe stürzen lassen.

»Ich liebe dich.« Seine Worte, flüsternd hervorgestoßen, finden den Weg ohne Umweg über mein Gehirn direkt in mein Herz und explodieren dort wie ein heißes, glitzerndes Feuerwerk.

Ich will antworten, aber alles, was ich stammeln kann, ist sein Name.

»Gott, ich hatte solche Angst um dich.« Er presst die Worte hervor. Rau, gequält. Und so zärtlich, dass sie mich wie eine Umarmung umfangen. »Ich liebe dich. Ich liebe dich.«

Er wiederholt sie wie eine Beschwörungsformel. Zauberworte, die meine Angst wie durch Magie verschwinden lassen. Ich schließe die Augen und lasse zu, dass er auf mich aufpasst. Er bleibt bei mir, hält mich, ist für mich da.

Und Adrian? Kurz wallt wieder Unruhe in mir auf. Als es mir gelingt, den Kopf zur Seite zu drehen, kann ich ihn sehen – er ist völlig reglos, keine Bedrohung mehr. Wie er so da liegt, frage ich mich, wie ich je Angst vor ihm haben konnte. Wie ich ihm je erlauben konnte, mein Leben so zu bestimmen und mir solche Wunden zuzufügen.

Zuerst ist es kaum zu hören, das Geräusch – ein dumpfes Surren am Horizont, das sich allmählich zu einem durchdringenden Brummen entwickelt und die Luft zum Vibrieren bringt.

»Alles ist gut«, murmelt Noah, und seine Fingerspitzen streichen zärtlich durch meine Haare.

Das Geräusch wird lauter, ich erkenne das Knattern von Rotorblättern. Ein Helikopter schiebt sich über die Baumwipfel, taucht über dem Rand des Abhangs auf, und ich weiß, es ist überstanden. Noah hat recht: Alles ist gut.

KAPITEL 55

Emma

Die Luft ist mild und erfüllt von sanften Sommerdüften – das Aroma von Kiefern, die warme Erde, die nach einem leichten Regen duftet, und das süße Parfüm von Wildblumen, die auf dem Grundstück der Griffin-Brüder blühen. Langsam neigt sich die Sonne dem Horizont zu, ihre goldenen Strahlen färben den Himmel in warme Orangetöne und zartes Rosa. Das Licht fällt sanft auf die Berggipfel, die sich majestätisch gegen den Abendhimmel abzeichnen, und taucht die Landschaft in ein weiches, verträumtes Glühen.

Über die Täler der Adirondacks hat sich eine friedliche Stille gelegt, nur unterbrochen vom leisen Flüstern der Blätter an den Bäumen, die sich in der Brise bewegen. Der Wind streichelt mein Gesicht und pustet durch mein knöchellanges, flatterndes Kleid. Tief atme ich den Duft der Natur ein und spüre in mir den Frieden, den die Adirondack Mountains mir schenken.

Noah ist hinter mir, legt die Hände auf meine Schultern und zieht mich leicht an sich. Als seine Lippen zart meinen Nacken küssen, kommt ein Seufzen über meine Lippen.

»Bereit?«, fragt er.

»Gleich. Gib mir noch einen Augenblick.« Ich will den Moment noch ein kleines bisschen länger auskosten. Diese

Harmonie voll und ganz empfinden und in mich aufnehmen. Noahs Nähe ebenso wie die Nähe zur Natur spüren und an nichts anderes denken.

»So viele Augenblicke, wie du willst.« Er umarmt mich von hinten, seine Arme überkreuzen sich vor meiner Brust, er lehnt die Wange gegen meinen Kopf. Ich fasse an seine Unterarme und lehne mich leicht nach hinten gegen ihn.

»Ich bin hier zu Hause«, flüstere ich. Erst als ich hier ein Zuhause gefunden habe, ist mir bewusst geworden, dass ich davor keines hatte. Kein so richtiges. Nicht so wie hier und jetzt.

»Ich weiß.« Ich höre ihm an, dass er lächelt.

»Nein, du weißt nicht.« In seinen Armen drehe ich mich um und drücke mich gerade so weit von ihm weg, dass ich ihm ins Gesicht sehen kann. »Ich spreche nicht nur von den Adirondacks und von Berryfield. Ich meine dich, Noah.« Ich suche nach Worten für das, was in meinem Kopf so glasklar und einleuchtend ist. »Dich zu finden, war nach Hause zu kommen.«

Manchmal ist der richtige Ort eine Person. Noah ist meine Person, mein Zuhause.

Er zieht mich noch näher an sich und küsst mich auf die Stirn. Ich schließe die Augen und spüre, dass sein Mund ganz knapp vor meinem verharrt, sein Atem streift warm meine Lippen.

»Du bist das Beste, was ich nie geplant habe«, flüstert er, bevor sich seine Lippen auf meine senken.

Ich habe das Gefühl, zu schweben. Seit Adrian aus meinem Leben verschwunden ist, mehr denn je. Da ist nichts mehr, was mich niederdrückt. Es gab Zeiten, da hielt ich ihn für übermächtig, für unbesiegbar. Doch das ist er nicht, er ist nur ein Mensch – und ein erbärmlicher dazu. Endlich muss er die Konsequenzen seiner Taten tragen und sich für sein Stalking und den Angriff verantworten. Ich gönne es ihm – und verschwende darüber hinaus kaum mehr einen Gedanken an ihn. Muss ich auch nicht, denn er darf sich mir nicht mehr nähern. Jetzt hat er wirklich keine Bedeutung mehr für mein Leben, keine Macht mehr über mich.

Ich habe Noah von Adrian erzählt, von dem Schatten, der auf mir gelastet hat. Es gibt noch vieles, worüber wir sprechen werden und was ich ihm erklären will, aber das hat Zeit. Wichtig ist, dass ich nichts mehr zurückhalte und dass ich mich ihm jetzt auch endlich öffnen kann. Nichts steht mehr zwischen uns.

»Macht mal schneller, ihr zwei«, brüllt Hudson von der Terrasse herüber. »Samuel und ich sind am Verhungern.«

»Lass den beiden doch etwas Privatsphäre«, schimpft Samuel.

»Aber gleich verbrennt alles«, beschwert sich Hudson. »Dann ist der Einzige, der das noch essen will, Fionn.«

Wie zur Bestätigung lässt der riesige Wolfshund sein tiefes Bellen ertönen.

Sie haben den Grill angeworfen, es riecht schon würzig nach Würstchen und Maiskolben mit Kräuterbutter.

Grinsend winde ich mich aus Noahs Armen. »Wenn wir uns nicht beeilen, lassen die uns nichts übrig. Deine Brüder sind schlimmer als eine Heuschreckenplage. Wenn die über irgendwas Essbares herfallen, ist in Sekundenschnelle alles abgegrast.«

Gemeinsam öffnen wir den Zaun des Kaninchenauslaufs. Mary Poppins mustert uns aus misstrauischen, dunklen Augen. Es ist eigentlich gar nicht so lange her, dass ich das verletzte Kaninchen auf der Straße entdeckt und deshalb fast einen Unfall mit Noah gebaut habe, aber es kommt mir wie eine Ewigkeit vor. Mary Poppins' Wunden sind verheilt, ebenso wie meine.

Erst, als wir einen Schritt zurücktreten und ganz leise sind, wagt sich das Kaninchen heraus. Es hoppelt zögerlich los und gibt dann plötzlich Gas. Ein paar schnelle Sprünge, und es ist im Waldrand verschwunden. Meine Hand findet Noahs, unsere Finger verschränken sich ineinander. Mein Herz ist der Meinung, es hätte schon immer in Berryfield gewohnt. Und ich bin jetzt schon sicher, dass ich den Rest meines Lebens hier verbringen werde.